# 이기영 여성소설 연구

이선옥 著

국학자료원

# 이기영 여성소설 연구

이선옥 著

# 머리말

　이 책에서는 이기영 소설에 나타난 여성의식의 변모양상을 고찰하고, 여성
문학으로서의 의의와 한계를 밝히고자 하였다. 기존의 논의는 농촌의 현실을
반영하는 리얼리즘 문학으로 이기영의 작품을 주로 분석했기 때문에 여성의
식은 체계적으로 규명되지 못했다. 이 글에서는 초기소설에서 월북 후의 소설
에 이르는 작품들을 다섯 시기로 나누어 여성의식의 변모를 전체적으로 조명
하였다.

　Ⅱ장에서는 작품 분석에 앞서 여성해방 논의의 흐름과 여성의식을 형성하
는 배경으로 작가의 생애를 살펴보았다. 1920, 30년대 우리 나라에서 전개되
었던 여성문제에 대한 논의들을 크게 보수주의적 견해, 자유주의 여권론, 사회
주의 여성해방론, 제국주의 모성론으로 구분하였다. 유교적 여성관을 지지하는
보수주의적 견해, 일제 말기에 주장된 제국주의 모성론 등과 여성해방론들은
성차별 현상에 대한 각기 다른 관점을 지니고 있는데, 이는 이기영 소설의 여
성의식을 분석하는 이론적 배경이 된다. 또한 작가의 생애에서는 유교적 여성
관을 형성하는 성장과정과 사회주의 사상의 수용과정을 고찰하였다.

　여성의식의 특징을 추출하고 어떠한 형태로 조정되는가를 살피기 위해 본
고는 긍정적 인물과 부정적 인물의 성격 변화, 성격화 방법 간의 모순과 통일
을 분석하였다. 작품을 분석한 Ⅲ장에서는 다음과 같은 결론을 얻었다. 초기
소설은 근대적 평등의식과 남존여비 의식이 혼재된 상태를 보인다. 자유연애,
매매혼, 조혼 등에 나타나는 성차별 현상과 그로 인한 여성의 피해를 비판하
지만 여성인물의 성격화에서는 수동적이고 순종적인 인물을 미화하는 남존여
비 의식의 한계를 드러낸다. 목적의식기 소설은 사회주의 사상의 수용으로 계
급운동에 투신하는 투사형 인물을 제시한다. 여성의 경제적, 의식적 자립을 지

향하는 적극적 인물을 그리고 있지만 아름다운 투사, 못생긴 아내로 도식화된 성격을 드러낸다. 이는 공적 영역만을 중시하는 처수자옥의 의식이 작용하여 여성의 사회 진출을 지향하는 사회주의 사상을 공/사 대립으로 극단화시킨 것으로 판단된다. 장편『고향』은 남존여비 의식을 벗어나 여성해방 의식을 구체화시킨 작품이라 할 수 있다. 물론 노동운동에 투신하는 신여성 안갑숙의 경우 여전히 천사형의 인물로 묘사하는 관념성을 보인다. 그러나『고향』은 다양한 농촌 여성의 생활의식과 농민층 분해에 따른 여성 노동자의 탄생 등 여성 현실의 변화를 정확히 반영한 작품이다. 또한 다양한 여성인물을 계급적 시각으로 그려냄으로써 아내에 대한 처수자옥의 의식을 벗어나고 있으며, 경제적 자립과 계급의식을 획득해가는 새로운 여성인물의 등장을 그려내는 성과를 보여주었다. 그러나 전향 이후의 소설에서는 보수적 여성의식으로 후퇴하는 양상이 나타난다. 여성인물의 성격은 개인의 품성으로 구분되며 긍정적 인물로는 현모양처상이 제시된다. 특히 이 시기에 대두되는 모성적 인물의 강조는 작가의 불안의식을 반영하는 구원의 여성상으로 여성문제에 대한 역사적 인식과는 거리가 있다. 더욱이 모성에 대한 신비화는 친일적인 모성론으로 변모하는 빌미가 되었으며, 제국주의 모성론을 반영하는 작품을 발표하기도 한다. 월북 후의 소설은 경제적, 제도적 남녀평등에 대한 감격 이면에 보수적 여성의식이 지속되는 측면이 나타난다. 이 시기의 작품에 나타난 여성인물은 공적 영역에서 지위를 확보하고 남녀평등을 주장하는 적극적 성격을 띠고 있으나 여성을 남성의 보조자로 규정하는 의식이나 가정 역할에 대한 과소평가로 이중의 부담을 합리화하는 보수성을 보이기도 한다.

　Ⅳ장에서는 카프 시기의 소설을 중심으로 여성문학적 위상을 고찰하였다. 여성문제 해결을 경제적 소외에 대한 극복, 즉 공적 사회로의 진출로 제시했던 카프 시기 소설은 지금의 시각에서 본다면 보수적인 공사 분리 의식의 한계로 인해 가정에서의 여성의 지위 문제를 객관적으로 보지 못하는 한계가 지적된다. 무의식적으로 작용하는 남성우월적 태도 또한 작품의 곳곳에 드러난다. 그러나 근대 초기의 시대적 한계를 감안한다면, 이기영 소설의 의의는 적

지 않다고 생각된다. 성의 자유를 중심으로 남녀평등의 주제를 다루었던 1920 년대 초 여성작가들이 치열한 반봉건 의식을 보여주었던 것과는 달리 그의 소설에서는 여성이 경제의 최하층으로 구조화되는 근대화 초기의 현실을 반영하였다. 생산에서의 소외를 여성 억압의 원인으로 인식하고 이를 해결하려 했다는 점에서 여성의 문제를 단지 권리의 문제가 아니라 사회 구조의 문제로 인식했다는 의의가 있다.

이상으로 살펴본 이기영 소설의 여성의식은 유교 이념과 사회주의 이념이 혼재되어 갈등을 일으키거나 어느 한 편의 이념으로 조정되는 양상을 보인다. 카프 시기의 소설이 남존여비 의식이 후퇴하고 사회주의 여성해방론이 구체화되는 과정이었다면, 『고향』을 정점으로 이후의 소설은 다시 보수적 여성의식으로 변모하고 있음을 알 수 있다. 이는 여성의식 역시도 작가의 사회 비판 의식과 밀접히 연관되어 있음을 말해준다. 보수적인 남존여비 의식은 작품에 수용된 사회주의 이념을 관념적으로 만드는 원인이 되기도 하고, 표면적으로 주장되는 평등의식과는 달리 보수적인 여성관이 작품의 지배적인 이념으로 드러나기도 한다. 이러한 결과로 미루어 볼 때 이기영 작품을 사회주의 리얼리즘으로만 평가하는 태도는 지양되어야 할 것이다.

여성문학적 시각에서 분석하는 일은 이기영 소설의 문학적 성격을 밝히는 것뿐만 아니라 한 시대에 구성되는 여성성의 성격이나 가족 이념의 특성을 밝히는 의미를 지닌다. 특히 이기영은 유교 이념에서 사회주의 여성해방론, 친일적인 제국주의 모성론, 북한 사회주의 이념에 이르기까지 다양한 이념적 변모를 여성 인물의 형상화에서 실험하고 있어서, 근대문학 속에서 여성성이 구성되어 온 대표적인 예를 보여줄 수 있으리라 생각한다. 앞으로 그의 북한 소설에 대한 좀더 체계적인 연구를 보태나갈 것을 기약하며 부족한 연구를 세상에 내놓는다.

지도해 주신 채훈 교수님과 조언해 주신 여러 교수님들께 감사드리며, 이 책의 출간을 도와주신 국학자료원 식구들께도 고마운 마음을 전한다.

# 목 차

# I. 서론

# I. 서론

이기영은 월북으로 인해 문학사에서 부분적으로만 언급되던 작가였다. 월북작가에 대한 해금조치가 단행된 80년대 이후에 이기영 소설도 본격적인 연구가 시작되었으며, 많은 논자들의 관심을 받게 되었다. 특히 당대 농촌의 다양한 풍속묘사와 사회변혁을 갈망하는 인물들의 삶을 그려낸 『고향』은 이기영의 대표작품으로 꼽히며, 근대문학사에서 중요한 작품으로 평가되고 있다. 그는 1924년 「옵바의 秘密片紙」로 등단하여 해방 후 『두만강』에 이르기까지 40여년 간 많은 작품을 남기었다. 해방 전 소설만 하더라도 10편의 장편과 중편 7편, 단편 82편에 이르며, 해방 후 북한에서 발표한 작품은 전체를 알 수는 없으나 국내에 소개된 『땅』과 『두만강』 외에 『붉은 수첩』, 『한 녀성의 운명』 등의 장편이 있다.

이기영 소설의 특징은 크게 식민지시대 농촌을 사실적으로 그린 농촌소설과 타락해가는 세태를 비판하는 풍자소설로 나누어 볼 수 있다. 여기에 또 한 가지 특징을 든다면 여성문제를 다룬 소설들과 작품 곳곳에서 나타나는 여성에 대한 관심을 들 수 있을 것이다.

그간의 연구들은 이기영의 소설을 주로 농촌현실을 반영하는 리얼리즘 문학의 측면에서 고찰해왔는데, 여성문제에도 지속적인 관심을 보이는 문학적 특성을 고려할 때 여성의식에 대한 일관된 해명은 필요하리라 생각된다. 이기영은 어린 시절 조혼과 모친 상실을 경험했고 농촌에서 하층 여성의 비참한 삶을 보면서 성장하였다. 이러한 경험은 봉건제도를 비판하고 성차별의 현상을 소재 혹은 제재로 다루는 토대를 마련하였다고 볼 수 있다. 또한 사회주의이념의 수용과 카프 가입으로 문학활동을 시작한 그는 하층 여성들의 고통과 갈등을 소설화하여 빈궁이 극에 달한 식민지 상황에서 빚어지는 여성 억압의 현실을 해결하려는 의지를 보여주기도 한다. 남성작가로서는 드물게 여성문제에 대한 관심을 지속적으로 보여주는 예라 할 수 있다. 이기영이 작품활동을 시작한 1920년대는 서구 여성해방이론의 유입과 여성작가들의 등장을 배경으로 문학 속에서 여성의 문제가 진지하게 다루어지기 시작한 시기였다. 근대적인 평등의식을 기반으로 남녀평등과 자유연애론을 주장했던 1920년대 자유주의 여권론과 여성의 문제를 경제적 예속으로 파악한 사회주의 여성해방론 등이 문학에 투영되었으며 그에 따라 여성문제에 대한 인식도 다양한 차이를 드러내게 된다. 따라서 이기영 작품의 여성의식을 밝히는 일은 그의 소설을 이해하는 데 도움이 될 뿐만 아니라 당대 여성문제소설의 한 양상을 밝히는 일이 될 것이다.

## 1. 연구사 검토 및 연구 목적

카프작가로서 출발한 이기영의 문학세계는 카프문예 비평과 밀접한 연관을 맺고 있으며, 여성문제소설 역시 사회주의 여성해방론[1]을 배경으로 하고 있다. 마르크스, 엥겔스 사상을 문학의 이념으로 삼았던 카프계열 작가들은 전반적인 사회변혁의 차원에서 여성문제에도 남다른 관심을 쏟았다. 이는 봉건적인 굴레와 가난이라는 부담을 안고 있는[2] 여성이 계급갈등의 최종적 피해자라는 인식 하에서 여성인물을 형상화하려는

---

1) 본고에서는 마르크스, 엥겔스, 베벨, 콜론타이 등의 이론을 수용하여 여성해방을 논의했던 1920, 30년대의 여성해방이론을 지칭하는 용어로 사용하였다. 당시의 사회주의 여성해방론에 대한 고찰은 서정자의 『일제강점기 한국 여류소설 연구』(숙명여대 박사논문, 1987, 25~27면) 참조.
2) 안광호는 지금의 조선 부인들은 가정적으로 그리고 사회적으로 두겹의 노예생활에 빠져 있다고 여성의 상황을 설명하고 있다(「조선여성의 당면문제」 신여성, 1932.10, 7면).

것이었다. 여성들을 부정적이거나 소극적인 인물로 그리는 경우가 많았던 당시 문단의 풍토3)에 비추어 볼 때 이기영 소설이 보여주는 여성에 대한 관심은 결코 가벼운 것이 아니라 생각된다. 등단작인「옵바의 비밀편지」에서 월북 후 북한에서 발표한『한 녀성의 운명』에 이르기까지 그의 작품에는 여성의 삶을 예속하는 봉건적인 인습의 비판과, 여성 농민, 여성 노동자의 힘겨운 삶이 그려져 있다. 그러한 현실 속에서 성차별과 가난을 극복해나가는 여성인물을 형상화하고자 하였다는 점에서 의미를 부여할 수 있을 것이다.

그러나 다른 남성작가들의 경우도 마찬가지겠지만 그 역시도 표면적인 주제로 삼고 있는 여성해방의식의 이면에는 뿌리 깊은 남성우월의식, 현모양처, 여필종부, 삼종지도 등을 이상으로 여기는 유교적인 여성의식이 내재하여 작가가 표면적으로 주장하는 것만으로 이기영 소설의 여성의식을 해석하기는 어렵다. 게다가 카프 해체 이후에는 스스로 비판하고 나섰던 현모양처상을 강조하는 양상을 보여주고 있어서 기존의 연구에서도 서로 다른 평가로 엇갈리고 있다.

이기영 작품에 대한 그간의 연구는 7편의 박사논문과 20여 편의 석사논문4)이 발표되어 많은 진전을 보이고 있으며, 그 외에도 이기영 소설을 분석한 작품론이 상당수 발표되어 카프의 대표작가로서 이기영의 면모를 밝히고 있다. 여성문제에 중점을 둔 논의는 학위논문에서 한 부분으로 다룬 경우와 몇 편의 소논문 등이 있다. 이 논의들은 크게 이기영의 여성의식을 유교적 전통으로 보는 견해, 사회주의 여성해방론으로 보는 견해, 유교적 여성의식과 사회주의 여성해방론의 이중성으로 보는 견해

---

3) 방영이(『한국근대소설에 나타난 여성의식 연구』, 전북대 박사논문, 1991)는 이광수, 김동인 등의 작품에 대해 남성중심의 애정관을 표출한 가부장의식의 작품으로 분석하였고, 유남옥(『1920년대 단편소설에 나타난 페미니즘 연구』, 숙명여대 박사논문, 1993)은 김동인, 현진건, 나도향 등의 단편을 통해 볼 때 1920년대 남성작가의 작품에는 가부장제 이데올로기가 두드러지게 나타나고 있음을 지적하였다.

등으로 나뉜다.

이기영의 작품이 유교적 가치관의 전통에 뿌리내리고 있다고 보는 견해로는 정대호, 김희자[5] 등이 있다. 장편소설을 분석한 정대호는 이기영이 가부장적인 가정에서 성장하였고 유교경전을 공부하여 남성 중심의 가치관을 형성하였기 때문에 여성인물의 성격이 유교적 가치관의 한계를 벗어나지 못하였다고 비판한다. 김희자는 이기영이 조혼에 대한 나쁜 기억 때문에 유교 이데올로기를 공격하고 계급의식으로 전환하게 되지만, 결국 유교윤리에 안주하게 된 작가라고 평가한다. 이들의 논의는 작가의식의 뿌리를 유교적 가치관과 접목시킨 점에서 나름의 성과를 보였으나 유교윤리가 작품 속에서 어떻게 작용하고 있는가에 대해서는 논의의 일관성을 잃고 있다.

---

4) 김희자, 『이기영 소설 연구』, 건국대 박사논문, 1990.
　김흥식, 『이기영 소설 연구』, 서울대 박사논문, 1991.
　권 유, 『이기영 소설 연구: 해방 이전 작품을 중심으로』, 한양대 박사논문, 1992.
　김성수, 『이기영 소설 연구: 식민지 시대 소설의 리얼리즘 성격을 중심으로』, 성균관대 박사논문, 1992.
　이상경, 『이기영 소설의 변모과정 연구』, 서울대 박사논문, 1992.
　박홍배, 『이기영의 장편소설 연구』, 동아대 박사논문, 1993.
　이미림, 『이기영 장편소설 연구』, 숙명여대 박사논문, 1993.
　권일경, 「이기영 장편소설 연구」, 서울대 석사논문, 1989.
　서은주, 「이기영 소설 연구」, 연세대 석사논문, 1991.
　문재원, 「이기영 장편소설의 현실주의적 성격 연구」, 부산대 석사논문, 1991.
　김혜영, 「이기영 농민 소설 연구」, 서울여대 석사논문, 1991.
　정지환, 「이기영 해방 전 장편소설 연구: 여성등장인물의 의미분석을 중심으로」, 서울시립대 석사논문, 1992.
　권명아, 「이기영 소설 연구」, 연세대 석사논문, 1993.
　이정숙, 「이기영 소설 연구: 『고향』과 『두만강』을 중심으로」, 고려대 석사논문, 1992.
　손종업, 「이기영 소설 연구」, 중앙대 석사논문, 1992.
　이 외에도 다수의 석사논문이 발표되었음.
5) 정대호, 「이기영의 장편소설에 나타난 현실진단과 그 대응 논리의 변화」, 문학과 언어 제11집, 1990.
　김희자, 앞의 논문.

그와는 달리 이기영의 소설에서 사회주의이념의 수용이 여성의 문제를 사회문제로 해석할 수 있는 구조적인 관점을 제공하였다고 보는 김성수, 한기형, 서은주[6] 등의 논의가 있다. 김성수는 조혼이나 부부간의 불합리한 애정의 모티프는 가출 모티프와 함께 이기영 소설에서 반복되는 모티프로서 여성문제 해결이 인간해방과 관련된다고 보는 사회주의 여성해방론의 시각이라는 평가를 내리고 있다. 한기형은 작품에 반영된 여성문제 양상을 몰락하는 농촌 경제에서 야기되는 성의 상품화, 가부장적 예속과 멸시, 강제결혼 및 조혼 등 결혼제도의 불합리성으로 구분하고, 남녀의 화해와 여성의 주체적 각성에 의한 결단으로 해결방식을 제시하였다고 보았다. 서은주는 인간이 행복할 권리를 박탈하는 객관적 조건을 인식하고 그에 대해 적극적 대응으로 나아가는 여성상을 제시함으로써 바람직한 여성해방의 주체적인 모습을 그렸다고 한다.

유교이념과 사회주의이념을 이기영 소설에 나타난 여성문제 인식의 이중성으로 평가한 변정화, 박홍배[7]의 논의는 앞서의 평가에 비해 한 걸음 나아간 연구라 하겠다. 초기와 목적의식기 소설을 분석한 변정화는 작가가 내면화하고 있는 公私二分法 때문에 여성인물의 발전과정이 극단적인 단계론에 빠졌다고 말한다. 사적 공간 즉 가정 역할을 담당하는 여성에 대한 부정의식이 가정과 연애를 부정하게 하고 계급투사로만 존재하는 여성상을 만들어내는 원인이 되었다는 것이다. 박홍배는 이기영 소설의 이상적 여성상에서 개혁지향과 전통지향의 인물이 공존하는 모순된 양상이 나타나는 원인은 개화인으로서의 민촌의 고뇌 즉 가정과 대의 사

---

6) 한기형, 「이기영 문학의 사상적 근저」, 반교어문연구 제3집, 1991.
   서은주, 김성수 등의 논문.
7) 변정화, 「이기영 작품에 나타난 여성현실과 그 전개방식—초기 경향소설을 중심으로」, 숙명여대 아세아여성연구 제29집, 1990.
   변정화, 「이기영의 작품과 여성해방의 문제—목적의식기 작품을 중심으로」, 숙명여대 어문논집 제1집, 1991.
   박홍배, 「민촌문학의 여성관」, 어문학교육 제14집, 1992.

이에서 고민하는 지식인의 양면성 때문이라고 보았다.

그 외에 조혼 모티프와 심청 모티프를 추출하여 반봉건 주제와 빈궁현상을 드러내는 주제로 이기영의 여성편향성을 분석한 이미림[8]의 논의와 전향 후의 장편을 대상으로 여성문제에 대한 관심을 어미찾기로 분석한 정지환[9] 논의 등이 있다.

이상의 연구에서 추출되는 논점은 첫째로 어린 시절부터 자연스럽게 습득된 유교적 여성관과 작가로서의 출발점이 되는 사회주의이념과의 관련성에 대해 서로 다른 평가를 내리고 있다는 점이다. 이는 이기영이 유교적 분위기 속에서 성장하여 남존여비의식을 내재한 측면과 사회주의이념을 기반으로 남녀평등을 주장하는 측면에 대한 평가가 쉽지 않음을 말해준다.

이러한 여성의식의 이중성을 평가할 때, 그가 남성작가이기 때문에 가질 수밖에 없는 여성에 대한 관념적이고 불철저한 의식을 확대하여 남성우월적 편견에 사로잡힌 작가라고 부정하는 태도와 표면적으로 남녀평등의 주제의식을 내세웠다고 무조건 여성해방의식을 획득한 작가라고 긍정하는 태도는 모두 일면적인 평가라고 볼 수 있다. 그가 지닌 내면화된 남존여비의 여성관을 작품 전체로 확장하여 평가할 경우 근대화 초기를 살았던 작가로서 그러한 시대적인 또는 체험적인 한계를 극복하고 여성현실을 객관적으로 작품화해내려는 노력은 간과되기 쉽다. 사실 여성을 사회적이고 역사적인 인물로 보지 않고 주체성, 사회성이 없는 존재로 이해하는 정체된 여성의식은 남성작가만이 아니라 당대의 여성작가에게서도 나타나는 문제[10]였다. 따라서 남성작가라 하여 남존여비의식이 근본적인 의식이라고 평가하는 태도는 객관성을 갖지 못한다. 또 그

---

8) 이미림, 앞의 논문.
9) 정지환, 앞의 논문.
10) 전혜자, 「한국 여류소설에 나타난 페미니즘 연구」, 숙명여대 아세아여성연구 제21집, 1982, 230면 참조.

반대의 경우는 그가 해결할 수 없었던 봉건의식의 한계점을 지적하지 못하는 문제를 지니게 된다.

한 시대의 산물인 작품은 그 시대에 공존하는 다양한 이념에 영향을 받게 되는데[11], 특히 봉건과 식민지 근대화가 교차되는 과도기의 작품들은 전통적인 남존여비의식과 새로운 이념적 지향이 작품 속에서 어떻게 나타나며, 어떠한 형태로 조정되고 있는지 관련성을 분석해내는 과정이 필요할 것이다. 따라서 유교 전통의 여성의식과 사회주의 여성해방론이 작품에 투영되는 양상을 관련지어 분석할 때에야 이기영 작품의 여성의식은 온전히 평가될 수 있을 것으로 생각된다.

둘째, 그간의 논의는 여성문제에 대한 인식을 작품의 변모과정의 한 부분으로 설명하거나 혹은 부수적인 문제로 다루어 일관된 논지를 갖지 못했으며, 소논문들 역시 몇 작품만을 다루었기 때문에 부분적인 평가에 머무르고 있다. 카프시기와 전향 이후 또는 월북 후의 작품을 연관성 속에서 이해해야만 전체적인 평가가 가능할 것이다. 또한 그간의 연구는 이기영의 소설을 주로 빈농이나 노동자계급의 현실에 초점을 두어 평가해왔는데, 여성문제를 중심으로 이기영 소설을 해명하는 것도 의미 있는 시도가 될 것이다. 식민지 근대화에서 여성의 문제는 봉건유습과 가난한 식민지현실의 부담을 동시에 지고 있는 이중의 피해자라는 상징성[12]을 띠고 있었기 때문에 이기영의 여성문제에 대한 관심은 현실 비판과 극복이라는 문제와 직결되어 있다. 따라서 여성의식의 해명은 이기영 작품의 또 다른 의의를 밝히는 데 도움이 되리라 생각된다. 카프시기에 특징적

---

11) 레이몬드 윌리엄즈는 하나의 문화적 과정은 지배적인 것과 잔여적인 것, 부상적인 것 사이의 흔들림과 경향들 사이의 복합적 상호 관계를 인식할 필요가 있다고 말하고 있다(『이념과 문학』, 이일환 역, 문학과지성사, 1982, 152~153면).

12) 김윤식은 식민지라는 갇힌 상황 속에서 뿌리가 뽑혀 버린 남자들 대신에 삶을 지킬 수밖에 없었던 것이 어머니요 누이였다고 생각할 때 이 당시 문학의 여성편향은 이들을 통해서 비애가 강화되고 내재화된 저항성을 표출하는 방법이었을 것이라고 평가하였다(『근대한국문학연구』, 일지사, 1973, 460면).

으로 나타나는 적극적인 투사형 여성인물이나, 전향 이후에 두드러지는 생명으로서의 모성상 등은 작가의 현실 비판과 전망의 모색이 어떻게 변화하고 있는가를 구체적으로 볼 수 있는 방법이 될 것이다. 그리고 식민지시대가 종결되고 그가 이상으로 삼았던 사회주의가 현실화되었다고 판단했던 월북 후의 작품에서 나타나는 여성상에서도 그 사회를 바라보는 작가의 시각을 읽을 수 있을 것이다.

## 2. 연구 방법과 연구 대상

이기영 작품의 여성문제 인식을 추출하기 위하여 본고는 여성인물의 특성을 분석하는 방법을 택하였다. "소설은 어느 때나 인물의 예술"이라는 임화의 정의나 여러 인물의 묘사에 관심을 두었던 이기영의 문학관[13]에서 나타나듯이 카프계열의 작가들은 특히 인물의 전형성 문제를 고민하고 인물의 형상화에 역점을 두었다고 할 수 있다. 인물은 소설의 플롯을 형성하는 중심 요소이고, 당대의 시대적 관념을 표상한다고 할 수 있다. 인물의 성격, 인물의 운명이 함축하는 관념은 사회에 대한 평가와 인식을 담고 있으며, 소설 발전 가운데 이루어지는 인물의 성쇠가 역사의 발전방향을 드러내는 주제의식을 보여주는 것이다.[14] 이기영 소설에는 여성 농민, 여성 노동자, 신여성, 아내, 어머니 등의 여성인물이 등장하는데 인물 분석으로 작가의 여성의식을 추출하기 위해 본고는 세 가지 관점에 유의하고자 한다.

첫째, 여성현실을 바라보는 작가의 시각을 이해하기 위해 본고에서는 페미니즘 비평의 여성상 분석방법을 부분적으로 수용한다. 문학작품을

---

13) 이기영은 「문장 · 문리 · 수법」(조선일보, 1934.7.6 ~11, 『문학론』, 이기영 선집 13, 풀빛, 1992, 214면. 이하 선집 13으로 약칭)이라는 글에서 자신이 영향을 받은 투르게네프의 주된 소설작법을 '여러 인물을 묘사하려는 것'이라고 설명한다.
14) 임 화, 「현대소설의 주인공」, 1939.7, 『문학의 논리』, 서음출판사, 1989, 245면.

여성작가나 여성인물에 초점을 맞추어 재평가하는 방법은 여성문학 비평, 혹은 여성해방문학 비평이라 불리는 페미니즘 비평의 본령이다. 서구의 페미니즘 비평15)이 우리 나라에 소개되면서 문학연구방법으로 본격화된 시기는 1980년대 이후라 볼 수 있는데, 여성의 눈으로 다시보기(re-vision)16)라는 독자지향의 입장에서 시작되었다. '다시보기'는 '교정 (revision)'이란 단어를 비튼(pun) 표현으로 지금까지 개관적이리 여기겠던 비평의 기준이 사실은 성차별주의를 내포한 것이었으며, 이에 대한 재평가가 필요함을 제기한 용어이다.

특히 문학작품 속에서 여성상의 다시보기를 시도한 여성이미지 비평은 남성 중심이 문학에서 여성은 천사 혹은 마녀로 왜곡되어왔음을 지적하였다. 문학에 투영된 천사/마녀, 여신/암캐의 여성이미지는 그 어느 쪽에도 속하지 않으며 그런 기대에 시달리는 불완전한 여성의 존재와는 무관하다고 지적한다. 꿈의 역할이든 악몽의 역할이든 여성의 인간성, 여성의 리얼리티를 부정하는 점에서는 마찬가지라는 것이다.17) 남성을 구원하거나 남성에 의해 구원받는 대상 또는 남성이 부정해야 하는 대상으로만 여성이 그려진다는 것은 여성도 갈등하고 고민하는 사회적 존재라는 사실을 배제한 남성 중심의 시각을 반영한 것으로 볼 수 있다.

이를 우리 문학의 전통에서 유교적인 德女/惡女의 이분법과 연결 지어 생각할 때 유교적 여성관을 지속시키는 측면과 이를 벗어나고 있는 측

---

15) 김성곤은 「현대 영미 페미니즘과 <여성중심 비평>」(외국문학, 1988. 겨울호)에서 영미페미니즘 문학비평의 흐름을, ①여성이미지 비평 ─ 남성 작가의 작품에서 여성의 왜곡상 분석, ②여성중심 비평 ─ 여성 작가와 작품에서 특수성을 찾으려는 시도, ③최근의 이론지향적 비평 ─ 남녀의 대립 구도로 문학을 보는 분석방법을 지양하고 지배문화 전반의 닫힌 체계를 문제삼으려는 비평 등으로 나누어 소개하고 있다. 본고에서는 여성이미지 비평의 방법을 부분적으로 수용하였다.

16) 캐서린 스팀프스, 「여권론비평에 대하여」, 데이비드 로지 편, 『20세기 문학비평』, 윤지관 외 역, 까치, 1984, 401면.

17) Leslie Fiedler, Love and Death in American Novel, rev.ed(New York: Stein and Day. 1966) 314면, 『여성해방문학의 논리』, 창작과비평사, 1990, 77면 재인용.

면을 구분할 수 있는 방법이 될 것이다. 「書經」에 나오는 덕녀와 악녀의 이분법은 고전소설의 여성인물 성격으로 쉽게 이해할 수 있을 것이다. 착하고 순종적인 심청이와 심봉사를 끊임없이 속이고 위험에 몰아넣는 뺑덕어미의 성격은 자아보다는 유교적 가부장제에 기여하는 인물인가 아닌가로 여성을 구분짓는 인물의 이분법이다.[18] 고전소설은 유교적 전통의 현모양처, 즉 남성에 대한 순종과 가족을 위한 헌신, 아이에 대한 현덕한 어머니의 품성을 갖춘 인물을 善人으로, 이를 위협하는 애정이나 물욕, 또는 성취욕 등의 자기 욕망이 강한 여성은 惡人으로 그려지고 있다. 유교이념을 합리화하는 勸善懲惡의 구조[19] 속에서 남성의 권위에 도전하는 여성은 부정되고 순종적이고 헌신적인 여성만이 이상적인 여성으로 그려진다. 이는 여성의 역할을 사적 공간의 담당자로 남성 역할을 공적 세계의 담당자로 구분하는 公私분리의식의 문학적 반영이라 볼 수 있다. 2장 여성해방 논의에서 자세히 다루겠지만 여성의 공적 영역에서의 철저한 분리를 원칙으로 삼았던 유교적 여성관은 남존여비의식을 하늘의 뜻으로 이해하였으며, 공적 영역이 확대되고 더 큰 의미를 갖게 되는 현대에 와서는 공적 영역에서 배제된 여성을 힘없고 열등한 존재로 만드는 원인이 되기도 한다. 따라서 작품에 나타난 여성의식이 공사 분리의식에 고정되어 있는가 이를 벗어나 통합적 의식을 지향하는가가 여성해방의 시각에서 작가의식을 평가하는 기준이 될 수 있을 것이다.

여성의 경제적 독립과 사회진출을 해방의 전망으로 삼는 사회주의이념을 수용했을 때, 사회주의이념의 여성관은 전통적인 공사구분과는 달리 여성의 생산에서의 지위를 중시하고 가정으로부터의 해방을 지향하기 때문에 이 때 유교적 여성의식과 가장 큰 갈등의 요소는 생산에서의

---

18) 김광순 「고소설에 나타난 조선조 여인상」, 효성여대 여성문제연구 제17집, 1989 참조. 고전소설의 여성상을 분석한 이 글에서는 여성인물의 성격이 순종과 현덕의 품성을 지닌 미인과 악녀형의 추녀로 구분되어 나타남을 설명하였다.
19) 최시한, 「가정소설연구―소설 형식과 가족의 운명」, 민음사, 1993, 91면.

여성의 지위문제와 연애문제로 대두된다. 결국 이 두 가지 요소에서 긍정적 인물과 부정적 인물이 어떠한 성격을 가지고 있는가가 여성의식을 해명하는 중심이 될 것이다.

둘째, 여성해방의 주제를 드러내는 긍정적 인물들과 부정적 인물들을 동시에 분석하고 그 관련성을 분석하고자 한다.

각각의 여성인물을 통해 작가의 의식을 살펴보기 위해서는 자중여성 인물을 다루는 작가의 태도, 즉 어떠한 시각으로 여성인물을 그리고 있는가를 중시해야 하며[20] 작가의 시각은 긍정적 인물과 부정적 인물의 성격을 통해서 나타난다. 긍정적 인물(protagonist)은 작가 자신이 긍정하려는, 또 그 긍정의 감정을 독자에게 전달하려고 하는 인물이라면 반면 부정적 인물(antagonist)은 작가나 독자가 끝에 가서는 부정하는 또는 부정해야 할 대상으로 구분된다.[21] 긍정적 인물이 작가가 주장하고자 하는 이념의 편에 서 있다면, 작가가 부정하고자 하는 이념의 편에 서 있는 인물이 부정적 인물이라 할 수 있다. 흔히 인물 분석에서는 긍정적 인물이 중심이 되기도 하지만 작가의 지향점이 불분명하고 비판의식이 뚜렷한 경우 부정적 인물이 부각되기도 한다. 부정적 인물의 성격은 작가가 무엇을 부정하는가, 또는 어떤 지향의식을 내재하고 있는가를 암시하는 역할을 하기도 한다. 따라서 이러한 인물을 그리는 작가의 시각을 비교 검토해야 단선적인 평가를 피할 수 있을 것이다.

셋째, 이념의 혼재와 조정과정을 살펴보기 위해서 인물을 성격화(characterization)하는 방법을 비교 분석하고자 한다. 작품 내에서 인물의 특성은 다양한 방식으로 구성되며, 이는 인물의 성격을 드러내는 지표의 역

---

20) 여기서 사용하는 '시각(perspective)'은 루카치가 '작가의 태도'로 명명하고 중요성을 부각시킨 개념이다. 시각은 '예술적 선택의 지침이 되는 주관적 원리'로서 세부묘사를 선택 또는 배제함으로써 일정한 현실의 운동방향을 포착하는 능력을 나타낸다(게오르그 루카치, 『우리 시대의 리얼리즘』, 문학예술연구회 역, 인간사, 1986, 54면).
21) 조남현, 『소설원론』, 고려원, 1982, 130면.

할을 한다. 이를 인물 구성 또는 성격화라 한다.[22] 성격화 방법은 크게 직접 한정, 간접 제시, 유비로 구분되며, 직접 한정에는 서술자의 서술이, 간접 제시에는 행동, 담화, 외양묘사, 환경묘사 등이 포함된다. 유비(analogy)는 스토리와 직접 인과관계는 없지만 명칭이나 풍경, 두 인물간의 유사성이나 대비성으로 성격화를 강화하는 방식이다. 이러한 다양한 방법은 동일한 특성을 반복하거나 상호 보족적 관계로 인물의 성격을 통일적으로 구성하기도 하지만 때로 상호 모순적인 요소들이 결합되는 경우도 있다.[23] 특히 고전소설의 전통을 강하게 이어받은 이기영 소설은 인물의 외양묘사나, 설화의 수용, 고전소설투의 논평 등이 성격화의 방법으로 두드러진다. 이러한 방법이 인물의 담화나 서술자의 인물에 대한 평가 등과 괴리되기도 하는 현상[24]을 보여주고 있어서, 작가의 의식적 시도와는 달리 무의식적 실천이 인물의 성격을 통해 주제로 통일되지 못하는 경향이 나타나기도 한다. 따라서 성격화 방법 간의 모순 또는 통일의 과정을 고찰함으로써 인물의 성격을 좀 더 분명하게 해명할 수 있을 것이며, 작가의식의 혼재와 조정과정에 대한 이해가 가능할 것이다.

또한 작품 분석에서 추출된 여성의식을 당대 현실에서의 다른 작가들의 경우와 비교 검토하는 방법이 필요하다. 근대 초기를 살아가는 남성작가로서 유교적 전통의 남존여비의식을 완전히 벗어나기는 어려웠을 것이며, 사회주의 여성해방론의 수용도 현실적 전망으로 기능하기는 힘들었을 것이다. 이러한 당대의 현실에서 이기영의 여성의식의 공과를 평가해야 다양한 여성현실을 그려낸 작품의 의미가 분명해지리라 생각된다.

분석 대상은 여성을 주인공으로 하거나 여성문제를 뚜렷이 드러낸 작

---

22) 리몬 케넌, 『소설의 시학』, 최상규 역, 문학과지성사, 1985, 92면.
23) 리몬 케넌, 앞의 책, 93~107면.
24) 리몬 케넌은 두드러지게 우세한 성격화 유형을 확정짓는 일이 작품을 이해하는 데 도움이 되며, 성격화 방법 간의 상호 작용 즉 상호 보족적인가, 모순적인가를 설명하는 일도 성격 특성을 이해하는 데 도움이 된다고 설명하였다(앞의 책, 107면).

품을 중심으로 하였으며, 장편과 단편을 아울러 분석하였다. 시기구분은 사회주의 여성해방론을 수용하고 이를 형상화하고 있는 카프시기를 여성상의 변모에 따라 세 시기로 구분하여 초기 소설, 목적의식기 소설, 장편소설로 전환된 시기로 나누었다. 그리고 관심이 다원화되고 사상이 잠재화되는 전향 이후부터 친일소설을 창작하는 시기, 월북 후의 작품을 각각 한 시기로 설정하여 분석하였다.[25]

예비적으로는 작가의 여성문학적 특징이 배태되는 시대적 배경으로 일제하 여성해방 논의의 흐름을 살피고, 유교 전통에서의 성장과 사회주의 이념의 수용과정을 고찰하여 이기영의 여성관이 형성되는 과정을 살피고자 한다.

---

25) 해방전 작품은 태학사에서 발행된 영인본 『한국근대단편소설대계』와 『한국근대장편소설대계』를 텍스트로 사용하였다. 발행지 페이지를 알 수 없는 경우는 '단편대계' '장편대계'로 표시하고 영인본 페이지를 밝혔다.

# II. 예비적 고찰

# II. 예비적 고찰

## 1. 일제하 여성해방 논의의 흐름

### 1) 사회적 상황과 여성현실

1920년는 3·1운동 이후 문화정치를 표방한 식민지 정책으로 약간의 자유가 허용되었고, 일본유학생을 중심으로 다양한 근대문물와 이념의 수용이 이루어지는 시기였다. 근대적인 교육제도와 평등의식의 확산, 자유주의, 사회주의이념의 유입과 그에 따른 단체들의 출현 등 우리 나라의 상황은 표면적으로나마 근대적인 면모를 갖추기 시작하였다. 그러나 1930년대로 들어서면서 식민지 통치체제는 문화적인 기만정책이 끝나고 팟시즘 체제가 강화되는 시기로 접어든다. 세계공황의 여파로 궁지에 몰린 일본 자본주의는 돌파구를 찾기 위해 본격적인 대륙침략을 시작하였고, 만주사변(1931), 중일전쟁(1937), 태평양전쟁(1941)으로 이어지는 침략전쟁의 소용돌이 속에서 식민지 조선은 일본의 병참기지로서 자본, 농토, 노동, 공업 등 모든 분야에서 식민지 수탈에 시달려야만 했다. 식민지 팟쇼 체제의 강화는 군사력, 경찰력의 증강과 철저한 사상통제로 나타나는데, 특히 사상통제는 1925년에 만든 치안유지법 외에 1936년 조선사상범보호관찰령을 새로 만들어 식민지 조선의 치안을 유지한다는 구실 아래 한민족의 모든 사회활동과 민족정신을 원천봉쇄하려는 것이었다.[1] 그리하여 외형적 공업화와 도시화가 진행되었던 1930년대는 사회적 총생산이 비약적으로 증가하는 데 비해 민족구성원의 대다수가 기

---

1) 강만길, 『한국현대사』, 창작과비평사, 1984, 32~38면.

아조차 해결할 수 없는 절대적 궁핍을 겪고 서구의 최신문화가 노예시대적 사상통제 아래서 꽃피게 되는 역설적 상황이 펼쳐진다.[2]

국민의 대다수를 차지하는 농민들의 생활은 산미증식계획, 농산물 가격의 폭락, 대토지를 소유한 친일지주들의 횡포 등으로 심각한 빈곤으로 치닫고 있었으며, 그로 인하여 계급대립이 첨예화되는[3] 상황이었다. 1919년 이후 급증한 노농쟁의는 30년대 중반까지 증가[4]하고 있었으며, 이들의 투쟁은 민족적 저항의 의미를 띤 것이기도 했다. 1937년 중일전쟁 이후에는 그나마의 자유도 허용되지 않았으며 전시체제로 전환하게 된다.[5] 중요산업통제법을 개정하여 1937년 조선에 적용하였으며 임시자금조정법(37.10), 국가총동원법(37.3) 등을 제정하여 조선산업은 군수산업으로 재편성되었다.

여성들의 생활도 민족의 상황과 크게 다르지 않겠으나 여기에 봉건적인 남존여비의 사고가 맞물려 이들의 상황은 그중에서도 극심한 고통을 겪었던 것으로 보인다. 1920, 30년대에 접어들면서 여성은 궁핍으로 인한 가족의 파탄과 노동자로의 전이를 겪고 있었으며, 여성 인구의 8할이 넘는 농촌 여성은 봉건적 인습과 고된 노동의 이중고에 놓여 있었다.

근대산업제도가 조선에 수입됨으로부터 조선 여성은 구미의 그것에 비하야 양에 있어 비록 극소수라 할지라도 봉건의 지배적 제도로서 가정적 노예에서 떠나 사회적 일 개인으로 자아의 경제적 생활은 자아의 노동력을 생산치 아니하면 생활치 못하게 되었다. 그리하야 농장으로 공장으로

---

2) 최유찬, 『1930년대 한국리얼리즘론 연구』, 연세대 박사논문, 1986, 9면.
3) 신용하, 『한국근대사와 사회변동』, 문학과지성사, 1980, 181~182면.
4) 소작쟁의는 1920년 15건, 25년 204건, 28년 1590건, 31년 667건으로 나타났으며, 노동쟁의는 1912년 6건에서 18년 50건으로 급증하여, 20년 81건, 25년 55건, 30년 160건 등으로 나타났다. 1920년대로 접어들면서 노농쟁의가 급증하고 있음을 알 수 있다(이여성 · 김세용 공저, 『數字 朝鮮 硏究』 제4집, 세광사, 1933, 86, 102면).
5) 강만길, 앞의 책, 25~37면.

토목공사장으로 나가지 아니하면 아니되었다. 그리하야 그들이 성적해방을 얻어 가정에서 공장에 대등된 인간으로서 고주와 자유계약 하에 노동을 하는 임금을 받는 평등적 지위를 얻었다 하겠으나 그들의 이 생활방식이 결국 그들로 하여금 다시금 봉건적 질곡에서 현대의 경제적 고통에로 몰아넣고 그들을 고민의 와중에서 신음하게 한다. 그들의 가정은 파괴되고 그들의 유아는 굶주린 창자를 안고 가두에 방황하는 부모 있는 고아가 되게 하는 비참한 사실이 그들의 앞에 직면하고 있다. 이러한 노동부인이 현재 약 오만여에 달하고 잇다.[6]

현하 조선의 여성은 하나는 봉건세력으로부터 해방되여야 되고 또 하나는 근대적 압박에서 해방되여야 할 절박한 두 개의 조건을 가지고 있는 줄 암니다. 그런데 이 모든 조건에서 하루바삐 벗어나지 아니하는 알 수 없는 가장 비참한 경우에 잇는 녀성은 팔백만이 넘는 농촌여성임니다. 전조선 녀성의 그 팔할이 넘는 절대다수의 군중이 그들입니다.[7]

이 두 글을 통해 당시의 여성현실이 어떠했는지 충분히 짐작할 수 있다. 노동여성의 등장과 그들이 겪는 경제적 고통, 가정의 파탄, 농촌 여성에게 부과되는 봉건적 질곡과 궁핍화가 당대 여성의 현실임을 알 수 있다. 게다가 90% 가량의 여성이 문맹[8]이었기 때문에 여성의 교육도 시급한 과제로 떠오르고 있었다.

1930년대로 접어들면서 일본 독점자본에 의해 방직공업은 대공업체제로 구축되고 기계도입을 통해 생산과정이 변화한다. 그리하여 여성 노동자는 1930년에 28,288명에서 1940년에는 73,202명으로 2.58배 증가하게 된다. 또한 농촌분화가 일단락되어 과잉인구가 감소하고, 전쟁인력으로 노동력이 부족해짐에 따라 여성 광산노동자가 1931년 3%에서 1941

---

6) 허정숙, 「근우회 운동의 역사적 지위와 당면 임무」, 근우 창간호, 1929.5, 10~11면.
7) 이성환, 「금후의 조선여성운동」, 근우 창간호, 42면.
8) 1930년 여성의 절대문맹률이 89.5%로 나타남(이여성·김세용 공저, 앞의 책, 111면).

년에는 7.3%로 증가하는 등 여성 노동의 형태 또한 다양해지게 된다. 전쟁에 의한 국민동원정책으로 여성 노동력이 동원되고, 국민근로보국대는 14세 이상 25세 미만의 미혼여자를 동원대상으로 삼았기 때문에 여성의 조혼경향은 오히려 이 시기에 늘어나는 현상을 보여주었다.[9]

여성 노동의 확대는 여성의 부담만 가중시켰을 뿐 여성의 지위향상과 무관한 것이었고 여성의 생활상태는 악화일로를 걷고 있었다. 농촌 여성의 과중한 노동과 빈곤[10], 여성 노동자의 기아임금[11]과 일시적 매춘 강제[12] 등 1940년대로 접어들면서 민족의 생존문제와 함께 여성의 생존 역시 심각한 위기를 맞고 있었다.

한편으로 이 시기는 이러한 해방의 잠재적 역량을 발현시켜 노동운동, 농민운동, 문화운동 등 각 분야에서 여성의 활약이 급증하는 시기였다.[13] 여성운동이 활성화될 수 있었던 배경으로는 애국계몽운동의 일환으로 이루어진 선각자들의 평등사상 전파와 기독교계통의 선교사에 의한 여성교육운동, 여성해방에 대해 자각하기 시작한 교육받은 신여성층의 형성 등을 들 수 있다. 여성의 교육과 새로운 평등사상의 출현은 다음 항에서 자세히 살펴보기로 하겠다.

---

9) 한국여성연구회 여성사분과 편 『한국여성사』, 풀빛, 1992, 229~237면.
10) 김명호는 「조선의 농촌 여성」(신여성, 1926.1, 58면)에서 농촌 여성이 남성보다 적어도 2배의 일을 하면서도 무조건 순종하는 노예나 다름없는 생활을 하고 있다고 지적하였다.
11) 조선인의 임금은 일인의 절반 수준이며, 여성임금은 남성임금의 절반 수준으로 조선인 여성은 일본인 남성의 약 1/4 정도의 저임금 상태였다(신영숙, 『일제하 한국 여성 사회사 연구』, 이화여대 박사논문, 1989, 34면).
12) "최근에 이르러서는 직업부인의 진출과 동시에 웃음을 파는 여성이 대량으로 산출되고 소위 여자사무원, 여비서의 지위도 가정파괴의 현상을 가속화하는 원인이 된다. 도회는 마굴화하고 암흑의 여자가 거리에 범람하게 된다. 농촌과 어촌에도 홍등의 노래가 퍼져나간다." 주요한, 「성에 관한 제 문제」, 동광, 1931.12, 44~45면.
13) 최민지, 「한국 여성운동 소사」, 이효재 편, 『여성해방의 이론과 현실』, 창작과비평사, 1979, 242~250면 참조.

## 2) 여성해방 논의의 흐름

19세기말 근대적 평등의식의 등장에서부터 해방 이전까지 여성에 대한 논의는 보수주의 여성관, 자유주의 여권론, 사회주의 여성해방론, 제국주의 모성론 등으로 크게 구분할 수 있을 것이다. 보수주의 여성관이나 제국주이 모성론은 여성해방 논의와는 정반대의 입장에서 성차별을 견고히 하는 이념이지만, 여성해방론이 어떠한 이념에 대한 부정에서 출발하고 있는가를 이해하기 위해 두 논의를 함께 고찰하고자 한다. 그리고 일제말 식민지정책의 일환으로 강요된 제국주의 모성론은 크게 보수주의 여성관에 속하지만 제국주의 인간형을 배출하려는 목적이 뚜렷한 이념이므로 우리 나라의 전통적인 보수주의와는 구분하였다.

우리 나라에서 보수주의 여성관은 조선후기에 이르러 경직화된 유교이념에서 그 뿌리를 찾을 수 있다. 보수주의는 인간의 관심, 욕망, 능력 그리고 욕구 등이 개인 자신의 노력이나 남성과 여성이 처한 상황 혹은 이 양자간의 결합에 의해서 결정되기보다는 오히려 선천적 요인에 의해 결정된다고 한다.14) 즉 여자로 태어나느냐 남자로 태어나느냐에 따라 역할, 성격, 용모, 가치까지도 결정된다고 믿는 신념이다. 첫째, 유교이념 하에서 성역할은 남자는 바깥일을 맡고, 여자는 집안일을 맡는다는 男女有別로 구분된다. 여성은 바깥일에서 철저히 배제되며, 남자 또한 사사로운 일을 말하지 않는다. 철저한 공사분리가 유교적 여성관의 중심이 되는 것이다. 이러한 남녀유별을 맹자 景春章에서는 '사람의 도리(남자)'와 '순종의 도리(여자)'라고 말한다. 둘째, 남자는 하늘이요 여자는 땅이라는 天建地設을 원리로 삼아 남자가 여자를 지배하는 일은 하늘이 땅을 지배하는 원리와 마찬가지로 자연의 섭리라고 이해하였다. 周易 繫辭傳에서는 乾인 하늘은 높고 귀하며 동적이고 강하며 생명의 근원인 반면에 坤인 땅은 낮고 천하며 정적이고 유한 것으로 이분화하여, 이를 남성의

---

14) A.재거·P.스트럴, 『여성해방의 이론체계』, 신인령 역, 풀빛 1983, 156 면.

도리와 여성의 도리로 구분하였다. 이를 음과 양의 관계로 이해하면 天－男－動－剛－吉－貴－君子－陽이며, 地－女－靜－柔－凶－賤－小人－陰의 도리로 음이 양을 따르는 것이 바른 도리가 된다.[15] 셋째, 조선 후기 이후 특히 강조되었던 여성의 도리는 정절에 대한 규범이었다. 재가 녀자손금고법이나 수절, 열녀에 대한 표창, 간음한 여자에 대한 철저한 처벌 등으로 여성의 성욕은 금기시된다.[16] 여성의 성욕에 대한 통제는 신분질서의 와해와 더불어 양반 숫자를 제한하고자 했던 지배층의 욕구를 반영하는 것이었다. 여성의 성욕에 대한 금기는 근대 이후 재가의 허용이나 평등권에 대한 인식으로 어느 정도 허용되기는 하지만 생물학에 의해 지지되어 남성의 강한 성욕과 여성의 순결이 당연한 것으로 인식되는 이중적인 성규범으로 지속된다.

조선 후기 이후 강화된 공사분리의식은 현대에 와서도 남성을 바깥일, 여성을 집안일로 구분하는 성역할 고정관념(sex role stereotype)의 틀을 이룬다. 유교이념에서 이러한 남녀유별은 하늘의 뜻으로 여겨졌지만 여성해방의 입장에서는 이러한 구분법이 단순한 구별이 아니라 차별의 원리가 되어왔음을 지적한다. 공적인 것 즉 남성은 높고 귀하며, 사적인 것 즉 여성은 낮고 천하다는 男尊女卑意識이 公私二分法과 관련되어 당연하게 여겨지기 때문이다. 더욱이 공적 영역이 확대되고 사회와 가정의 분리가 명확해지는 자본주의 사회로 접어들면서 남녀의 역할을 공사로 분리하는 고정관념은 여성의 저임금과 열등한 사회적 지위를 당연하게 여기는 원인이 되기도 한다.[17]

근대에 들어서면서 가장 먼저 제기되었던 여성해방 논의는 법적 교육

---

15) 「동양에서의 성차별 인식」, 『여성과 성차별』, 한국여성개발원, 1986, 78~79 면.

16) 이옥경, 「조선시대 貞節이데올로기의 형성과정과 정착방식에 관한 연구」, 이화여대 석사 논문, 1985, 40~42 면.

17) 심영희, 「가정에서의 여성과 정치사회화」, 『민주사회발전과 여성의 정치사회화』, 숙명여대 아세아여성문제연구소, 1989.5, 26~33 면 및 조혜정, 『한국의 여성과 남성』, 문학과 지성사, 1988, 59~64 면 참조.

적 기회균등을 주장하고, 여성은 남성과 동등한 이성능력의 소유자라는 견지에서 평등한 권리를 주장했던 자유주의 여권론이었다.[18] 서구의 경우 여성이 권리를 찾으려는 운동은 여성의 참정권 허용에 관한 정치적 운동으로 시작되었는데 이는 공적 영역에서의 배제에 대한 정치적 각성에서 여성운동이 출발하였음을 의미한다. 그러나 한국에서의 여성운동은 신분화의식이 싹든 이후 평등의식의 개화와 함께 애국계몽운동의 일환으로 여성교육론이 주요한 문제로 대두된다. 「독립신문」은 1896년 창간호에서부터 여성도 배우기만 하면 남성에게 뒤질 것이 없다는 남녀평등사상을 주창하였다. 한편으로는 기독교 선교사들의 교육운동과 친일 개화파의 개화사상 등도 초기 여성개화사상의 흐름을 주도하였다. 이러한 남녀평등사상은 서구 계몽주의사상의 영향을 받은 교육의 기회균등을 중심으로 하는 것이었다. 평등의식에 고취된 여성들은 1898년 여성단체 찬양회를 조직하였고 1899년 기독교계 학교 외에 한국인이 세운 최초의 여학교인 순성여학교를 개교하였다. 1906년 숙명, 진명여학교에 이어 1908년 한성고등여학교가 설립됨으로써 여성교육의 터전을 마련하였다.[19] 그러나 자유 평등과 인간의 존엄성을 부르짖는 계몽주의사상은 우리 나라의 경우 국권의 위기의식에 흡수됨으로써 인재양성을 위한 어머니로서의 책임을 강조하는 데 중심을 두게 되었다.[20] 따라서 여학교의 교육방침 역시 "인재양성은 현모의 손으로"[21]라는 현모양처 교육이 주류를 이루었다. 1920년대 신여성운동은 애국계몽기 현모양처 교육에 대한 반성에서 출발하며, 사회참여와 성의 해방을 주장하게 된다.

　　1910년 국권상실로 인해 여성운동도 주춤하였으나 3·1운동에 여성들

18) A. 재거·P. 스트럴, 앞의 책, 157면.
19) 서정자·박영혜, 「근대여성의 문학활동」, 『한국근대여성연구』, 숙명여대 아세아여성문제연구소, 1987, 189면.
20) 이효재, 『한국의 여성운동』, 정우사, 1989, 68면.
21) 손인수, 『한국여성교육사』, 연세대출판부, 1977, 253면.

이 대거 참여함으로써 여성들의 정치 사회적 각성이 이루어졌으며, 사회의 일원으로 역사에 참여할 수 있다는 자신감을 갖게 되는 계기가 마련되었다. 또한 일제의 문화정치로 신문, 잡지, 출판 등의 자유가 부분적으로 허용됨으로써 여성해방 논의는 다시 활기를 띠게 된다. 동아일보, 시대일보, 조선일보를 비롯하여 『조선문단』, 『개벽』, 『동광』 등의 잡지 외에도 『여자지남』, 『여자계』, 『여자시론』, 『가정잡지』, 『신여자』, 『신가정』, 『부인』, 『신여성』, 『부녀지광』, 『활부녀』, 『근우』, 『부녀세계』 등의 여성지를 통해서 서구 여성해방 논의의 소개와 국내의 여성문제가 제기되었다.[22] 애국계몽기부터 이루어진 여성교육운동은 현모양처 교육을 벗어나지 못하는 것이라 할지라도 교육을 통해서 여성들은 근대적 자아각성을 이루게 된다. 주로 동경유학을 경험하여 서구의 자유주의 여권론에 눈뜨게 된 신여성들은 새로운 여성 지식인층을 형성한다. 이 시기에 소개된 입센, 엘렌 케이[23] 등의 사상은 큰 반향을 일으켰고 비로소 성의 해방, 자유연애, 자아각성을 중심으로 한 자유주의적 여권론이 급속히 전파될 수 있었다. 엘렌 케이 사상은 "연애를 인생의 기원"으로 보는 연애지상론, 자유연애를 기반으로 하는 결혼론과 자유이혼론을 중심으로 하고 있다. 그녀는 자유연애가 없는 결혼은 매매적 성교에 불과하며 왜곡된 결혼의 폐해를 생각하면 이혼이 백배 낫다고 주장한다. 그러나 엘렌 케이의 자유연애론은 모성의 책임성을 전제로 하여 어머니 역할에 부적당한 일체의 노동에 사용되어서는 안된다는 독특한 입장을 지니고 있다.[24] 초기 신여성들의 주장에서는 자유연애, 결혼과 이혼의 자유, 신정조론 등이

---

22) 이옥진, 「여성잡지를 통해 본 여권신장」, 이화여대 석사논문, 1979, 85~87면 참조.
23) 현 철, 「근대문예와 입센」(개벽, 1921.1), 노자영, 「여성운동의 제일인자 엘렌케이」(개벽, 1921.2~3), 그 외에 유우상, 「혁신생활 – 입센의 여성주의」(신여성, 1926.1), 外觀生, 「여성운동의 어머니인 엘렌 케이여사에 대하여」(신여성, 1926.6), 엘렌 케이, 「전쟁과 부인」(동광, 1932.2), 이헌구, 「엘렌 케이여사의 생애와 사상」(조선일보, 1933.12.12), 채정근, 「생명의 사도 엘렌 케이」(여성, 1940.9) 등이 있다.
24) 서정자, 앞의 박사논문, 24~25면.

훨씬 더 선명하게 드러나는 데 아마도 강한 보수주의 전통에 대한 반발이 이들이 평등한 성관계에 주목하게 되는 원인이었을 것이다.

자유주의 여권론이 의식의 선명성에도 불구하고 실제 대다수 하층 여성의 삶과는 괴리된 문제였음을 비판하면서 등장하는 논의가 사회주의 여성해방론이었다. 사회주의 여성해방론의 특징은 보수주의의 생물학적 결정론을 명백히 거부하는 데 있다. 인간의 특성은 사회형태와 그 사회에서 그들이 차지하는 위치에 따라 좌우된다고 주장하고, 여성 억압의 기원도 사회구조에서 찾고 있다. 즉 여성 억압은 사유재산제의 도입과 함께 시작되었고, 여성해방의 중요한 전제조건은 생산수단이 전체사회의 재산이 되는 사회주의혁명이다. 따라서 이것이 일어나면 여성에 대한 편견은 자연히 사라질 것으로 믿는다.[25] 19C 중반 과학적 마르크스주의를 이념적 배경으로 하고, 엥겔스의 『가족, 사유 재산, 국가의 기원』(1884년), 베벨의 『여성과 사회주의』(1883년) 등의 저작에 힘입어 확립된 이들의 사상은 지배계급이 재산상속과 계급 지배 유지를 위해 여성에게만 정조가 강요되는 일부일처제를 확립하고, 여성을 종속시켜 왔으므로 계급 철폐, 사회주의혁명이 여성해방의 근간이 된다고 주장한다. 이로써 여성문제를 개인의 문제가 아니라 사회구조적인 것으로 인식하게 되었으나 사회주의혁명에 흡수된 여성들은 혁명의 과정에서 또한 결과에서 부차적으로 취급되는 현실을 경험하면서 성문제의 특성을 새롭게 인식하는 단계에 이른다.

1920년대 중반을 전후하여 우리 나라에 유입된 사회주의이념은 여성문제를 사회문제로 확대하며 식민지의 시대현실, 즉 노동자, 농민에게 가중되는 억압의 현실에 눈을 돌려 하층 여성의 문제를 고민하는 계기를 마련하였다. 베벨의 『부인론』을 배성룡이 『부인생활과 현실생활』(조선지광사, 1925.11)이라는 제목으로 번역하였으며, 엥겔스와 콜론타이의 여성

---

25) A. 재거·P. 스트럴, 앞의 책, 158~159면.

문제에 대한 견해가 신문, 잡지를 통해 소개[26]되었다. 여성단체 근우회 (창립, 1927.5)의 행동강령에서도 당시 사회주의 여성해방론의 성격을 찾아 볼 수 있다. 행동강령은 ①여성에 대한 사회적, 법률적 일체의 차별 철폐 ②일체 봉건적 인습과 미신타파 ③조혼폐지 및 결혼의 자유 ④인신매매 및 공창의 폐지 ⑤농촌부인의 경제적 이익옹호 ⑥부인노동의 임금차별 철폐 및 산전산후 임금지불 ⑦부인 및 소년공의 위험노동 및 야업폐지[27] 등으로 봉건적인 인습 비판 뿐만 아니라 하층 여성의 경제적 지위에 대한 관심이 나타난다. 사회주의는 당시 가난의 해결과 식민지해방을 갈구하는 지식인들에게 인간해방의 가능성을 열어주는 이념으로 받아들여졌다. 이러한 배경에서 등장한 사회주의 여성해방론은 가정에서의 여성의 지위를 잘 보지 못한 한계가 지적되지만 여성문제를 개인의 문제에서 사회구조의 문제로 전환시키는 계기를 마련하였다.

그러나 30년대 말기에 접어들면서 여성해방 논의는 급격히 쇠퇴하게 되고 일제의 정책에 영합하는 제국주의 모성론이 등장한다. 근우회 해체 이후 사회주의 운동에 참여했던 여성들의 움직임도 급속히 줄어들었고, 이로써 여성의 독립적인 삶을 부르짖던 분위기는 퇴색하고 여성의 '고유한' 모성적 역할에 가치를 부여하는 신복고주의가 일본의 황민화 정책과 1930년대의 식민지 정책에 의한 한반도의 공업화 과정을 통해 대두된다.[28]

---

26) 엥겔스의 이론을 소개한 글로는 이현경, 「경제상태의 변천과 여성의 지위」(현대평론, 1927.2~6), 노정환, 「결혼의 진화」(조선지광, 1927.9), 양명, 「부녀의 사회적 지위 - 유물사관으로 본 부녀의 사회적 지위」(신여성, 1926.3), 진상주, 「맑쓰주의 연애관」(조선일보, 1931.7.28~30) 등이 있으며, 콜론타이의 이론을 소개한 글로는 콜론테여사, 「장래사회의 연애결혼관」(동아일보, 1929.12.1), 정칠성, 「赤戀 비판 - 콜론타이의 성도덕에 대하여」(삼천리, 1929.9), 김옥엽, 「청산할 연애론」(신여성, 1931.11), 김안서, 「콜론타이 여사의 작, 연애의 길을 읽고서」(신여성, 1932.3) 등이 있다.

27) 김준엽·김창순 공저, 『한국공산주의운동사』 3, 청계연구소, 1986, 75면.

28) 조혜정, 앞의 책, 99면.

식민지 지배하에서 여성은 집을 떠난 남성의 노동력을 대신하였고, 특히 1930년대에는 공업화에 따라 여성 노동자가 급증하였다. 이렇게 여성이 사회적 노동력으로 자리잡아가는 현실에서 정반대로 여성에게 주입된 이념은 현모양처론이었다.29) 현모양처론은 일본의 근대적 양처현모론을 그대로 들여온 것으로 여성의 일은 아이를 낳고 가사를 돌보는 일이라는 보수적 여성관을 강조한다. 그러나 여성의 노동은 생계보조를 위한 부수적인 일이라는 인식을 만들어 여성의 저임금을 당연시하는 논리가 되며, 여성의 독립적인 사회적 지위를 위축시키는 근거로 작용한다. 그러다가 전쟁기에 돌입하면서 모든 식민지의 자원을 전쟁준비를 위한 인적, 물적 자원으로 총동원하는 국민총동원령이 발표되었고, 여성에게는 전쟁 지원을 위한 황국신민으로서, 황국신민을 낳고 키우는 모성으로서의 역할이 강조되었다. 일제가 주장한 모성론은 황국신민을 키우는 어머니로서 여성의 헌신성을 강조하는 것30)이었다.


## 2. 작가의 생애31)와 여성의식의 형성 배경

이기영은 '체험의 작가'라 불릴 만큼 체험의 세계에서 원동력을 얻는 작가이다. 그가 나고 자란 농촌은 작품의 풍부한 사실성을 만들어내는 원체험이 되었으며 그의 문학적 기반이 되었다.

---

29) 조혜정, 앞의 책, 91~103면 참조.
30) 유각경, 「어머니 자신부터 가질 야마도 다마시」, 매일신보, 1942.5.12. 유각경의 글 외에도 송금선의 「반도여성의 책무도 크다」(매일신보, 1942.5.10), 이숙종의 「다시 한번 굳게 해야 할 진충보국의 결의」(매일신보, 1942.5.12), 박마리아의 「자식 둔 보람 어미 된 면목」(매일신보, 1942.5.13), 배상명의 「역사에 남을 여성이 되자」(매일신보, 1942.5.13), 김활란의 「징병제와 반도여성의 각오」(신시대, 1942.12) 등이 있다. 이 글들은 아들을 키워 나라에 바치는 어머니로서 여성의 의무를 강조하는 제국주의 모성론의 대표적인 예이다.(임종국, 『친일논설선집』, 실천문학사, 1987, 254~259면)

예술가가 상대로 하는 것은 사상이나 개념이 아니라 산(生) 현실이며 예술가는 거기서 자기의 형상을 가져온다는 것은 분명히 옳은 말이다. 그러므로 예술가의 세계관과 사상적 원리와는 단적 직접적으로 적용되는 것이 아니라, 사물이나 현상에 대한 관찰, 연구, 개인적 감동, 체험 등의 실천을 통해서 굴절되는 것이다. 바꿔말하면, 세계관의 영향은 예술가의 경험에 의하여 매개되는 것이다. 창작과정에 있어서는 두 가지 영향, 즉 예술가가 그것으로써 현실을 취급하는 바 세계관이나 사회의식의 영향과 생활자체, 대상자체, 객관적 현실의 현상 등의 영향과의 두 가지 영향이, 말하자면, 서로 충돌하고 교차하고 있다.[32]

작가의식이 체험을 통해 매개되고 굴절되어 창작의 세계를 형성한다는 로젠타리의 말을 빌지 않더라도 작가 이기영에게 체험과 문학의 관련성은 중요하다. 그의 작품이 농촌을 배경으로 했을 때 생생한 감동을 주고 도시로 나왔을 때는 작품이 살아갈 공간을 찾지 못했다는 평가 역시 이기영에게 있어서 체험의 중요성을 말하는 것이다. 여성문제에 관심을 갖게 되는 계기 역시도 체험을 통해서 이루어지며, 그러한 체험은 그가 지닌 이념과 굴절되면서 작품에 일정한 영향을 미치게 된다. 물론 작가의 체험이나 이념이 작품과 일치된다고 볼 수는 없으나 여성문제에 대한 인식을 형성하게 되는 성장배경과 이념의 수용과정을 통해 작가의 문제의식을 추출하는 것은 가능하리라 생각된다.

---

31) 생애에 대해서는 이기영의 수필을 참고.
「노변야화」(조선일보, 1934.1.26), 「나의 수업시대」(동아일보, 1937.8.5∼8), 「실패한 처녀장편」(조광, 1939.12), 「문학을 하게 된 동기」(문장, 1940.2), 「출가소년의 최초 經難－나의 과거생활의 가지가지」(개벽, 1926.6), 「헤매이던 발자취」(조선지광, 1926.11), 「내가 본 유진오 씨」(조선문학, 1939.1), 「문예적 시감수제」(조선일보, 1933.10.25), 「고난의 배후서」(조선중앙일보, 1936.4.12), 「흙의 향기」(중앙, 1936.7), 「창작방법문제에 관하여」(동아일보, 1934.5.3∼6.4), 「『혁명가의 안해』와 이광수」(신계단, 1933.4), 「작가의 말 『어머니』 서문」(조선일보, 1937.3.30), 「단상」(조선문학, 1939.3), 「동경하는 여주인공－내 작품의 여주인공」(조광, 1939.4) 등.
32) 로젠타 리, 「예술작품에 있어서의 세계관과 방법」, 『창작방법론』, 홍면식 역, 문경사, 1949, 41면.

## 1) 유교적 전통에서의 성장

이기영은 1895년 5월 29일 충남 아산군 배방면 회룡리에서 출생하였다. 본적은 천안군 천안읍 유양리이나 주로 천안읍에서 성장하였다. 그는 몰락한 양반집안 자손으로 가난한 어린 시절을 보낸다. 서당에 다닐 시절에 역사서인 통감, 사략 등을 배웠으며, 학교에서도 논어, 맹자, 중용, 대학 등을 배웠다고 한다. 후에 그는 실학파의 저서는 한 권도 읽을 수 없었다고 비판[33]하였지만 그가 서당과 소학교를 다니던 개화 초기로서는 일반적인 교과과정[34]이었다. 한문 습득과 修身을 중시하는 유교경전의 공부로 이기영은 동경유학 이전에는 거의 근대식 교육이나 사상을 접할 기회가 없었을 것으로 추측된다. 그에게 유교 전통은 자신의 조혼과 함께 비판받아야 하는 봉건유습으로 소설 속에 자주 등장한다. 일종의 새 것 콤플렉스라 할 정도로 구도덕은 근대화, 즉 인간의 행복 증진에 반대되는 악으로 표명되기도 하지만 유교윤리는 그가 표면적으로 부정했다 해서 단순히 처리될 문제는 아니라고 생각된다. 당시의 평론가 박승극은 그의 이념을 논하는 글에서 이렇게 말하고 있다.

몰락하는 중산적 토반의 아들로서 유교적 오륜삼강의 교양을 무던히 신봉하였으며 그 뒤 기독교의 세례를 받아 그 신앙에 충실하였던 그로부터 일보 전진하여 맑스주의의 열열한 학도가 되어 있었다. 이렇게 세계관은 변했지만 그의 가진 바 진실은 변치 않고 더욱 고도로 발전한 것이다. ─중략─그를 가르켜 맑스주의자라고 하기는 어렵다. 맑스주의를 신봉한 일 학도이었으며 사회정의를 내심으로 통절히 느끼는 양심적 작가였다.[35]

---

33) 이기영, 「이상과 노력」, 1957, 선집 13, 55면.
34) 신교육 계몽기(1894~1905)에는 소학교도 서당식 한문 공부만 이루어지고 있는 실정이었다고 한다(이만규 『조선교육사 Ⅱ』, 거름, 1991, 51면).
35) 박승극, 「이기영 검토 1」, 풍림, 1937.5, 11면.

박승극의 평가는 이기영이 사회주의이념을 수용했음에도 불구하고, 근본적으로는 유교의 윤리관에 토대를 둔 작가라는 것이다. 근대 초기의 지식인으로서 이기영은 봉건적 인습을 비판하는 한편 허물어지는 아버지의 세계에 대한 그리움 또한 가지고 있었던 것으로 추측된다. 자전적인 가족사소설 『봄』(동아일보, 1940.6.11~8.10)에서 그러한 작가의 성향을 엿볼 수 있다. 일제와 자본의 물결에 대응할 수 없었던 개화주의자 유선달의 모습은 반상을 가리지 않는 호협한 기풍과 마름집 산지기의 횡포를 양반의 권세로 누를 수 있었던 유일한 인물로 그려지고 있다. 어린 석림의 눈에 비친 유선달은 절대적인 권위자이며 서울에서 신기한 물건을 가져오기도 하는 유일한 문명의 매개자이다. 이 작품에서는 "방 안에는 요강과 타구가 널려 있는데 머리는 상투와 망건으로 겹겹이 결박을 하고 텁텁한 공기를 마시면서 정신적으로 또한 고대소설의 태고적 사상을 파고드는" 퇴락한 양반의 세계를 비판하기도 하지만 유선달의 한가로운 풍류나 남술이 처를 첩으로 들이는 과정 등에 대해서는 비판의 시각이 파편화되고 만다. 유선달의 지시로 물방앗간 수리를 하다가 죽은 남술이 처를 첩으로 삼은 이야기나 농민들의 피곤한 삶의 한편에서 마을 유지들과 술판을 벌이는 방깨울 마름으로서 유선달의 생활은 소작농의 입장에서 본다면 지배자의 행위임에도 불구하고 호탕한 성품으로만 그려진다. 봉건적인 입신양명을 꿈꾸는 얼개화꾼이 근대인으로 탈바꿈하지 못하고 몰락하는 과정은 필연적이다. 그러나 이들의 몰락이 나라의 상실과 맞물려 있어서 돈보다는 명예를 중시여겼던 유교적 질서가 지닌 윤리적 안정감, 즉 아버지의 세계에 대한 막연한 동경을 가지고 있었음을 이 작품에서 읽을 수 있다. 『봄』의 유선달은 작가의 아버지 이민창을 그대로 옮겨놓은 듯한 이미지이다. 이기영은 자신의 아버지가 무가의 기풍을 가진 호협한 성품의 소유자로 반상을 가리지 않고 함께 어울려 술 마시기를 좋아하여 상하노소가 다 친근하기를 좋아하였다고 회상하였다.[36) 아버지의 술타령을 "잃어버린 시대의 여가"[37]라 표현하는 대목에서도 허물어지는 아버지의 세계를 비판적인 시각으로만 볼 수 없었던 그의 심정을 느낄 수 있다. 아버지 시대의 몰락은 그가 과거에 대한 향수를 갖게 하여 전통지향의 보수의식을 형성하는 배경이 되었을 것이다. 특히 여성의식과 관련지어 주목되는 부분은 "男兒立志出鄕關의 공명심"[38]과 "爲天下者는 不顧家事", "妻囚子獄"[39] 등의 표현으로 나다나는 유교이념의 윤리관이다. 그러나 남성은 입신양명을 위해서 가족에 연연해서는 안 되며, 남성이 성공할 수 있도록 해주는 기반이 헌신적인 여성들이었다. 일종의 대리 아버지로서 남자의 집안을 지키고 성공을 지원하는 헌신적인 여성들은 남성의 성공을 위해서 집안을 지키며 대를 이어가는 일을 맡아야 했다. 이것이 작가에게 내면화되어 나타나는 현상은 극한 빈궁과 실직으로 인한 지식인의 무력감이 가족을 거부하는 의식으로 표출되는 부분이다. 특히 초기 작품 「가난한 사람들」, 「五妹 둔 아버지」 「천치의 논리」 등에서 드러나는 아내와의 불화, 가족에 대한 혐오는 처수자옥의 의식을 반영하는 대표적인 예로 볼 수 있다.

## 2) 조혼과 모친 상실

1908년 이기영은 조혼을 하게 되는데 자신을 "조혼의 재단에 희생물로 이바지된 어린 양과 같은 체험을 가진"[40] 사람이라고 표현할 만큼 조혼의 비극을 강하게 느끼고 있다. 14세에 조모의 회갑잔치를 기쁘게 하기 위해 강제결혼을 해야했던 사실은 「가난한 사람들」, 『고향』, 『봄』 등

---

36) 이기영, 「나의 수업시대」, 선집 13, 39면.
37) 이기영, 위의 글, 39면.
38) 이기영, 「출가소년의 최초 경난」, 선집 13, 17면.
39) 수필 「헤매이던 발자취」(선집 13, 28면), 장편 『현대풍경』에서도 주인공 강훈의 심정을 드러내는 표현으로 이 말을 사용하고 있다.
40) 「동경하는 여주인공」, 선집 13, 237면.

에서 동일한 서술로 보인다. 아마도 그 자신의 경험을 그대로 작품화했 던 것이라 생각된다.

봉건적 인습 속에서 조혼으로 인한 고통은 여성문제에 관심을 갖게 하 는 계기를 마련하는데, 조혼의 문제는 이기영 개인뿐만 아니라 당시 지 식인들이 겪었던 시대적인 문제였다. 1920년대에 이르러 엘렌 케이의 자 유연애론과 사회주의 여성해방론인 콜론타이즘 등이 국내에 소개되면서 봉건적인 결혼관은 급속도로 변화를 겪게 되었다.[41] 봉건과 근대가 교차 되는 지점에서 개인의 생활은 보수와 근대 양쪽의 이념에 모두 영향을 받을 수밖에 없다. 특히 이미 조혼을 하고 서울, 또는 동경에 유학한 지 식인들의 경우 자유로운 개성의 발현, 자유연애와 같은 새로운 시대사조 를 접하면서 고향에 있는 조혼한 아내와 신여성과의 연애는 심각한 사 회문제가 되었다.

1925년을 전후하여 이기영도 신여성인 홍을순과 재혼한다.[42] 조혼과 재혼, 그 속에서 느꼈던 자신의 갈등과 버린 아내에 대한 연민 등이 작 품 속에 투영되어 이상적인 남녀관계란 무엇인가, 이상적인 결혼은 무엇 인가, 봉건적인 굴레에 예속된 여성이 이를 벗어날 방법은 무엇인가를 지 속적으로 묻게 하는 동인이 되었다고 볼 수 있다. 조혼은 여성의 夭壽, 生殖劣等, 離婚과 蓄妾 등의 惡弊[43]를 낳음으로써 남성보다도 사회적, 경제적으로 열등한 위치에 있었던 여성의 희생이 더 클 수밖에 없는 문 제였다. 현실에 대한 깊은 관심을 지닌 작가로서 이기영이 여성의 사회

---

41) 1918년 이혼의 자유가 법적으로 인정된 이래 이혼의 건수는 해마다 증가하여 1932년에 는 결혼에 대한 이혼 비율이 5%를 넘는 것으로 나타났다(신여성, 1933.9, 56면). 이혼율의 증가는 결혼관의 변화로 인한 사회문제로 대두되었다.

42) 김홍식에 의하면 1925년경 조선지광사 기자로 본격적인 서울 생활을 시작할 무렵 재혼했 다고 한다(앞의 논문, 33면). 안동일의 북한기행 「월북작가 이기영가 탐방기」(월간 다리, 1989.12)에서도 1989년 당시 85세인 홍을순여사와 가족들을 만나 나눈 이야기를 쓰고 있 는데, 장녀가 64세(26년생)인 것으로 미루어 이기영이 상경 후 재혼했음을 알 수 있다.

43) 이영애, 「부인시평, 조혼의 비극」, 신여성, 1934.1, 26~28면.

적 지위에 대한 관심을 갖게 되는 동기를 마련한다. 그러나 한편으로 조혼한 아내와의 갈등, 혐오감 등은 그의 작품에 그대로 반영되어 남성작가로서 이기영이 갖는 여성의식의 불철저함을 드러내는 요인이 되기도 한다.

또한 이기영이 여성문제에 관심을 가지는 계기는 열한 살 먹든 해 봄(또는 열 살)에 모친을 여의고 외로운 어린 시절을 보냈던 기억[44]이다. 어머니 상실과 조혼은 조명희의 경우와도 유사한데, 두 작가 모두 여성문제에 대해 관심을 가지는 원체험을 형성한다. 이기영은 모친을 잃고 실심한 중에 고대소설을 접하게 되었고 그의 외로움을 문학으로 대신하게 된다.

> 내가 이야기책 속으로 뛰어든 것은 오로지 모친상을 당했기 때문이라 해도 과언이 아닐 것이다. 그렇다고 나는 모친상으로 말미암아 문학에 투신했다고, 그것을 슬퍼하려는 생각은 조금도 없다. 나는 도리어 그렇다면 모친에게 감사해야 할는지도 모른다.[45]

문학에 관심을 가지게 된 동기가 어머니 상실이였기에 문학에서 어머니를 그리고자 하는 욕망은 지속적으로 나타난다. 장편 『어머니』(조선일보, 1937.3.30~10.12) 서두에 밝힌 작자의 말에서 그는 모성애를 동경하는 마음을 이렇게 말하고 있다.

> 나는 열한 살 먹든 해 봄에 어머니를 일찍 여의었다. 그만큼 나는 모성애에 대한 신비를 느끼고 모성을 동경한다. 참으로 지모의 사랑은 얼마나 크고 넓은 것이었던가! 그러나 모성애는 비단 나한테만 있었던 것이 아니요 또한 인간에서만 있는 것도 아니다. 그것은 온갖 동물계를 통하여 있는 공통적 본능으로 볼 수 있다. 그런데 이 위대한 모성애의 소유자인 여자는 오늘날 어떠한 대우 밑에서 생활을 하고 있는가? 그들의 대

---

44) 이기영 「작자의 말 『어머니』 서문」 조선일보, 1937.3.30.
45) 이기영 「문학을 하게 된 동기」, 선집 13, 50면.

다수는 오히려 인간의 최하층에서 이중 삼중으로 학대와 고통을 받고 있지 않은가? 나는 이 소설의 여주인공을 통하여 현실의 적나라한 모성애와 그 때문에 당하는 여자의 고통을 심각하게 표현하고 싶은 충동을 느끼고 있다. 그것은 여자의 약점을 폭로하기 위해서가 아니라 실로 모성애에 대한 경건한 마음에서이다.

이 글에서 말하는 것처럼 모성애의 위대함에도 불구하고 이중 삼중의 억압에 놓여 있는 여성의 실상을 자신의 작품 곳곳에서 형상화하려 했으며, 억압의 근원이 무엇인가를 찾으려는 노력이 작품세계의 한 축을 이루고 있다.

하지만 조혼이 현실의 여성을 부정하는 태도를 형성하는 원인이 되었다면 어머니 상실은 여성을 이상화하는 원인이 되기도 한다.

나의 이런 편성은 현실적으로 오는 여성에 대한 공허한 동경인지 모른다. 나는 사실, 현실적 생활에서 순진한 여성애의 체험이 없다. 그것은 육체적 의미가 아니다. 나는 첫째 모성애부터 그랬다. 나는 모친을 일찍 여의었다. 그만큼 모성은 늘, 나한테 동경과 원망의 대상이 되어왔다. 여성에 대해서도 역시 그러하다. 조혼의 재단에 희생물로 이바지된 어린 양과 같은 체험을 가진 나로서는, 여성에 대한 감정과 관찰이 결코 정상적으로 발전하고 감정될 수 없었다. 나는 여성에 있어서도 누구보다도 그것이 영원한 이상형인 동경의 대상으로 밖에 보이지 않았다. 이러한 실현적(實現的) 결함으로는, 불행과 동경은 자연 나의 여주인공에 반영되지 않을 수 없었다. 그리고 그것은 언제나 이상형으로 선망되는 피안의 환영으로 나타났는지도 모른다. ─ 중략 ─ 나는 그래서 여주인공에 있어서는 부지중 나 혼자 틀려서 완전한 이상적으로 설정한다. 그것은 완전한 여성으로서만 아니라 완전한 인간─즉 남성까지를 포함한─내 자신을 투영한─그런 전형적인 인간을 그려보려 한 것이다.[46]

---

46) 이기영, 「동경하는 여주인공」, 선집 13, 237~238면.

현실에서 살아가야 하는 아내에 대한 거부감과 상실한 모성에 대한 동경은 작가가 여성을 이분법적으로 사고하는 배경이 된다. 작품 속에서 부정적 대상으로 등장하는 아내상과 이상화된 선의 대상으로 존재하는 어머니상이 바로 이러한 체험의식에서 출발하고 있음을 알 수 있다. 현실의 여성에게 악을 투사하고 '이상형으로 선망되는 피안의 환영'을 추구하는 태도는 여성의식의 측면에서 본다면, 관념적인 사고라 볼 수 있다. 여성의 입장에서 현실을 파악하는 것이 아니라 남성의 꿈을 반영하는 의식이기 때문이다. 흔히 남성작가의 경우 근대성의 당위로서 남녀평등과 자유로운 인간 개성의 발현을 주제화하지만 체험과 관련되어 자신의 아내나 어머니와 결부되는 실제의식에 있어서는 남성의 이기심을 온전하는 이중성을 드러내는 경향이 있다. 아버지의 세계에 대한 비판과 연민, 조혼으로 인한 여성에 대한 혐오감과 어머니에 대한 동경에서 이기영이 여성의 봉건적 굴레를 비판하는 동시에 여성을 악녀와 덕녀로 이분화하는 유교이념의 혼재된 의식에서 출발하고 있음이 확인된다.

### 3) 사회주의이념의 수용과 「부인의 문학적 지위」

유교이념이 성장과정에서 습득된 것이라면 이를 비판하고 여성의 문제를 사회문제로 확대시킬 수 있었던 배경은 동경유학 시절에 수용하게 된 사회주의이념이었다. 사회주의 여성해방론의 수용은 여성의 문제를 봉건제도에서 일어나는 현상 뿐 아니라 식민지 자본주의화에 따른 경제적 지위변화를 볼 수 있는 계기를 마련한다. 여성 농민, 여성 노동자, 성의 상품화 문제를 제재로 삼는 경향은 이러한 사상적 배경에서 나타나는 것으로 볼 수 있다. 1925년 카프 가맹과 그의 문학활동은 밀접한 연관 속에서 전개되며, 사회주의이념은 그가 현실주의작가로 자리하게 되는 사상적 배경이 되었다.

이기영은 1922년 4월 초에 동경유학 길에 올라 東京正則영어학교를 다니다가 1923년 관동대진재로 1년 남짓한 유학생활을 중단하고 돌아온다. 길지 않은 기간이었으나 동경유학 시절 이기영은 중요한 지인인 조명희와 만났으며 마르크스주의 서적을 접하게 됨으로써 사상의 전환점을 마련하였다. 그는 수필 「이상과 노력」에서 함께 간 친구의 영향으로 마르크스주의 서적을 접하게 되었고 계급의식에 눈뜨게 되었다고 말하고 있다.

　나는 더욱 계급의식에 눈을 뜨게 되었다. 그와 동시에 나는 처음으로 현대 세계문학 작품들을 섭렵하고 로씨야 문학을 알게 되었다. 나는 푸쉬킨, 고골리, 톨스토이, 투르게네프, 체홉, 고리끼의 작품 등을 읽었는데 그 중에서도 고리끼의 작품은 더욱 애독하였다. - 중략 - 이때까지 갈팡질팡 헤매던 나는 고리끼의 작품을 읽으면서 미궁에서 벗어나 인간의 새 세계를 발견한 듯했고 세상 진리를 어느 정도 체득한 것 같았다. 그렇지만 이 시기에 나의 과학적 세계관 형성이 아직 미숙하고 낮은 수준에 있었던 것은 더 말할 나위가 없었다. 더구나 고리끼의 새로운 사실주의적 창작 방법을 체득하지는 못했었다.[48]

　"과학적 세계관 형성이 아직 미숙하고 낮은 수준"이었다는 말처럼 그가 관심을 가지게 된 계급의식이 이 시기에는 아직 사상의 수준으로 성숙된 것은 아니었다. 더욱이 해방 전에 발표된 수필에서는 고리끼를 접하게 된 시기가 서울로 온 1924년이라고 엇갈린 술회[49]를 하고 있어서 사실 그가 사회주의 서적을 습득한 정확한 시기를 확정하기는 어렵지만 대략 동경시기부터 1925년 카프에 가입하고[50] 조선지광사에 입사하는 시기까지를 사회주의이념의 수용기라고 볼 수 있다. 그러한 사회주의이

48) 이기영, 「이상과 노력」, 1957, 선집 13, 70~71면. 『기행문집』(이기영 선집 14, 조선작가동맹출판사, 1960, 6~7면)에도 동경에서 비로소 마르크스-레닌주의와 러시아 및 쏘비에트 문학을 알게 되었다고 술회.

념이 초기 작품의 남녀평등의식과 하층계급에 대한 관심에 영향을 주었음은 분명하지만 작품 속에서 제재를 형상화하는 시각으로 작용하는 시기는 1927년을 전후로 추측된다.

이기영의 여성관 역시 사회주의이념의 큰 테두리 안에서 형성되었다고 볼 수 있다. 1929년 5월 『근우』 창간호에 발표한 「부인의 문학적 지위」에서 사회주의이념이 여성관을 형성하는 배경이 되었음을 보여준다. 『근우』는 1928년 여성 단체의 총합으로 설립된 여성단체 근우회의 기관지이다. 근우회는 좌우합작으로 이루어진 민족단일당으로서 신간회가 설립된 후 그 자매단체로 출발하여 이 당시 여성운동의 중심을 이루었다. 『근우』 창간호의 면면을 살펴보면, 허정숙의 「근우회운동의 역사적 지위와 당면 임무」, 장린의 「노동부인의 조직화를」, 이성환의 「금후의 조선여성운동」, 斗료의 「부인강좌-경제조직의 변천과 부인의 지위」 등의 글이 실려있으며, 이 글들의 내용에서 근우회의 성격이 사회주의 여성해방론에 기초해 있음을 알 수 있다.

우리가 잘 아는 바와 같이 우리 여자는 어떤 시대든지 자녀를 보호하기에 위험한 전쟁 같은 데는 잘 나가지 않았습니다. 이러므로 약탈을 당

---

49) "내가 고리끼의 이름을 알기는 거금 10여 년 전 관동대진재를 치르고 돌아오던 이듬해에 문학의 길을 다시 밟기 위하여 턱없는 주머니를 짜가지고 상경하였을 때 잠시 도서관을 다니던 무렵에 비로소 알고 그의 작품을 읽어본 일이 있었다(「맑심 고리끼에 대한 작가적 인상초」, 조선중앙일보, 1936.6.22)."
  귀국 후에 쓴 장편 『사의 영에 비하는 백로군』을 서울에 올라와서 발표하려 하였으나 거절당하고 "나는 그런 기로에 서서 그날부터 인사동 도서관을 다녔다. 날마다 용두리(동대문밖)에서 드나들며 소설책만 읽었다. 그때 제일 많이 읽은 도스토예프스키의 작품과 투르게네프, 고리끼, 알스따시에프 등에 몰두하였는데 나와 제일 먼저 지면한 포석과 최승일씨를 거기서 자주 만났다(「실패한 처녀장편」, 선집 13, 48면)."
  한설야 역시 사회주의이념의 수용시기를 북에서의 회고에서 당시의 기록보다 2, 3년 빠르게 술회하고 있다. 이는 카프 결성의 주도성 문제 때문이 아닌가 추측되며, 작품과의 관련성 속에서 검증되어야 하는 문제라 생각된다.
50) 이기영은 카프 발기인에 이름이 보이지는 않지만 한설야 등과 함께 초창기에 가입한 맹원이었다(김시태, 『한국 프로문학비평 연구』, 동국대 박사논문, 1977, 21면).

하기 퍽 쉬웠습니다. 약탈자는 잡아온 여자를 아내를 삼거나 종을 삼거나 죽이거나 마음대로 했습니다. 이와 같이 노예 주인이 하나씩 하나씩 늘어감에 따라 재산의 소유욕이 일어나기 시작하였습니다. 이 재산의 소유욕은 필연으로 상속자를 찾게 되었습이다. 주인이 남자이고 보니 상속받을 사람은 의례히 아들이 되었으며 따라서 자기의 아들을 만들기 위하여 여자의 정조를 구속하기 시작되어 여자의 외출을 강제적으로 엄금했습니다. 이와 같이 경제조직이 변함에 따라 모든 시설은 남자 본위로 되었으며 정치도 남자에게 빼앗겼습니다. 이 시대를 비롯하여 혼인제도도 약탈혼인이었습니다.(47면)

위의 예문은 두성의 글의 일부로 육아와 가사를 해왔던 여성이 사유재산이 생긴 이후 한 남성의 상속자를 낳는 성적 도구로 전락했음을 설명하고 있다. 이는 엥겔스의 이론에 입각한 글로서 엥겔스가 '여성의 세계사적 패배'라 불렀던 여성 억압의 기원에 대한 이론을 소개한 것이다.

엥겔스는 "여자가 가사노동에만 종사했다는 사실이 이제는 가정에서의 남자의 지위를 보장해주었다. 여자의 가사노동은 이제 남자의 생활필수품 획득에 비해 그 의미를 상실했다. 남자의 노동이 전부였고, 여자의 가사노동은 보잘 것 없는 부차적인 것이었다. 여성의 해방, 남녀의 평등은 여자가 사회적 노동에서 배제되어 사적인 가사노동에만 종사하고 있는 한 불가능하며, 또 앞으로도 불가능할 것이라는 것이 이미 여기서 명백해진다"[51]고 분석하여 여성해방의 전망을 제시하였다. 엥겔스의 이론은 사회주의 여성해방론의 기점이 되었고 1920, 30년대 우리 나라 여성운동에 상당한 영향을 미쳤다.

이 잡지 창간호에 이기영의 글이 실려 있음은 흥미롭다. 짧은 글이지만 그가 여성문제를 어떻게 인식하고 있었는지 문학에서 여성의 지위를 무엇으로 보는지를 명시한 글이므로 자세히 읽어볼 필요가 있다.

---

51) F. 엥겔스, 『가족 사유재산 국가의 기원』, 김대웅 역, 아침, 1987, 220면.

그 내용은 첫째, 계급발생과 산아 그리고 육아로 인한 경제적 의존성
이 여성 억압의 원인이 된다는 인식을 보인다.

> 인간에 계급이 발생한 원인은 「인간노동의 생산능력이 유치하기 때문
> 에」(엥겔스) 「그러므로 분업의 법칙이 계급분리의 근거를 지은 것」(뿌라
> 랑)이라 한다. 과연 「실제로 노동에 종사하는 人衆이 그들의 필수노동에
> 忙殺하기 때문에 사회의 공통사무를 처리할 여유가 그들에게 없는 이상,
> 실제적 노동에서 해방되어서 此等 사건을 처리할 수 있는 특수계급이 항
> 시로 존재치 않으면 안되었을 것이다. 동시에 그 계급은 자기에의 이익
> 을 위하여 노동대중에게는 더욱 많이 노동의 重荷를 짊어지울 것을 결코
> 잊어버리지는 않았을 것이다」(엥겔스) 그와 마찬가지로 더구나 여자에게
> 있어서는 「産兒」와 「育兒」가 부담되어 있는 만큼 마침내 그들은 가정 속
> 에 감금이 되어서 오즉 남자의 성욕만족의 기구가 되고 노예가 된 것이
> 다. 그래서 여자는 완전히 남자에게 예속하고 만 것이다.(64면)

이기영도 앞서 인용했던 두성의 글과 동일하게 엥겔스의 이론을 인용
하면서 분업의 법칙이 계급분리를 초래했던 것과 마찬가지로 가사에 종
사하는 여성은 남성의 경제활동에 의존하게 되었다는 설명을 하고 있다.
둘째, 어떠한 문학이 바람직한 여성문학인가를 논의한다. 그는 "문학
은 사회상태의 반영이다. 그래서 문학에 있어서도 부인의 지위는 남자
에게 예속되고 '술'과 같이 '妖魔'한 것으로 취급하려 하였다(64면)"고
문학현실을 비판하면서 남녀양성을 대등하게 취급하는 인간문학이 필요
하다고 주장한다. 그런데 여성 억압의 기원은 계급발생과 사유재산이므
로 여성해방문학은 계급해방의 전망을 문학화하는 프로문학이 되어야
한다는 것이 그의 견해이다. 따라서 남녀대립의 문학이 아니라 계급대
립을 그리는 문학이 진정한 여성문학이며 "푸로문학이 아니고서는 완전
한 여성문학을 세울 수도 없"다는 여성문학에 대한 자신의 관점을 분명

히 나타낸다.

> 어느 의미로 보아서 부인과 노동자는 공통한 운명을 가졌다 할 수 있
> 겠다. 그것은 노동계급이 해방되지 않고서는 부인해방도 바랄 수가 없는
> 것과 마찬가지로 프로문학이 아니고서는 완전한 여성문학을 세울 수도
> 없는 것이다. 그러므로 상식적, 소박한 생각으로 오늘날 사회는 남자 專
> 橫의 사회인즉 여자는 모름지기 남성에게 반항해야 한다는 것이 도리어
> 무익한 반항인 것과 같이 문학에 있어서도 다만 남성에게 반항하는 것
> 만으로서는 무의미한 관념의 유희라 하겠다. - 중략 - 여성문예는 꼭 여
> 자라야 여실히 표현한다 할 것도 아니겠다마는 여하간 자기의 이해는 자
> 기가 잘 알 수 있다는 점에서 여류작가가 많이 나오는 것도 좋은 일이
> 라 하겠다. 그러나 위에서 말한 바와 같이 반드시 그는 푸로작가가 되지
> 않으면 안되겠다. 그래서 그는 우선, 男尊女卑의 봉건사상과 싸우고 여
> 자를 가정지옥과 문맹과 남자에게 예속시킨 현대사회제도에서 해방하려
> 는 투쟁문예 다시 말하면 치열한 인류해방운동에 합류하지 않으면 안될
> 것이다.(66면)

부인과 노동자는 공통의 운명을 지녔다는 인식을 바탕으로 그는 작품
에서 경제적 자립과 계급해방을 여성 해방의 전망으로 제시한다. 이러한
사회주의 여성해방론이 그대로 투영된 작품이 일련의 여성입신담이다.
"여자를 가정지옥과 문맹과 남자에게 예속시킨 현대사회제도"를 이기영
은 계급사회로 인식하고 해결의 실마리를 찾고자 하는 것이다.

### 4) 독서 체험 - 『싸닌』, 『그 전날 밤』

이기영은 고대소설, 신소설, 『무정』, 『개척자』에 이어 동경시절 『싸닌』
을 읽고 문학을 더욱 더 동경하게 되었다(「나의 수업시대」)고 하며, 도스
토예프스키, 투르게네프, 고리끼 등의 작품 독서로 발전해나갔다고 회고

하였다.(「실패한 처녀장편」) 그의 독서 중에 여성의식에 강한 영향을 미쳤다고 생각되는 작품은 『싸닌』, 『그 전날 밤』 등이다.

아르쯔 이바세프의 『싸닌』은 당시 청년들에게 상당한 영향을 미친 러시아 소설로 이기영 역시 이 책을 읽고 문학을 더욱 동경하게 되었다고 하며, 『어머니』에서도 청년들의 호기심을 끄는 책으로 언급되었다. 『싸닌』은 러시아 제정말기 현실에 좌절한 지식인들에게 나타난 도덕적 퇴폐의 경향에 철학적 기초를 마련해준 것으로 유명한 책이다. 이 소설의 주인공 싸닌은 정치적 권리획득의 투쟁을 조소하면서 무절제한 욕망의 만족이라는 개인주의적 행복추구를 주창한다. 자신의 천성적 욕망을 숨기지 않는 인간이야말로 참된 인간이라는 '싸니즘'은 1930년대 우리 나라의 이데올로기 퇴조의 상황과 관련하여 나타난 이효석이나 이상과 같은 문학적 경향, 개인의 애욕과 욕망의 세계에 대한 탐구와 관련을 맺고 있다.[52] 이기영 소설에서 그려지는 농촌의 자연성과 강렬한 애욕의 세계—「민촌」의 성삼이처, 「서화」의 입뿐이, 『고향』의 방개—도 싸니즘의 영향을 받았을 것으로 추측된다. 당시에 함대훈이 번역 소개한 「아르츠 이봐-셉흐의 연애결혼론」(신가정, 1933.10)에 의하면, "연애는 항상 격렬한 육체적 견인에서 시작"하여 상대의 마음을 끌기 위한 공통의 목적을 지니지만 결혼과 동시에 부도(夫道)와 처도(妻道)로 나뉘어 전연 다른 길로 나아가게 되고 자연상태를 구속하는 결과를 낳을 뿐이라는 제도 비판이 주장되고 있다. 불행한 결혼생활에 매여있던 이기영에게 "현대결혼의 백 중 구십은 전연 실패요 십은 겨우 참어가는 정도(56면)"라는 아르쯔 이바세프의 주장은 공감할 만한 사상이었을 것이다. 또한 자유연애에 대한 관심과 현대제도로서 결혼과 가족에 대한 강한 비판의식을 형성하는 데 영향을 미쳤을 것이다. 권유는 원시적 리얼리티를 제외한 모든 인습에 대한 부정으로써 싸니즘의 영향이 전통적 유교질서에 대한 무조건

---

52) 장사선, 「한국문학에 나타난 사랑(2)」, 홍익어문 제10 · 11합집, 1992, 668면.

적인 공격성으로 전이되었을 것이라고 설명한다.[53]

그 반면에 투르게네프의 『그 전날 밤』은 이제까지 고뇌하는 지식인상을 그려왔던 투르게네프가 조국의 자유를 위한 투쟁에 천생애를 바치는 강인한 성격의 인물을 그렸다고 호평받았던 소설이다. 여주인공 엘레나는 위대한 전 인류적 열망으로 가족과 조국을 버리고 불가리아 혁명 속에서 애인인 인사로프와 결합하는 투사형 여성인물이다.[54] 김동환은 엘레나를 "혁명 전기 러시아 지식계급 부인의 전형"으로 평하면서, 러시아 혁명가들을 상당히 고무시킨 작품으로 소개한 바 있다(「성순과 헤레나」, 동아일보, 7.9~10). 혁명에 투신하는 엘레나의 적극적 성격과 인사로프와의 동지적 결합은 젊은 시절 알렉산드라 콜론타이에게도 강한 영향을 미쳤다[55]고 한다. 이기영이 계급운동에 투신하는 여성상을 창조하고 새로운 남녀관계를 모색하고자 노력한 것은 이러한 독서 체험을 통해 형성되었다고 할 수 있다. 목적의식기 소설인 「해후」에서는 주인공 S의 입을 통해 인사로프와 엘레나의 이상적 관계 그 이상으로 진전한 계급성을 기초로 한 남녀관계를 언급하는 대목이 나온다.

『싸닌』이 반봉건성과 인습에 대한 공격성을 형성하는 데 일정한 영향을 미쳤다면 『그 전날 밤』은 계급의식과 혁명적 동지애 추구에 영향을 미친 작품으로 생각된다. 입뿐—돌쇠, 방개—인동 등의 자연적인 성애의 관계와 갑숙—희준의 동지적 관계에 반영된 것으로 보인다.

이상으로 이기영의 성장과정과 사회주의이념의 수용과정 등을 통해 이기영의 여성의식이 형성되는 배경을 살펴보았다. 조혼과 모친 상실, 유교적 전통에서의 성장과 사회주의 여성해방론의 수용 그리고 독서 체험 등은 작가의 여성의식을 형성하는 중요한 요소들로 여성인물의 형상화에도 관련되어 있다고 생각된다. 이러한 요인들로부터 그가 여성문제에 관

---

53) 권 유, 앞의 논문 13~14면.
54) 이강은·이병훈 『러시아 문학사 개설』, 한길사, 1989, 114면.
55) B. 판스워드, 『알렉산드라 콜론타이』, 신민우 역, 풀빛 1986, 47면.

심을 갖게 되는 계기가 봉건제도의 비판에서 비롯되었으며, 사회주의이념의 수용으로 식민지 자본주의화에 따른 여성의 경제적 지위변화에 관심을 가지게 되었음을 알 수 있다. 그러나 유교 전통에 의한 '처수자옥'의 논리나 현모양처가 아닌 여성에 대한 거부감 등은 유교적인 남존여비의식이 철저하게 비판되지 못한 채 남아있음을 보게 된다. 이는 봉건제의 유습이 우리 손으로 극복된 것이 아니라 일제에 의해 강제적으로 해체되었다는 상실감 때문에 나타나는 아버지의 세계에 대한 동경과 맞물려 있다.

여성의 문제를 인식하는 데 있어서도 여성의 경제적 자립에 대한 주장과 현모양처에 대한 동경이 교차하고 있다. 여성의식의 이중성은 봉건과 근대가 교차하는 당대를 살아가는 사람들의 보편적인 의식이기도 하며, 또한 몰락하는 토반의 자손으로서 이기영의 체험의식이기도 하다.

# Ⅲ. 여성의식의 변모 양상

# Ⅲ. 여성의식의 변모 양상

　본 장에서는 이기영의 작품을 크게 다섯 시기로 구분하여 여성의식의 변모를 살펴보고자 한다. 초기 소설과 목적의식기 소설, 장편소설 『고향』, 전향 이후의 소설과 친일소설, 그리고 월북 후의 소설로 나누었다. 여성 문제에 대한 작가의 인식이 뚜렷하게 드러나는 작품을 대상으로 하였기 때문에 이기영의 전 작품의 특성을 설명하기는 어렵지만 여성문제에 대한 인식의 변화를 고찰하는 데 중심을 두었다.

## 1. 근대적 평등의식과 남존여비의식의 혼재 : 초기 소설

　이기영은 1924년 7월 「옵바의 비밀편지」가 『개벽』지의 단편소설 공모에 당선[1]되면서 문단활동을 시작하였다. 등단부터 1927년 카프의 1차 방향전환 전까지의 시기를 초기 소설로 구분할 수 있는데, 이 시기의 작품은 대체로 신경향파의 경향으로 평가되어 왔다. 신경향파는 박영희의 「신경향파의 문학과 그 문단적 지위」(개벽, 1925.12)에서 처음으로 사용된 용어로 그는 이 글에서 '새로운 경향'이란 '유탕, 정서지상, 압박 착취적 기분'에서 '생활, 사색, 민중해방'으로 변화한 새로운 경향의 문학 작품이라고 정의한다. 생활의 문학, 힘의 예술을 내세우는 신경향파 문학[2]은 마르크시즘에 경도된 새로운 문학적 경향이었다. 3·1운동의 실패와 식민지 지배에 의한 농촌의 궁핍화라는 사회적 배경, 병적 낭만주의

---

1) 이기영은 일본에서 돌아와 장편소설을 집필하여 발표하려 하였으나 거절당하고 방황하던 끝에 『개벽』지에 공모하여 1등은 없이 최석주의 「파멸」(2등)에 이어 3등으로 당선된다.

에 젖어 있던 「백조」파의 문학적 절망에 대한 반발로서 신경향파의 문학
은 속악한 현실의 비판을 문학의 지향점으로 삼았다. 초기 이기영의 소
설도 현실의 비참함을 고발하는 내용을 담고 있는데, 임화는 이러한 신
경향파 문학을 주관주의에 편향된 박영희적 경향과 객관적 자연주의에
서 탄생한 최서해적 경향으로 나누고 이기영의 초기 소설을 후자로 분
류하고 있다.[3] 임화의 평가는 아직은 설익은 계급의식과 막연한 반항을
담고 있었기 때문에 이들은 구체적 사실 속에서 자신의 사상을 형상화
할 토양을 마련하지 못한 채 사상을 관념적으로 노출시키거나 또는 비
참한 현실에 압도된 이분화된 양상을 드러낸다는 것이다. 임화의 논의는
계급의식이 전체 작품을 통어하는 시각으로 작용하지 못하고 있음을 지
적한 것이다. 그러나 이러한 평가는 프로문학의 발전과정으로만 작품을
이해하기 때문에 오히려 작품에 나타나는 의식의 혼재상태를 설명하기
에는 적합하지 않은 것 같다. 왜 작품이 일관된 시각을 유지하지 못하는
가. 이를 분석하기 위해서는 작품에서 주장하는 것과 그것의 일관성을 해
치는 잠재된 의식의 해명이 필요하다. 작품 분석에 앞서 이기영이 이 시
기에 발표한 여성문제에 대한 글을 살펴보면, 그가 근대적인 평등사상을
지니고 있었음을 볼 수 있다. 1924년 동아일보에 발표한 「‘여인상의 네
가지 전형’을 읽고」에서 이기영은 남성본위의 제도와 도덕이 여성을 불
구자로 만들었다는 여성관을 피력한다.

---

2) 신경향파 문학은 1922, 3년경부터 우리 문학사에서 제기되기 시작하는데, 그 시발은 김기
   진의 일련의 글에서 비롯되었다. 「promeneade sentimental」(개벽, 1923.7), 「클라르테운동의
   세계화」(개벽, 1923.9), 「또다시 클라르테운동에 대하여」(개벽, 1923.11) 등의 글에서 김
   기진은 현대의 문학이 유물사관에 입각하여 있음을 강조하고, "비굴과 인종과 타협과 기
   만과 도피와 절망의 문학은 필요치 아니하며 生의 本然한 要求"의 문학이 필요함을 역설
   하였다. 생의 문학이란 "시대의 전환과 생활의 비참과 기성계급의 폭로와 현실의 비애에
   서 결정된 현실혁명의 사상"을 표출하는 "프로렛컬트의 문학"을 의미하는 것이었다.
3) 임  화, 「소설문학의 20년」, 동아일보, 1940.4.16.

여자는 선천적으로 약점이 있다. 임신과 육아는 여자의 불가피한 사업인데 此가 약점으로 남자에게 보이며 차등은 여자를 규방으로 臨人하고 자기네 세상의 독무대를 만들어 놓은 것이다. ─중략─여자를 약자로 취급하여 가진 학대로 불구자를 만드는 것은 다만 여자에게만 그 해가 미치지 않을 것이다. 氏는「여인이 이 모양됨은 모름지기 自落이면 이었지 결코 남자 때문에 그렇게 되지는 않았다」고 주장하려는가? 소위「三從之道」니「七去之惡」이란 노예도덕은 누가 만들어놓고 남자는 축첩을 하거나 외입을 하여도 허물없는 여자는 청상과부가 되어 개가하는 것도 부정절을 저주하는 것은 누가 그렇게 하였는지?[4]

여성이 열등한 이유는 여자들 탓이라는 三角生의 견해를 반박하기 위해서 쓰여진 이 글에서 이기영은 남성 중심의 봉건제도를 비판하고 있다. 축첩, 삼종지도, 칠거지악, 개가금지 등의 봉건제도가 여성을 집안에 가두어 놓고 불구자로 만들었다고 비판하는 이 글의 내용은 근대적 평등의식[5]과 맥을 같이한다. 약자에 대한 모든 차별이 철폐되어야 한다는 입장에서 고통받는 여성의 문제를 다루고 있음을 짐작할 수 있다.

---

4) 이기영,「'여인상의 네가지 전형'을 읽고」(동아일보, 1924.5.19). 이 글은 三角生의「여인상의 네가지 전형」이라는 글에 대한 반박으로 쓰였다.

5) 19세기 말 개화파와 기독교 선교사를 중심으로 전파되기 시작한 계몽주의적 자유평등사상은 신분과 성에 따른 모든 차별의 철폐를 주장하였다. 1888년 박영효의 상소문에는 여성의 인격 존중과 학대·멸시 금지, 여성의 노예화 금지, 교육의 남녀 균등, 과부재가 허락, 축첩 폐지, 조혼 폐지, 내외법 폐지 등을 내용으로 하는 여권론의 내용을 담고 있었다. 자유주의 여권론의 시초가 되는 이러한 남녀평등사상은 여성이 봉건적 예속에서 벗어나 국가의 한 성원으로서 주체적으로 참여할 것을 촉구하는 근대적인 의식이었다(한국여성연구회 편, 앞의 책, 23면).

## 1) 고통받는 여성인물에 대한 관심

### (1) 빗나간 자유연애와 버림받는 여성-「옵바의 비밀편지」, 「유혹」6)

「옵바의 비밀편지」(개벽, 1924.7)와 「유혹」(조선일보, 1927.1.4~8)은 빗나간 자유연애와 남성의 이기심에 농락당하는 여성을 그린 작품이다. 작가는 남존여비의식을 그대로 가진 얼개화가 빚어내는 여성의 피해 실상을 드러내고 있다.

등단작인 「옵바의 비밀편지」는 집안에서 항상 대접받고 큰소리 치고 밖에서는 남녀평등을 주장하는 오빠의 실상을 알게 된 여동생이 남성 중심의 세계에 눈뜨게 된다는 이야기이다. 자신의 친구와 연애를 하는 오빠의 주머니에서 다른 여자에게 보내는 연애편지를 발견한 마리아는 오빠가 바람둥이임을 알게 된다. 동생이 조금만 늦어도 야단을 치던 오빠가 사실은 두 여자를 동시에 만나고 있었던 것이다. 오빠와 두 여자가 맞닥뜨려 벌이는 희극을 목격한 그녀는 여자들이 오빠의 잘생긴 미모와 풍채에 유혹되어 벌어진 일이라는 사실을 깨닫는다. "인물 잘난 우리 옵바는 색마이여요. 청보에 개똥 싼 건 우리 옵바이여요. 동무님네! 미남자에게 속지마소하고 광고를 내고 싶었다(단편대계 18권, 353면)"는 여주인공의 말에서 작가는 빗나간 자유연애를 비판한다.

이 작품은 남녀차별적인 가족제도와 이중적인 성규범 속에서 성장한 남성의 바람기와 여성의 허영심이 빚어내는 세태를 풍자적으로 그려내고 있다. 삽화 정도의 수준으로 이기영 작품 속에서 그저 등단작이라는 의미를 부여하기도 하지만 자유연애라는 소재는 그의 문학세계에서 반봉건의 테마를 형성하는 중요한 소재가 된다. 또한 여성문제로 작가적 출발을 하고 있다는 점도 이채를 띤다. 작가는 자유연애사상과 그로 인해

---

6) 안광호는 지금의 조선 부인들은 가정적으로 그리고 사회적으로 두겹의 노예생활에 빠져 있다고 여성의 상황을 설명하고 있다(「조선여성의 당면문제」, 신여성, 1932.10, 7면).

빚어지는 남녀문제를 봉건적 가부장제와 개화사조의 첨예한 갈등으로 인식하고 있으며, 시대착오적인 남존여비의식을 지닌 채 자유연애를 부르짖는 얼개화꾼의 폐단을 비판하고 있다. 이는 작가 자신이 창작동기를 밝히고 있는 다음 글을 통해서도 알 수 있다.

아식노 청춘남녀들 중에는 시대착오적인 남존여비의 사상을 가지고 여성을 희롱하려는 가짜 연애꾼들이 있는가 하면 또한 신여성과 여학생들 중에는 물질적 허영심에 들떠서 불순한 애정관계를 맺거나 첩이 아니면 윤락의 길로 떨어져 신세를 망치는 폐단이 없지 않았다. 봉건의 가부장적 전제 밑에 얽매여 살던 청년 남녀들은 신문명의 개화사조가 밀려드는 대로 불합리한 조혼에 대하여 우선 반기를 쳐들었지만 자유연애주의는 또한 풍기문란의 폐단을 가져왔던 것이다. 이런 봉건유습과 청년남녀들 간의 불순한 애정관계를 사회적 문제로 취급해보려는 것이 그때 나의 착상이었다.[7]

"애정관계를 사회적 문제로 취급"한다는 그의 표명은 사랑, 결혼, 성관계 등을 개인의 문제이거나 여성의 문제로만 여기던 기존의 시각에서 벗어나 사회적인 구조 속에서 그 의미를 탐구하겠다는 의도로 풀이할 수 있을 것이다. 애정관계는 개개인의 선택으로 나타나지만 한 시대 성원들의 신념이나 가치관을 반영하는 정서구조라 할 때 남녀의 애정관계는 한 시대가 여성에게 부여하는 지위를 보여주는 지표가 된다. 이 글에서 이기영은 왜곡된 남녀관계가 사회적 배경에서 탄생하는 것임을 밝히려는 문제의식에서 출발하고 있음을 알 수 있다.

자유연애사상은 개인의 근대적 각성이라는 측면에서는 긍정성을 지니지만, 남존여비의 가부장적 의식이 그대로 남아 있는 상태에서 자유로운 남녀간의 결합이라는 이상은 허상에 불과하다는 지적이 이 글의 요지이

---

7) 이기영, 「처녀작을 어떻게 썼는가」(청년문학, 1964.12), 이상경, 앞의 논문, 37면 재인용.

다. 이러한 반성적 시각이 작품의 원리로 작용하여, 마리아가 가족 속에서 느끼는 가부장적 여성차별이 여러 형태로 제시된다.

그 내용을 들어보면, 다음과 같다.

"그럼 계집애가 웨 밤중에 다니니?" "옵바는 나보다도 밤중에도 단이지 않었남!"하고 마리아는 폭 찌르고 싶은 생각이 불일듯하였으나 "아! 무엇이 엇재. 이 계집애야!"하며 후려칠까바 그는 옵바의 주먹이 무서워서 나오는 말을 꿀꺽 참었다. 마리아는 옵바와 여러번 싸웠다. 싸울 때마다 옵바는 이론으로 당치 못할 때는 반드시 "계집애년이 무슨 잔말이냐!"하고 주먹을 휘둘렀다.(단편대계 18권, 333~334면)

하긴 그것은 옵바만은 아니었다. 어려서부터 어머니도 걸핏하면, "이년 계집애년이……"하고 눈을 흘겼고 이웃사람의 입에서도 이, 계집애라는 말이 끊칠 새가 없었다. "계집애년이 울기는 웨 우니? 계집애년이 까질르기도 한다! 계집애년이 맛난 음식은 퍽 발키네!"(단편대계 18권, 334면)

무엇을 좀 잘못 할나치면 어머니는 곳 "계집애가 데퉁맞기두하다! 계집애가 칠칠찬키두하다!"하고 눈이 빠지도록 나무름을 한다. 그러나 옵바는 여간해서 나무라지도 안커니와 한대야 "사내가 어떻다……"고는 아니하였다.(단편대계 18권, 335면)

가족 속에서 이루어지는 남존여비의 규범들은 남성의 지적, 육체적, 성적 우월성을 지지함으로써 "이론으로 당치 못할 때는" 반드시 "주먹을" 휘두르는 오빠의 지배적이고 공격적인 성격, 성적 지배욕을 형성하는 기반이 된다. 작가는 가부장적 이데올로기가 형성 계승되는 토대로서 이러한 가족의 문제를 제시하고자 한 것이라 볼 수 있다. 그 외에도 이 작품의 전반부에는 첩살림을 하는 친구 영순의 아버지와 설움을 참고 지내는 영순 어머니의 일, "사람은 남자가 대표를 서지마는 짐승은 암컷이 대표를 선다"며 빙글거리는 남선생님의 태도에서 사회 속에 만연된 여성 비하의 한 예를 제시하고 있다. 남존여비의 가부장적 이데올로기를 재생산하는 중심기제[8]로 작용하는 가족과 교육의 문제를 작가는 다양한 예로 제시하고 있다. 그러나 이러한 예들은 작품으로 재구성 형태를 거치지 못하고 제재의 차원에서 적당한 순서로 배열[9]되는 정도에 머무른다. 이는 작가의 여성의식이 불평등의 현상을 지각하고는 있으나 이를 구조적으로 인식하지 못한 탓으로 보인다. 결국 앞서 제기한 제재들은 주인공 마리아의 여성적 자각에 크게 기여하지 못하며, 따라서 마리아의 자각은 아직은 현상적이고 미약한 수준에 머물러 있다.

> "딸자식은 쓸데없어. 시집가면 고만인걸!" "그래요 시집 보내기 전에 실컷 부려나 먹지요! 호호……"하는 어머니와 이웃사람들의 이야기를 드를 때는 게집애의 천덕구럭이가 된 까닭은 그렇구나! 하였고, 구약성경을 펴들고 창세기를 보다가 이부가 마귀의 꾀임을 받아서 선악과를 따먹었다는 구절을 읽고는 또 그래 그런가? 도 싶었다.(단편대계 18권, 336면)

그녀가 오빠의 연애사건을 통해서 얻은 자각도 미남자에게 속지 말자는 개별적인 차원을 벗어나지 못한다. 그러나 집안에서 그렇게도 존귀하던 아들의 존재가 이중의 애정행각이 드러나자 쩔쩔매는 우스꽝스러운 모습으로 드러나 위선적인 남성의 권위를 드러내는 데는 충분한 효과를 거두고 있다.

---

8) Michael S. Kimmel ed., 『Changing Men』, Sage, 1987, 이 글에서 킴멜은 전통적인 성역할 패러다임에서 거친 남성과 아름다운 여성이라는 이분법이 초래되었고 가정과 교육, 사회제도 전반을 이러한 이분법적 사고가 지배하고 있다고 분석하였다(111~114면).
9) 변정화, 앞의 글, 숙명여대 아세아여성연구 제29집, 1990.12, 66면.

여성문제를 다룬 작품이 데뷔작이라는 점에서 이기영이 여성문제에 남다른 관심을 가졌음을 엿볼 수 있다. 이후 신여성, 조혼, 자유연애 등의 소재는 그의 작품에 반복해서 나타나며, 작가의식의 변모에 따라 이러한 소재를 바라보는 그의 관점도 바뀌어감을 알 수 있다.

조선일보에 발표된 「유혹」도 빗나간 자유연애의 비극상을 그린 작품이다. 농촌 총각 삼석-옥단-서울 유학생간의 삼각관계를 다룬 이 작품은 「옵바의 비밀편지」와 동일한 소재를 지니고 있으나 이 문제를 하층 여성의 비극상으로 풀어나가는 차이를 보여준다. 서울유학생의 화려한 외양에 유혹된 옥단이는 임신한 채 버림받고 그녀를 사랑하던 삼석은 종적을 감춘다. 그 후 옥단이는 광산촌 갈보로 전락하고 만다. 여성의 신데렐라 콤플렉스-허영심, 의존심, 결혼에 의한 상승욕구-와 그를 이용한 부유한 남성의 여성탐닉, 그 사이에서 버림받는 진실한 사랑의 삼각관계를 간결하게 표현하고 있다. 문체가 간결하고 대화체를 주로 하는 서술방법이 돋보이는 작품이다.

### (2) 농촌의 몰락과 팔려가는 여성-「민촌」, 「장동지 아들」, 「아사」, 「농부 정도령」

「민촌」(조선지광, 1926.1)[10], 「장동지 아들」(시대일보, 1926.1.4), 「아사」(조선지광, 1927.2)는 채무첩이나 기생으로 팔려가는 여성의 비극을 주제로 한 소설이다. 「농부 정도령」(개벽, 1926.1〜2)은 팔려가는 여성문제를 다룬 소설은 아니지만 '딸 팔아먹기'라는 소재를 황폐해지는 농촌

---

10) 「민촌」은 발표지가 정확히 밝혀지지 않은 작품이다. 김성수는 조선지광 26년 1월호에 발표된 작품이라 하였으며, 이상경은 「파러먹은 딸」과 동일 작품으로 추정하여 문예운동, 1926년 5월을 발표일로 추정한다. 1927년 건설출판사에서 간행된 단편집 「민촌」에 수록된 작품에 탈고일이 1925년 12월 13일인 것으로 보아 「쥐이야기」(탈고일 1924.11) 바로 다음에 쓰여진 작품이라 하겠다. 본고는 단편대계 18권에 실려있는 건설출판사에서 1927년 발행된 단편집 「민촌」을 사용하였다.

의 한 현상으로 그리고 있어서 분석의 대상에 넣었다.

「민촌」은 "양반이라고는 약에 쓰려고 구해도 없는 상놈 천지"였던 향교말에 "시체 양반"이 등장하면서 농민의 삶이 피폐화되는 단면을 극명하게 그린 단편이다. "동척회사 마름이요 면협의원이요 금융조합 평의원으로 세력이 당당"한 박주사 집안은 "귀먹어리 노인도 이ㅅ속에 들어서는 귀가 초롱같이 밝아진다"는 이야기가 있을 만큼 '돈'을 숭싱하는 지주집안으로, 동척을 배후에 둔 친일 세력가이다. 이른바 '새 양반'인 박주사네 아들은 첩을 '소를 개비하듯' 갈아대는 타락한 인물이며, 노인보고 '하소'를 붙이는 거만한 성품의 소유자이다. 하지만 '돈이 양반'인 세상에서 그의 세력을 당해낼 재간은 없다. 결국 소작농인 김첨지의 딸 점순은 벼 두 섬에 박주사 아들의 첩으로 끌려가게 되고, 그를 사랑하는 서울댁 창순의 유토피아적 이상도, 미쳐버린 김첨지의 분노도 아무런 소용이 없었다는 이야기이다.

'신분'에서 '돈'으로 바뀐 양반에 대해 수런거리는 아낙네들의 대화는 식민지 자본주의화 속에서 바뀐 농촌 지배층의 모습과 이로 인해 피폐해지는 농민의 생활상을 말해주고 있다.

> 예전 양반은 돈을 알면 못 쓴댔는데 지금 양반은 돈을 잘 알아야만 되나부데. 그이도 돈으로 양반이지 만일 돈이 없어보게 누가 그래 대단히 알겠나. 그러니까 그에게 돈이 떨어지는 날에는 양반도 떨어지는 날이란 말일세. 그러니까 돈을 제 할아비 신주보다 더 위할밖에. 우리네 가난한 사람의 통깝데기를 벗겨서라도 돈을 더 모으자는 것은 좀 더 양반노릇을 힘있게 하자는 수작이지.(단편대계 18권, 20면)

예전 양반은 명분을 내세우는 봉건적인 사상을 지녔던 것에 반해 새양반은 돈을 최고의 가치로 여기는 현실주의자의 면모를 지니고 있다. 농촌 부르주아로 성장하는 과정에 있는 이들 새로운 세력은 자본주의의 정

상적인 발전이 불가능해진 조건에서 식민지 정치권력과 결탁하여, 반봉
건적 성격, 합리주의정신 등 건전한 부르주아정신(근대성)을 형성하지 못
한다. 단지 봉건적인 권위주의를 내세우고 황금만능과 도덕적 타락으로
의 왜곡된 길을 걷게 된다. 이 작품에서 그려지는 박주사 일가는 그러한
신흥 지배층의 성격을 잘 포착하고 있다. 새양반은 "다른 것은 모두 상
놈을 닮어가며" "말버릇만 양반이 남은 모양"이라는 점박이 마누라의 빈
정거림 역시 새양반의 이중성을 농민의 언어로 담아낸 것이라 하겠다.

팔려가는 여성들은 이러한 농촌의 몰락을 선명하게 드러내는 현상이
다. 조혼 모티프와 함께 이기영 소설의 중요한 모티프로 지적된 바 있는
팔려가는 여성들의 문제, 즉 매매혼 모티프[11]는 먹고 살기 위해 딸을 팔
거나 아내가 매음을 하여 목숨을 연명하는 이야기로 1920, 30년대 소설
의 보편적인 모티프이기도 하다.[12] 빚을 갚지 못해 채무첩으로 끌려가거
나 식구들을 먹여살리기 위해 기생이나 카페여급 등 매춘을 하게 되는
여성의 전락상은 「민촌」을 비롯하여, 「농부 정도령」, 「밋며느리」, 「아사」
등의 단편 외에도 『신개지』, 『생활의 윤리』, 『땅』, 『두만강』 등의 장편에
지속적으로 등장한다. 「민촌」은 팔려가는 여성이 등장하는 최초의 작품
으로 매매혼이 어떤 시각으로 다루어지고 있는지를 알 수 있다.

첫째, 채무첩으로 끌려간 점순은 잘난 총각은 감옥소로 가고 예쁜 여
자는 유곽으로 간다는 시대현실을 상징하는 인물이다. '돈이 양반'인 세

---

11) 김윤식은 『한국 현대 현실주의 소설 연구』(문학과지성사, 1990, 222~223면)에서 이기영
   의 여성문제의식을 심청 모티프로 규정하였다. 이미림은 이를 구체적으로 분석하고, 심청
   모티프의 설정은 시대의 열악한 상황으로 인한 어쩔 수 없는 것이기도 하지만 가부장적
   봉건사회의 남존여비관념에서 비롯된 결과로서 여성을 물건이나 식량과의 교환물로 생각
   하는 시대풍조의 반영이라 하였다(앞의 논문, 127~128). 하지만 심청전의 경우는 심청이
   가 팔려간 사실이 문제가 아니라 그의 효심을 강조하기 위한 장치에 불과하므로 이기영
   소설의 경우 '매매혼 모티프'라고 부르는 것이 옳을 것이다.
12) 여성의 매매는 여성작가들의 작품에서도 자주 등장하는 소재인데, 이는 빈궁으로 인한 여
   성의 매매가 당대의 보편적인 현상이었기 때문일 것이다(채훈 「1930년대 한국 여류소설
   에 있어서의 빈궁의 문제」, 숙명여대 아세아여성연구 제23집, 140면 참조).

상에서 인간관계는 '돈'으로 '성'을 사고 파는 불건전한 소유의 양식으로 나타나게 되는 현실을 드러내고 있다.[13] 인간들은 그 욕망을 교환, 지배, 착취와 같은 타락한 방식으로써 소유하려 하고 자연히 인간관계는 교환과 착취와 같은 관계로서만 연계되고 얽히게 되어 여기에서 도덕은 붕괴되고 인간성은 말살된다.[14] 박주사 아들의 여성탐닉은 그의 소유욕을 드러내는 것이고, 채무첩으로 끌려가는 점순은 돈의 힘에 의해 희생되는 인물, 즉 자본주의적 굴레를 드러내는 인물이라 할 수 있다.

물론 축첩은 여성을 성의 도구로 삼는 봉건유습이라 볼 수 있으나 이기영이 문제삼는 채무첩이야기는 돈 때문에 타락하는 삶의 현상이다. 매매혼을 가운데 두고 대립하는 인물은 박주사 아들과 점순 아버지 김첨지인데 딸을 팔아먹고 살 수는 없다는 김첨지의 보수적인 도덕성은 여지없이 무너지고 만다. 현실의 힘 앞에서 가장으로서의 책임감, 강한 윤리의식이 그를 미치게 만드는 것이다. 김첨지가 미칠 수밖에 없는 시대, 작가는 이를 통해 지배층의 불구성을 구체적으로 포착하고 보수적인 윤리의식이 힘을 잃어가는 당대의 상황을 전형적으로 그리고 있는 것이다. 특히 식민지 자본주의화는 농민 대다수가 삶의 기반을 잃고 몰락하는 한편 급속한 도시화와 상품경제의 확대를 특징으로 하고 있다. 이러한 상황에서 여성들은 정상적인 직업으로 진출하기보다 카페여급, 기생, 첩 등 매춘으로 나아가는 경우가 많았다. 여성의 매매는 이러한 경제상을 반영하는 한 단면인 것이다.[15] 따라서 매매혼이라는 소재는 식민지 자본주의가 만들어내는 궁핍과 그로 인한 여성의 현실을 드러내는 매개항이 된다. 작가는 이러한 현실을 "사람까지도 상품(商品)으로 만들어서(「민촌」, 단편대계 18권, 42면)" 잇속만 차리는 세상이라고 표현한다.

둘째, 여성의 매매는 여성을 가장의 소유물로 생각하는 가부장제 문화

---

13) E. 프롬 『소유냐 삶이냐』, 김진홍 역, 홍성사, 1978, 95~99, 180면 참조.
14) 송명희, 「여성의 삶과 사회구조-김동인의 「감자」를 중심으로」, 『여성해방과 문학』, 지평, 1988, 44면.

의 산물이다. 여성은 남성, 특히 가장의 절대적 권력 하에 놓여있으며 가장의 권한은 아내와 자녀에 대한 소유의 개념을 포함하고 있다. 초기의 가족형태에서도 가족은 노예와 같이 재산권을 지닌 가장의 소유물이었으며, 자식의 매매는 그러한 가부장적 전통의 산물로 볼 수 있다.[16] 아들보다 딸이 매매의 대상이 되는 이유는 남성이 기능적 존재로 규정되는데 반해 여성은 성적 존재로 규정되기 때문이다. 시몬느 보봐르도 남성주의사회에서 여성은 성(sex)으로 존재한다고 말한 바 있다. 남성의 경제활동에 의존해서 살아야 하는 위치에서 여성은 자신의 성을 매개로 하여 존재가 규정되어 왔다는 말이다. 1920년대 주요섭의 평론에서도 여성이 경제적으로 독립하지 않는 한 남성의 성적 대상으로 살아갈 수밖에 없다는 인식이 드러나고 있다.[17] 이렇게 여성이 '성'으로 규정될 때, 인간관계의 타락상은 여성의 성을 사고 파는 방식으로 나타나게 된다.

따라서 매매혼의 문제는 궁핍으로 인한 도덕적 타락이라는 식민지 자본주의의 사회상과 여성을 가부장의 소유물로 생각하는 가부장제 문화가 결합된 현상이라고 할 수 있다. 그러나 이 작품에서 딸이기 때문에 팔려간다는 구체적 인식은 드러나지 않는다. 실제 매매혼의 대상이 되어 끌

---

15) 송연옥은 "한편으로는 일제 식민지 정책의 일환으로서 가부장적 가족제도가 강화·재편성되고 또 다른 한편으로는 일제의 식민지 지배로 인해 농촌 경제가 파탄되면서 이혼율과 서비스업에 종사하는 여성의 수가 해마다 늘어"나는 상황이었다고 설명하였다. (앞의 글, 343면) 『昭和十年 朝鮮總督府統計年報』에 의하

| | 창기 | 예기 | 작부 |
|---|---|---|---|
| 1910 | 88,924 | ? | ? |
| 1926 | 172,455 | 54,578 | 74,910 |
| 1930 | 176,145 | 71,290 | 79,410 |
| 1931 | 178,016 | 81,522 | 86,161 |
| 1935 | 163,870 | 85,988 | 73,088 |

면 창기는 1910년에서 1926년 사이에 2배로 급증한다. 대체로 증가 추세에 있으나 특히 30년 31년 경에 가장 높은 수치를 보여주고 있다. (위의 글, 344면 재인용)
16) 『여성학 강의』, 동녘, 22~23면 및 게일 러빈, 「여성의 교환」, 『여성해방의 이론체계』, 풀빛, 1983, 260~270면 참조.
17) 주요섭, 「결혼생활은 이러케 할 것」, 신여성, 1924.5. 그는 남녀 모두 직업을 가질 것을 권하며, 직업도 없이 집안 일도 하지 않는 여성을 매음녀와 다를 바 없다고 주장하였다.

려가는 점순은 물론 「민촌」의 다양한 인물 속에서도 그러한 인식을 보이는 인물은 없다. 오히려 점순은 사랑하는 서울댁과 오빠에게 자신을 용서해달라고 비는 희생과 순종의 미덕을 보인다. "용서해주세요! 용서해주세요! 부자집 첩으로 가는…… 당신이 미워하는…… 박…… 박주사 아들에게로……"라며 울먹이는 그녀의 태도에서 여성현실을 객관적으로 파악하지 못하고 여성의 헌신을 미화하는 유교이념의 잔재를 엿볼 수 있다. 그 때문에 점순이 가족을 위해 팔려가기로 결정하는 '효심'과 그 가족의 행위에서 드러난 가부장적 윤리를 근거로 "유교윤리의 고수"라고 평가하기도 한다.18) 그러나 점순의 효심이 어떠한 결말을 맺는가를 본다면, 이 작품에서 드러내는 것은 그러한 효심의 비극성이다. 유교윤리의 고수라면 효심이 복을 받는 행복한 결말이 되어야 할 텐데 이 작품의 구성은 효심의 비극성으로 이루어진다. 봉건윤리를 고수하는 아버지가 미쳐버리는(「아사」에서는 아버지가 죽는다) 점에서도 유교윤리가 더 이상 삶의 대안이 되지 못한다는 인식을 보여준다.

문제는 딸을 파는 가부장적 전통을 비판하고 유교적인 순종의 미덕을 미화하는 작가의 시각이 일관성을 갖지 못하는 점이다. 여성인물의 외양을 묘사하는 성격화 방식에서 이러한 혼란을 엿볼 수 있다.

그는(순영―인용자) 점순이보다 이쁘다 할 수는 없다마는 얼굴이 좀 동구스름하게 살이 토실토실 올라서 탐스럽게 생긴 처녀이었다. 역시 점순이와 동갑으로 올에 열여섯살이라 하는데 엉덩이가 제법 퍼지고 기다란 머리채가 발꿈치까지 치렁치렁하였다. ― 점순이는 키가 날씬하고 얼굴이 갸름한게 그리 살 찌지도 또한 마르지도 않은, 그리고 살빛이 무척 희었다.(「민촌」, 단편대계 18권, 25면)

---

18) 김희자, 앞의 논문, 35~38면.

위 예문은 점순과 친구 순영의 외양묘사이다. 이 둘은 모두 채무첩으로 끌려가는 인물들이며, 앞서 점순의 성격에서 살펴보았듯이 가족을 위해 헌신하는 순종적이고 착한 성품으로, 자신에게 닥친 불행을 마치 자신의 죄처럼 용서를 비는 자기 각성이 없는 인물이다. 순종적인 덕녀에서 크게 벗어나지 못한 경우라 볼 수 있는데 작가는 이러한 인물을 아름다운 여인으로 묘사한다. 이는 고전소설의 美(덕녀) 醜(악녀) 이분법의 지속으로 볼 수 있다. "아! 그러나 벼 두 섬 값은 대체 얼마나 되는가? 점순이는 이 벼 두 섬에 팔리어서 지금 박주사 아들 집으로 가마에 실려갔다(「민촌」, 단편대계 18권, 77면)"라며 서술자가 직접 개입하는 대목에서도 인물에게 동정의 시선을 보내는 작가의식이 나타난다. 딸을 파는 것은 불의한 일로서 비판하지만 불의한 일이라도 여성은 순종하는 것이 미덕이라 여기던 작가의식의 혼재를 드러내는 것이다.

「어머니의 마음」(현대평론, 1927. 1)과 「농부의 집」(조선지광, 1927.2) 속편으로 발표된 「아사」(조선지광, 1927.2) 역시 「민촌」과 유사한 '딸 팔아먹기'를 소재로 다룬 작품이다. 「아사」는 늦장마에 다 된 곡식이 떠내려가고 철도 공사판에서 부상까지 당해 살 길이 막막해진 정첨지네의 이야기이다. 정첨지는 지주인 최주사집에 집문서를 잡히고 빚을 얻어 치료를 해보았으나 병세는 악화되고 그나마 식량도 떨어진다. 아들 억돌이 노름을 해서 연명해왔으나 폐풍 단속으로 그것도 못하게 되고 가족들은 죽어가는 정첨지를 살리기 위해 딸 돌순을 최주사집 첩으로 보내기로 결정한다. 그러나 아내가 최주사집에서 쌀을 얻어 돌아왔을 때에는 정첨지는 이미 죽고 난 후였다.

이 작품에서도 「민촌」과 마찬가지로 몰락해가는 농촌의 비극상과 그로 인해 벌어지는 윤리적 타락상, 이에 대응하는 농민들의 현실 대응방식이 정첨지 가족의 성격에서 잘 나타나고 있다. 정첨지가 굶어죽을지언정 '옳은 도리'를 지켜야 한다는 윤리적 보수성을 지닌 인물이라면, 아들 돌쇠는 '삶의 윤리'를 주장하는 신세대이다.

억돌이는 부르지것다. "그러치 참! 사람은 살나고 마련했을 터인데 ─ 올흔 도리로 살 수 없시된 경우에 다른 도리로 살 수가 잇다면 그것은 무슨 일이던지 올흔 일이겟지 뭐!" "그러닛가 노름하는 것도 올흔 일이다" "그러닛가 첩으로 가는 것도 올흔 일이지!"(119면)

그러나 어느 쪽도 진정한 삶의 대응 방식이 되지 못하기 때문에 결국 비극으로 끝나게 된다. 「민촌」에서는 아들 점동이 건강성 ─ 그는 점순을 첩으로 보내지 않으려고 하루 종일 일을 한다 ─ 을 갖고 있는 긍정적 인물이고 그 뒤에 매개적 인물의 단초로 보이는 창순이라는 지식인과의 교호관계를 설정하고 있어서 몰락이 미래에의 여운을 남기고 있는 데 비해 「아사」는 철저한 비극이다.

여성인물의 성격은 어머니와 돌순과의 대조를 통해 알 수 있다. 어머니는 현실 적응력이 강한 인물로 죽어가는 남편과 가족이 살 수 있는 유일한 길이기 때문에 그는 오히려 '딸 팔기'에 적극적이다. 그녀의 현실주의는 "그른 도리라도 경우에 따러서 올흔 도리로 변통할 수도 잇는 게지 ─ 아이구 그러케 변통이 업서가지고 이 세상에서 엇더케 산다 말이요(119면)"라는 말로 표현된다.

돌순은 가족을 위해 자신의 희생을 당연한 도리로 여겼던 점순과 달리 첩시집에 대해 "시집가기는 실치마는 올키는 가는 것이……(118면)" 옳지 않은가 갈등하는 인물이다. 돌순의 고민은 행복에 대한 욕망(자아)과 자기희생의 도리(효심) 사이에서의 갈등이다. 이러한 딸에게 어머니는 "시체 계집애년이란 망칙한 꼴도 다보겠다(122면)"는 말로 일축한다. 가부장적 의식을 내면화한 여성의 부정적인 면과 이를 거부하는 여성상의 단초들을 이 작품을 통해 읽을 수 있다.

매매혼이 여성에 대한 차별의식에서 나타나는 현상임을 지적하는 대목은 「농부 정도령」에서도 나타난다.

> 자식을 크기도 전에 장가를 드려서 도야지 암부치덧 해서 색기를 낳는
> 대로 파러먹는다 하면 그야말노 화수분이다. 다행히 딸만 낳는다하면 −
> 그러나 삼신할머니는 심술장이라 각금 산애를 맨드러노커던 그런데 용
> 쇠네는 복이 만허서 딸삼형제를 한숨에 내리 나가지고 이백량 삼백량 사
> 백량에 파러먹엇단 말이지. 하긴 그것은 용쇠네만 말할 것은 안냐. 소
> 위 양반이라는 집에서도 그와 비슷한 짓을 하닛가. 엇더타지 이 세상은
> 고마운 것이냐. 아모리 악한 짓을 하고라도 아름다운 이름으로 그것을 잘
> 감출 수가 잇스닛가 − (1926.2, 164면)

하층민은 종이나 첩 또는 기생으로 팔고, 양반은 정략결혼의 형태로 딸
을 파는 행위는 그럴듯한 이름만 다를 뿐 모두 한가지로 불의한 일이며
세상의 타락상이다. 농부 정도령의 입을 빌어 딸을 가장의 재산으로 생각
하는 남존여비의 봉건유습을 비판하는 작가의식이 드러나는 대목이다.

첩을 갈아들이는 장동지 아들의 윤리적 타락상을 풍자한 「장동지 아
들」도 성의 매매를 다룬 작품이다. 가난 때문에 장동지 아들의 첩으로 끌
려온 열일곱 살 을나와 채무첩에서 기생으로 다시 장동지의 노리개감으
로 몰락의 길을 걸어온 금홍은 모두 가난과 남성의 성적 탐욕에 희생된
여성이다. 장동지의 아들은 「민촌」의 박주사 아들과 마찬가지로 "장동지
아들은 따뜻한 아랫목에서 술에서 술로 녀자에게서 녀자에게로 헤엄쳐
다니며 잡담, 낮잠……등사를 전문(19권, 72면)"으로 하는 인물이다. 그
러나 돈을 아끼는 인색한이라는 면에서는 자수성가하여 부자가 된 장동
지의 성품을 그대로 이어받았다. 그래서 "처음에는 정신업시 미치다가도
한두번 상관한 뒤로는 바로 그녀자를 집어버리는 것이엇다(72면)." 그가
바라보는 여성은 '물상화된 성'으로 단지 재물과 같은 소유의 대상일 뿐
이다. 그는 금홍을 "마치 연한 회를 먹는 것 가탓다"고 얻어들였으나 한

달만에 "마치 쓰레기통에 버린 물건가티 내버"리고 만다. 마침내 을나 역시 쫓겨나 북행열차를 타고 떠나게 된다.

워낙 짧은 단편인데다 장동지 아들의 타락상을 풍자하는 데 초점이 맞추어져 있어서 여성들이 첩으로 몰락하는 과정은 구체성이 부족하다. 그러나 을나가 금홍을 도와주는 일종의 자매애를 드러내는 대목—금홍이 채무첩에서 기생이 되기까지의 내력을 들으며 함께 울고, 을나는 금홍에게 옷과 여비를 마련해준다—이나 새 삶을 향해 그들이 떠난다는 점은 「민촌」과 차이가 있다. 하지만 이들의 떠남도 탈출이라기보다는 쫓겨남에 가깝고 미래도 불투명하다.

점순, 돌순, 을나, 금홍 등은 가난한 농민의 딸들로 부유한 남성에게 팔려가는 여성들이다. 작가는 매매혼을 비판하면서도 그에 순종하는 수동적인 여성상을 미화함으로써 이를 극복할 수 있는 여성인물을 그리지는 못하고 있다. 이는 평등의식과 남존여비의식이 혼재되어 있기 때문이라 하겠다.

### 2) 조혼한 아내에 대한 연민과 거부 −「가난한 사람들」, 「오매 둔 아버지」, 「천치의 논리」

앞의 두 유형과는 달리 그의 작품에 자주 등장하는 또 하나의 여성인물은 '아내'이다. 앞서 살펴본 작품에 등장하는 여성인물이 주로 하층 여성들이라면 아내는 거의 일인칭의 지식인 소설(자전적 소설인 경우가 많다)에 등장하는 중산층 여성이라 할 수 있다. 「가난한 사람들」(개벽, 1925.5)과 「오매 둔 아버지」(개벽, 1926.4), 「천치의 논리」(조선지광, 1926.11) 등의 작품에 나타나는 아내는 작품의 부차적 인물이면서 또한 서술자 '나'와 한 쌍을 이루기 때문에 서술자인 '나'가 자신의 아내와 관계맺는 시각[19]은 여성문제에 관한 남성작가의 체험이 표면화되는 부분이다.

「가난한 사람들」은 이기영의 본격적인 데뷔작이라 할 만한 자전적 소설이다. 주인공 성호는 "無信者 無産者 無職者 맨 「無」자로만 노는(63면)" 인물로 성호가 작년 구월(1923년 9월)에 진재 때문에 유학을 중단하고 귀국했다는 사실이나, 할머니 회갑연에 기쁨을 더하기 위해 조혼을 하게 되었다는 이야기는 작가의 전기와 일치한다. 여성적인 조용한 성격이지만 방랑벽으로 떠돌아다녀서 색시난봉이라는 별명을 들었다는 이야기 또한 거의 이기영을 연상시킨다.[20] 이 작품은 가난한 지식인의 자기 삶에 대한 성찰을 담으면서 앞으로의 지향점을 드러내는 점에서 주목된다. 지식인으로서 자신이 처한 고민의 내용을 3장으로 나누어 서술하고 있다.

1장은 목숨을 살릴 것인가 사람을 살릴 것인가라는 명제를 놓고 친구와 논쟁하는 내용으로 지식인의 존재적 고민이라 할 수 있다. "목숨이 살자면 사람을 죽여야" 하는 세상에서 기계같이 "그저 식히는 대로 꾸벅꾸벅 복종만 하는 자"가 될 것인가 "그러치 안으면 不逞鮮人(66면)"이 될 것인가는 식민지시대 지식인의 고민을 반영한다. 박봉의 월급쟁이로라도 목숨을 존속시키는 길밖에 없다는 친구의 말에 성호는 그것은 목숨도 죽이고 사람도 죽이는 일이라고 반박해 보지만 당장 굶고 있는 자신과 가족의 처지를 생각하며 모순을 느낀다. 지식인으로서 이상과 현실 사이에서 고민하지만 "역시 해결을 못하고 잠드러버렸다(67면)." 1장에서 보여주는 친구와 성호와의 대화는 지식인의 내적 갈등을 정확하게 드러낸 대목이다. 식민지 상황의 극복이 절대적 과제였던 이 시기에 이를 해결하

19) 홍경표, 「이상소설의 여성」, 효성여대 여성문제연구 제17집, 1989, 315면. 이 논문에서는 남성작가의 소설에서 부차적 인물로 등장하는 여성상의 의미를 파악하기 위해, 여성인물이 서술자와의 관계에서 어떻게 배치되고 있는가를 중심으로 작가의식을 추출하는 방법을 사용하였다.
20) 유진오는 이기영에 대한 인상을 다음과 같이 적고 있다. "세상에서는 그를 샌님이라 부르나 샌님치고는 엉뚱한 샌님이다. 氏의 표면은 항상 물과 같이 고요하고 차나 그 속에서는 파도와 정열이 일상 들끓는 것이다(「이기영씨의 인상」, 조선문학, 1931.1, 53면)."

기 위해서는 지식인들의 지도적 역할이 절실히 요구되었다. 그들은 특혜받은 자로서, 그리고 소수 지도층의 한 사람으로서 부담감을 느끼고 있었지만 식민지적 특수성 때문에 스스로 사회적 경제적 입지조차 확보하지 못했다. 따라서 그들은 이중적 고뇌에 빠지지 않을 수 없었다. 지식인으로서의 역할과 빈자에 대한 관심은 20년대 후반에 이르러 貧者化된 지식인으로서 자기 존재를 인식함으로써 지식인은 민중의 한 일원이 된다.21) 「가난한 사람들」은 이러한 빈자화한 지식인 유형을 보여주는 작품이라 할 수 있다.

2장은 조혼한 아내와의 갈등을 소재로 한 장이다. 열네 살 어린 나이에 두 살이나 많은 아내와의 조혼은, 일부종사를 신념으로 하는 구식 아내와 신사조의 영향을 받은 남편 사이의 신구갈등을 일으킨다.

안해와 자긔가 結婚하기는 자기가 열네 살 되던 해 일은 봄이엇다. 그해는 한머니의 還甲되는 경사로운 해임으로 손부보는 경사를 아울러 보시게 하자는 부친의 효성으로 그러케 하엿다 한다. 일을테면 자긔는 贖罪祭에 바치는 어린 羊 모양으로 한머니의 壽宴에 희생이된 모양이다. 그래 早婚 當한 청년들의 지금 한참 떠들며 리혼문데를 이르키는 條件과 가튼—나는 내 自意로 혼한개 아니라. 재래의 惡習인 早婚이란 强制婚姻을 當하엿스니 나는 離婚할 權利가 잇다. 離婚이 만흔 죄악이라 하면 그 책임은 社會가 질머질 것이다.—라구들 하는 意味와 엘넹케이의 離婚神聖論을 加味한 그런 理論에 共鳴하야 그들과 가티 두통을 알엇다. 지금은 더구나 안해의 나이 만코 얼굴 곱지안코 무식하고 왜밀기름내 나는 舊式女子라는 憎惡는 자긔의 차차 지식이 느러가고 안목이 놉하갈수록 더욱 그가 밉게만 보혓다.—중략—그러나 안해는 무슨 학대를 하던지 제발 이혼이나 말어달나는 것 가타엿다. "여보! 당신과는 진정 살 수 업소 당신의 世界(마음)와 나의 世界가 갓지 안어서 서로 理解치 못하고 葛藤

21) 이주형, 「1920년대 소설에서의 지식인의 고뇌와 작품 형식」, 경북대 국어교육연구 제22집, 1990, 15면.

만 하게하나 하루한날 아니고 그놈의 노릇을 엇지 견? 수 잇소? 그러닛가 진즉 리혼을 하는 것이 피차의 행복이것소. 네전 말이지 지금은 離婚하고 改嫁하는 것이 결코 죄가 아니되오. 아니 녜전에도 그게 죄될 게 업소 산애가 첩을 엇는게 죄가 아니라면 서로 살기 실허서 갈녀서는 것이 무슨 되가 되겟오. 도로혀 離婚을 아니하는게 죄가 되겟지"하고 그 어느 때인가 성호는 이런 의미의 말을 안해에게 부처보앗다. "고만두어요. 내가 왜 화냥년인가? 기생갈보년인가. 부모가 한번 정해준 남편의 눈이 멀둥멀둥하게 살앗는데 밋쳐다고 시집을 또 가? 아이구! 망칙한 소리두……."(73~74면)

위 예문에서처럼 성호는 조혼이 사회적 악습에 의한 것이므로 이혼할 자유가 있다면서 엘렌 케이의 이론을 근거로 삼는다. 엘렌 케이 사상은 1920년대 초에 소개되어 자유주의 여성해방론의 배경이 된 이론의 하나로[22] 인간은 누구나 자기의 의사에 따라 자유롭게 결혼하고 이혼할 권리가 있다는 사상이었다. 성호는 이 사상에 공감은 하지만 그렇다고 무조건 실행하지도 못한다. 무식한 구식 여자인 아내에 대한 증오와 함께 "영양부족, 산고, 노역, 병고, 빈고에 아주 찌드러서 고만 이러케 지레 늙은(71면)" 아내를 동정하는 마음도 지니고 있기 때문이다. 자신의 처지를 개선할 어떤 힘도 없는 당시 여성의 상태에서 자유연애나 자아의 실현이라는 신사상은 초기에는 오히려 사태를 악화시키는 것에 불과했다. 사회적인 성차별 규범이 바뀌지 않은 상태에서 여성이 받게 되는 고통이 훨씬 크다는 사실은 이 작품에서 처녀를 만들어준다면 이혼할 수 있다는 아내의 대답으로 나타난다. 구식 아내와 신여성의 갈등을 다룬 작품이 많았던 이유도 당시 사회상을 반영하는 것이었다. 성호는 그 정도의 인식에 이르지는 못하지만 단순히 이혼의 권리만을 주장하는 입장을 지니지도 못한다.

---

22) 2장 일제하 여성해방 논의의 흐름 참조.

이런 경우에 그런 말을 듣고 보니 容色을 超越하는 엇던 형용할 수 없는 人間味를 그의 누런 얼굴에서 발견하겟다. 그는 자긔이 싸늘한 마음에도 비로소 인정의 同情心을 내게 함이엿다. 그래 안해로소 밉던 생각보다 그도 사람이라고나!하는 正義感 人道感을 늣기게 하엿다.(76면)

아내에 대한 연민 때문에 이러지도 저리지도 못하는 엉거주춤한 상태에서 "오! 정의의 신이여! 인도의 신이여! 어서 뭇 인생에게 인간고를 해탈하게 하여주옵소서(76면)!"라고 외치는 게 고작이다. 남성작가인 이기영이 조혼으로 인한 남녀간의 갈등을 풀어나가기는 상당히 어려웠을 것으로 생각된다.[23)]

조혼문제를 둘러싼 가능한 대응방식의 세 가지 태도는 자유연애를 위해서 이혼도 불사하는 적극적 태도, 조혼과 자유연애 사이에서 이중적 부부관계 상태에 빠져버리는 소극적 태도, 어떤 대응태도도 모순 없는 결과를 가져올 수 없다는 반성적이면서 중성적 태도[24)]로 나누어 볼 수 있다. 성호는 셋째의 경우에 해당하는 반성적 태도를 갖게 될 것으로 예측되지만 "제발 이혼이나 말아달라"는 아내를 "될 수 있는 대로" 학대하는 태도는 작가가 조혼의 더 큰 피해자가 여성들이었다는 객관적 인식에 이르지 못하였음을 말해준다.

「오매 둔 아버지」도 「가난한 사람들」과 동일한 소재의 작품으로 아내에 대한 연민과 가족에 대한 거부감이 드러나고 있다. 주인공 '그'는 성호와 거의 동일한 인물로 설정되어 있으며, 유학의 중도 포기, 실직, 조혼 등으로 인한 갈등 역시 동일하다. 고학을 해보겠다고 서울서 지내다

---

23) 한기형, 앞의 글, 291면.

24) 한 기, 「채만식의 여성주의와 『인형의 집을 나와서』」, 문학정신, 1990.3, 57면. 조혼과 자유연애 이혼의 문제를 둘러싼 대응 방식의 문제는 동아일보, 1924년 1월 1일부터 6회에 걸쳐 연재된 「이혼문제의 可否」를 통해서도 알 수 있다. 이기영의 작품 「추도회」(조선문학, 1937.1)에서는 이 세 가지 대응 방식을 주인공의 내적 독백으로 서술하고 어떠한 방식도 모순 없는 결론은 없다는 반성적 태도를 보여준다.

가 삼 년 만에 집에 돌아온 그는 아이를 학교에 보내달라는 아내에게 "나는 또 갈 터이야!"라는 말을 불쑥 내뱉고, 그럴려면 왜 돌아왔냐고 대드는 아내에게 "그러지 안어도 죽이러 왔다"는 차가운 태도를 보인다. 가정과 아내에 대한 거부감은 "안해는 부숙부숙한 얼골에 엷은 미소를 띄우며 이런 말을 천연히 하는 데는 그는 긔가 막히지 안을 수 업섯다(538면)"는 서술을 통해서 나타난다. 아이를 학교에 보내달라는 아내의 부탁이 '기가 막히'다고 표현하는 서술을 통해서도 작가 이기영의 내면의식을 추측하기는 어렵지 않다.

결국 이기영의 경우도 가족이나 아내를 굴레로 여기고 여성 개인에게 닫혀 있는 삶에 대한 혐오감을 돌렸던 남성주의 시각에서 크게 벗어나지 못했음을 드러내는 부분이다. "이는 도모지 사람의 집이 아니라 鬼谷─魔窟(82면)"이라는 가족에 대한 거부감은 유교이념에서 습득된 '爲天下者는 不顧家事'라는 시각의 지속이라 생각된다. 그러나 「가난한 사람들」과 마찬가지로 아내를 시대의 피해자라고 생각하기도 한다.

조혼의 갈등에서 여성을 약자로 인식하는 태도가 분명히 드러난 작품이 「천치의 논리」이다. 「가난한 사람들」의 후편이라 할 수 있는 이 작품은 조혼한 아내와 집을 떠나 방황하는 장곤의 갈등을 천치라고 놀림받는 학성의 시각에서 비판하고 있다. 약하고 불쌍한 이를 위한다는 무슨 '회' 회장인 장곤은 일 년간 집을 떠났다가 돌아온다. 돌아오는 날로 그는 아내와 싸움을 벌이고 나가라고 화를 낸다. 그가 아내와 불화하는 이유는 자신을 이해 못하는 아내의 무식함 때문이었다. 이를 본 머슴 학성은 "천치는 천치에게 죄가 업습이다"라는 논리로 약한 자를 학대하는 그를 비판한다. 죽어도 나갈 수 없다는 장곤의 아내에게 학성은 이렇게 말한다.

그러실게야 무에잇나요? 그러면 아씨도 잘못하시는 게지유.─못나고 무식하게 살기는─남은 놀고먹는데 나 혼자 일하고 사는 것은─참으로 원

통한 일이올시다마는 그 대신에 우리 무식한 사람들은 사람으로나 죄업시 삽시다 — 우리 무지한 사람은 인간의 거름(肥料)이나 됩시다 — 앞날의 새싹이 나오는 새 인간을 붓돗기 위하야 — 잘난 이의 발등상이 됩시다! 다리 밋헤 주초가 됩시다. 그래서 잘난 이로 하야금 잘난(유명무실한) 소리를 하게 합시다! 그래서 심판 때를 기다립시다!(39면)

사람들이 천치라고 놀리는 학성이 사실 사람들이 보지 못하는 삶의 진실(약한 자의 진실)을 볼 수 있다는 이야기는 진실이 사라진 세상을 반영하는 일종의 풍자라 할 수 있다. 그러나 머슴이며 천치인 학성이 지나치게 철학적인 논리를 펼치는 것도 문제이지만 더 심각한 부분은 이를 매개로 장곤이 각성하는 내용이다. 이 작품은 "그는 참으로 이제까지, 민중을 위하야 무슨 일을 한다고, 도로혀 그들의 피와 땀을, 간접으로 빠러먹으며 큰소리를 하든 자긔 자신이 ?흐도록 붓그러웠다(39면)"고 반성하고 북쪽으로 먼 길을 떠난다는 결말을 맺고 있다. 결국 구식 아내와의 갈등, 즉 여성과 남성의 관계 문제에 대한 고민이 단지 약자와 강자의 대립으로 치환되어 지식인의 허위의식을 반성하는 것으로 비약하고 만다.

강제결혼, 조혼 등 결혼제도의 불합리성으로 빚어지는 모순으로 고통받는 여성의 모습은 이 작품 외에도 「오매 둔 아버지」, 「홍수」, 「서화」, 『고향』, 「소부」, 「야광주」, 「추도회」, 『생활의 윤리』 등에서 반복해서 나타난다. 조혼의 체험(남녀갈등)을 개인적 시각이 아닌 사회적인 관점에서 풀어보려는 의도에서 강제결혼이나 조혼의 제재를 지속적으로 다루게 된 것으로 추측되지만 매매혼 문제와는 달리 조혼 문제는 남성 입장에서의 피해의식이 훨씬 우세하게 나타난다. 작가의 직접 체험과 결부되어 작가 자신의 피해의식에 압도된 것이 아닌가 생각된다.

이 작품들에서 주인공이 아내를 부정하고 미워하는 원인은 무엇인가. 먼저 아내의 성격에 대한 이해가 필요한데 그래야만 어떠한 성격의 여성이 부정적으로 인식되는가가 분명해질 것이다. 아내에 대한 거부감은 인물 외양에서도 선명하게 부각되고 있다.

벌써 三十이 가까운 그는 아편장이 얼굴가티 누러케 들뜬 데다가 이마는 버서지고 머리는 빠져서 가름마가 新作路가티 타?다. 게다가 정배기가 미인 것은 마치 산말랑이에 잇는 共同墓地 막다른 골목길에 떼짱 떠간 잔듸밧가티 보기 실타. 그런데 엉성한 옷을 촌틔가 나게 입고 매떠러진 말을 멋업시 하는 더구나 그 두더지 발가튼 손을 볼 때에는 고만 잇는 정까지 떠러질 지경이다.(그는 억세인 勞役으로 그러케 되엿다마는.)(「가난한 사람들」, 71면)

위 예문은 조혼한 아내의 모습을 묘사한 대목이다. 얼굴은 누렇고 정수리가 미어져서 공동묘지 뗏장 떠낸 자리같다는 표현은 산고와 고된 노역에 시달린 여인의 모습을 실감나게 그리고 있다. 그러나 그녀에게 보내는 작가의 시선은 부정적이다. 주인공이 아내와 싸우는 대목에서 아내가 왜 부정적으로 그려지는가를 엿볼 수 있다.

"……아! 아! 한우님 맙시사! 내가 무슨 죄가 잇서서 여태 알뜰이도 고……… 고생을 짓시기다가 인제와서는 또 죽이겠다오?……시집온 지가 근 이십년되니 옷 한 가지를 하여 주엇나? 잘 먹이기를 하엿나 자식을 다섯이나 낫스니! 그것들을 하나 키워주엇나?……흙! 흙! 흙…… 아이그……그것들은 제 신세 조케 잘들 죽엇지! 세년들이 그저 다 살앗서 보아!……자식 둘 남은 것도 주체를 못하여서 못 가르치고 못 먹이다가 종에는 그것들까지 죽이겠다고……글세- 그것들이 무슨 죄가 있기에!……아! 어미 에비 잘못 만난 죄로……아! 아! 아! 아!……" "듯기 실혀! 이게 무슨 청승마진 소리냐? ……이 당장에 뒤여지지 못해서"하고 그는 소리를 버럭 내질럿다. "죽여! 죽여! 자! 어서 죽여!" 안해도 마조 악을 쓰며 대들엇다. 어린애는 더욱 놀래서 저의 어머니를 꼭 붓들고 끠급을 하며

운다.(「오매 둔 아버지」, 539면)

 무직 지식인인 주인공과 조혼한 아내와의 싸움장면은 초기 소설에서
『고향』에 이르기까지 거의 반복적인 형태로 나타나는데 이는 작가의 직
접 체험과도 관련이 있을 것으로 판단된다. 울고 불고 넋두리를 퍼붓는
아내와 주인공의 싸움은 말줄임표로 흐느끼는 느낌을 전달하며, 점차 싸
움의 강도가 높아가면서 악다구니로 바뀌어간 장면이다. 이 장면에서 유
추해본다면 아내의 성격은 전통적인 현모양처와 거리가 있다. 그녀는 삶
에 뿌리를 내리지 못한 중산층 여성으로 조혼과 가난으로 이미 생활고
에 지쳐서 뒤틀린 마음을 지니고 있다. 당시의 중산층 몰락을 배경으로
본다면 부정적인 인물은 사실적인 인물이라 하겠으나 문제는 중산층이
가지고 있는 부정적인 속성들을 어떻게 다루느냐는 작가의 시각이다. 아
내의 성격화는 내적 시각25)이 나타나지 않고 단지 남편의 눈으로만 제
시된다. 마치 가정을 지옥으로 만들어버리는 장본인이 아내인 것처럼 그
려진다.
 아내는 조혼으로 인해 애정 없는 부부관계에 놓여 있으며, 가정에 갇
혀 있는 무지한 구식 여성이다. 조혼이 여성의 삶을 억압하고 건강마저
악화시키는 제도라는 측면에서 작가는 아내의 삶에 연민을 보낸다. 작가
의 평등의식이 반영되는 면이라 판단된다. 그러나 아내가 남편에게 부양
자 역할을 요구하는 부분에 대해서는 거부하는 욕망을 드러낸다. 이러한
중간층 여성의 성격에 대한 작가의 시각은 특히 '아내'가 등장하는 작품

---

25) 외적 시각(external perspective)은 시점이 중심 인물 외곽 또는 사건 주변에 위치하는 경
   우로 주로 전지적 작가 서술이나 일인칭 관찰자의 서술에 쓰인다. 외적시각은 시간적 지각
   범주와 친화력을 갖는다. 내적 시각(internal perspective)은 시점이 중심 인물이나 사건 중
   심에 위치할 때 주로 쓰이며, 일인칭 전기체, 서간체 소설, 내적 독백, 3인칭 인물시각적
   소설에 쓰인다. 특히 공간적 지각범주와 친화력을 보여 공간에서 인물과 사물간의 관계를
   정보로 제공하고 상징화한다(F. K. Stanzel, 『A Theory of Narrative』, translated by Charlotee
   Goedsche, Cambridge University Press, 1984, 125~126면).

에서 세심한 분석을 필요로 하는 부분이다. 봉건적인 세계에서 지식인, 즉 양반은 유교적 지식을 전유했으며 지식이 있다는 사실만으로도 도덕적 권위를 부여받는 절대자의 위치에 있었다면, 자본주의의 유입 이후 그들은 지식 노동자로 전락하게 된다.[26] 더욱이 지식인이 생계부양자로 살아가는 생활은 식민지 상황에 대한 순응과 맞물려 있어서 가족을 거부하는 그의 태도는 시대적 요청에 부응하는 당연한 것으로 보이기도 한다. 이는 가정을 극단적으로 부정하고 '妻囚子獄'이라고 혐오하는 또 하나의 원인이 된다. 그러한 점에서 본다면 부양자로서의 역할과 지식인으로서의 역할 사이에서 고민하는 남성인물은 당대 지식인들의 보편적인 모습을 보여주는 것이라 할 수 있다. 문제는 이러한 새로운 중간층[27]으로서의 지식인의 고민이 이들 작품에서는 여성을 생활인으로 남성을 시대의식의 소유자로 구분하여 아내를 부정하고 학대하는 태도로 그려진다는 점이다. 이는 여성이 가정을 맡고 남성이 사회를 맡는다는 공사분리의식의 소산이라 볼 수 있다. 특히 유교이념에서 여성의 역할은 남성의 입신양명을 위해 가난한 살림살이를 맡아야 하는 것이 당연했으며, '妻囚子獄'이나 '爲天下者不顧家事'는 남녀를 공사로 구분짓는 근거가 되었다. 아내를 부정적으로 그리는 작가의식의 저변에는 이러한 사고방식이 깔려 있다고 볼 수 있다. 여성만이 소시민성을 지니는 것이 아니라 지식인 역시도 생활과 이념 속에서 갈등하는 존재임을 인식하지 못하고 여성만을 부정하는 태도는 여성에게 악을 투사시켰던 전통적인 남성 중심의 관점일 뿐 현실과 지식인의 역할간의 갈등을 해결하려는 비판의식의 소산이라고 볼 수는 없다. 결국 평등의식과 남성우월의식이 혼재된 상

---

26) Peter N. Stearns, 『Be a Man』, Holmes & Meier Publishers Inc., 1990, 108~118 참조.
27) 부양자인 아버지와 가사 전담자인 어머니를 중심으로 하는 핵가족의 이상은 근대 자본주의 국가의 중간계급 탄생과 관련된다(Pamela Abbot and Claine Wallace, 『여성 사회학』, 박민자 역, 경문사, 1991, 129면).

태이며, 새로운 중산층 가정의 남녀관계를 계급적 관점에서 파악하는 것은 아님을 알 수 있다. 따라서 작품의 결말에 주장하는 계급의식은 생경하게 노출된 채 구성상의 파탄으로 드러날 수밖에 없었다고 생각된다.

"비록 친자형제간이라도 잇고 업는 그 편을 따러 갈너섯다. 그럼으로 倫氣보다 階級의 對敵이다(80면)"라고 외치는「가난한 사람들」의 결말이나 아내와 싸온 후 자신의 민중의식이 허위적이있다녀 떠나가는「천지의 논리」의 결말은 작품에서 구성된 주제가 아니라 의도적으로 주입된 것으로 느껴진다. 이는 실제 작품을 구성하는 근대적 평등의식이나 남존여비의식의 갈등과는 괴리된 결말이기 때문이다.

### 3) 소결

이 시기 작품에 나타난 여성의식은 평등의식과 남존여비의식이 혼재된 상태이다. 여성인물은 봉건유습과 왜곡된 근대화로 인해 고통을 받는 피해자로 그려져 있다. 여성인물의 유형은 지식인이라 할 수 있는 신여성(「옵바의 비밀편지」), 농촌여성(「민촌」,「아사」,「장동지 아들」,「유혹」), 아내(「가난한 사람들」,「오매 둔 아버지」,「천치의 논리」)로 구분된다. 이들은 남존여비의 관념은 그대로인 채 자유연애를 부르짖는 얼개화로 상처받거나, 대를 이을 아들이 아니기 때문에 생계의 위협에서 가장 먼저 팔려가게 되는 여성 그리고 조혼으로 인해 피해받는 여성들이다. 이러한 여성인물은 봉건제도와 식민지 자본주의로 인한 왜곡된 근대화가 빚어내는 여성현실에 대한 작가의 문제의식을 보여준다. 그러나 여성인물의 자각은 미약하거나(「옵바의 비밀편지」) 드러나지 않는다(「민촌」). 다만 「농부 정도령」의 정도령 아내가 드러내는 건강한 농촌 여성의 애정관, 「아사」의 돌순,「장동지 아들」의 을나에게서 수난을 자각하고 극복할 수 있는 여성인물의 단초를 보이는 정도이다.

여성인물을 통해 나타나는 표면적인 주제는 신념의 차원에서 이루어지는 평등의식이라 할 수 있다. 강자와 약자의 관계, 즉 지배와 피지배의 관계에서 모든 약자에 대한 학대가 폐지되어야 한다는 신념에서 여성의 억압을 고발하는 것이다. 이기영이 말하는 강자는 양반, 관리, 남자, 부모이고 약자는 상놈, 백성, 여자, 아이이다. 이기영은 자신의 견해를 「농부 정도령」에서 직접 전달하기도 한다. 따라서 여성에 대한 차별 현상인 강제 결혼, 여성의 매매, 여성에게만 순결을 강요하는 성규범의 이중성 모두 "불의한 일"로서 비판의 대상이 된다.

그러나 여성인물의 성격에 따라 동일한 피해자임에도 순종적이고 헌신적인 인물-농촌 여성-에게는 긍정의 시각을, 그렇지 못하고 남성과 갈등을 일으키는 인물-지식인의 아내-에게는 부정의 시각을 보인다. 전자는 미인으로 후자는 추녀로 그리는 인물 묘사에서도 순종적이고 헌신적인 여성을 긍정적으로 그리는 유교적 여성관의 지속성을 볼 수 있다. 긍정적 여성인물이 순종적인 성격으로 고정되어 있을 때 여성들이 처한 현실의 극복은 불가능하게 된다. 또한 남성의 권위의식이 유지되고 있어서 여성의 억압에 대한 비판의식과 대치되는 혼란으로 인해 결국 구성의 파탄을 초래하기도 한다. 「민촌」, 「아사」 등의 작품은 가족을 위해 팔려가면서도 용서를 비는 여성을 미화함으로써 유교적 여성관이 더 강하게 나타나게 되고, 「가난한 사람들」, 「오매 둔 아버지」, 「천치의 논리」 등은 구성의 파탄을 일으킨다. 이는 유교이념과 근대적 평등의식이 혼재된 내용과 결론에서 주장된 계급의식이 괴리되기 때문이다.

## 2. 사회주의 여성해방이념의 수용과 남존여비의식의 잠재 : 목적의식기 소설

이기영의 목적의식기 작품은 사회주의이념을 본격적으로 작품화하기 시작한 1927년 카프의 1차 방향전환을 전후한 시기의 작품들이다. 중편 「서화」(조선일보, 1933.5.30~7.1)가 발표되기 전까지의 시기를 목적의 식기라 구분할 때 이 시기의 작품들은 명확한 목적의식, 계급의식을 단 편에 담았다는 특징을 지닌다. 카프의 1차 방향전환은 자연발생적 반항 의 문학을 청산하고 계급의식과 정치투쟁 우위를 전면에 부각시키면서 사회주의이념을 문학적으로 실현하려는 것이었다. "예술운동은 정치투쟁 을 위한 투쟁예술의 무기"[28]가 되어야 한다는 논강에서 주장하는 바와 같이 문학은 대중을 전 무산계급적 정치투쟁에까지 동원하는 매개체로 서의 예술로 규정되었다.

이 시기에 이르러 이기영도 계급투쟁을 전면에 내세운 작품들을 발표 한다. 대표작으로 거론되는 「호외」(현대평론, 1927.3), 「원보」(조선지광, 1928.5), 「조희 뜨는 사람들」(대조, 1930.4), 「홍수」(조선일보, 1930.8.21 ~9.3), 「부역」(시대공론, 1931.9) 등 대부분의 작품이 노동자, 농민의 투 쟁을 주제로 삼고 있다.

한편으로 이기영은 자신의 사회주의 여성해방론을 밝힌 「부인의 문학 적 지위」를 발표함과 동시에 일종의 여성입신담이라 할 수 있는 몇 편의 여성소설을 발표한다. 「맛며느리」(조선지광, 1927.6), 「해후」(조선지광, 1927.11), 「채색무지개」(조선지광, 1928.1), 「시대의 진보」(조선지광, 1931.2) 등이 이에 해당된다. 2장에서 고찰한 바와 같이 「부인의 문학적 지위」에서 이기영은 "노동계급이 해방되지 않고서는 부인해방도 바랄 수

---

28) 「무산계급예술운동에 대한 논강」, 예술운동, 1927.11, 김재용 편 『카프비평의 이해』, 풀빛, 1989, 83면.
  카프의 1차 방향전환은 박영희의 글 「문예운동의 방향전환」(조선지광, 1927.4), 「문예운동 의 목적의식성」(조선지광, 1927.7)에서 시작되어, 경제투쟁에서 정치투쟁으로, 자연발생적 현실의 문학에서 목적의식적 문학으로 전환할 것이 제기되었다. 그러나 문학운동과 정치 투쟁을 구분했던 그의 주장에 대해 문학운동을 정치투쟁에 복속시켰던 조중곤(「비맑스주 의 문예론의 배격」, 중외일보, 1927.6.18~22) 등의 제3전선파가 승리하면서 프로문학은 극도의 정치지향성을 띠게 되었다.

가 없는 것"이라는 입장을 밝혔으며, 이 작품들은 사회주의 여성해방론을 기반으로 여성이 사회로 진출하여 노동운동에 투신하는 내용을 담고 있다.

이들 작품은 모두 『조선지광』에 발표되었음이 특이하다. 『조선지광』은 1925년 조명희의 주선으로 취직한 이래 1932년 폐간되기까지 그가 몸담았던 곳이었으며, 당시 카프의 준기관지격으로 마르크스주의이론이 전개되는 중심지이기도 했다.[29] 바로 그 잡지에 일련의 여성소설을 발표한다는 사실이 여성문제에 대한 그의 관심을 반증하는 것이기도 하지만, 한편으로는 정치 우위를 지나치게 의식하는 원인이 되었으리라는 짐작도 가능하다. 이 네 편의 여성소설을 중심으로 목적의식기 작품의 여성의식을 살펴보기로 하겠다.

목적의식기 작품을 평가하는 논의는 대체로 부정적이며, 이기영 자신도 목적의식을 운운할 때부터 창작실천이 이를 소화하지 못했다고 고백하였다. 사상의 미숙성으로 인해 "문학의 현실을 너무나 무시하고 다만 한편의 슬로건을 궤상에서 관념적 기계적으로 주입하려고만 고심"하였기 때문에 태작을 면할 수 없었다[30]는 평가를 내린다. 여성의식의 측면에서 고찰한 최근의 연구에서도 연애와 운동을 선·후차원의 문제로 분리시키는 작품 구성[31]으로 평가되거나 공사이분법의 여성관을 그대로 유지시킨 작품[32]으로 비판된다. 이는 작가의 여성해방의식이 관념적으로

---

29) 김홍식은 이기영이 카프의 방향전환에 적극적인 태도를 취하고 계급의식의 주입을 강하게 띠게 된 배경을 『조선지광』과의 관계로 설명한다. 당시 『조선지광』은 3차 조공의 실질적인 기관지였으며 카프이론의 핵심에 있었기 때문에 이 잡지의 기자로 몸담고 있는 이기영은 목적의식적 문학으로의 방향전환을 의식하지 않을 수 없었을 것이다(앞의 논문, 40면).

30) 이기영, 「사회적 경험과 수완—창작의 태도와 실제」, 조선일보, 1934.1.26.

31) 이정은, 「프로문학의 '붉은 연애론'에 대하여—카프 애정소설을 중심으로」, 영남어문학 제21집, 1991, 283면.

32) 변정화, 앞의 글, 148~149면.

주입되었음을 지적하는 것이다. 그런데도 여성해방의 방향을 모색한다는 점에서는 부분적인 성과를 이루었음이 사실이다. 긍정적 여성상의 성격도 뚜렷한 변화를 보인다. 이러한 변화는 부정적 인물로 그려지는 아내상에서도 나타나는데 긍정적 인물과 부정적 인물의 성격이 분명하다는 점에서 일단 작가가 여성을 보는 시각이 뚜렷해졌음을 알 수 있다.

「고난을 뚫코」(동아일보, 1928.1.15~24), 「긴군과 나아 그이 안해」(조선일보, 1933.1.2~15), 「변절자의 안해」(신계단, 1933.5.6) 등이 목적의식기 작품 중에서 아내상이 드러난 경우이다. 투사형 여성인물의 성격과 부정적 아내상을 비교해 보았을 때 초기 소설에서 보였던 유교의식과 평등의식의 혼재가 어떠한 형태로 조정되었는지를 볼 수 있을 것이다.

### 1) 투사형 여성인물의 관념적 제시 – 「밋며느리」, 「해후」, 「채색무지개」, 「시대의 진보」[33)

#### (1) 여성인물의 자아각성과정

여성 주인공의 시련과 극복의 구성은 이 네 작품을 하나로 묶을 수 있는 공통항이다. "여성입신담은 주인공이 일정한 매개항을 통해 낮은 단계에서 높은 단계로 의식을 전환하는 완결형식의 이야기라는 하나의 정형"[34)을 이루며 이후 작품에서도 동일한 형식이 반복되기 때문에 주목되는 작품들이다.

이기영은 초기 작품에서 주로 약자로서 고통을 당하는 여성, 즉 봉건제도에 의해 고통받거나 채무첩, 기생 등으로 팔려가는 여성을 그렸던 것과는 달리 이 작품들의 여성인물은 고난을 극복하고 적극적 여성으로 성장한다. 여성에게 가해지는 시련에 대응하고 극복해나가는 적극적 인물

---

33) 「경순의 출가」(조선일보, 1929.1.1)도 부자에게 강제결혼을 당할 위기에서 벗어나 새출발하는 여성의 이야기를 다룬 작품이나 1회로 중단되어서 다루지 않았다.
34) 김홍식, 앞의 논문, 46면.

의 형상화가 가능해졌다는 사실은 단순한 신념이 아니라 여성해방의 일정한 이론적 전망을 가지게 되었음을 의미한다. 즉 여성상이 변화하는 근본적인 원인은 사회주의 여성해방론의 수용 이후 여성문제를 바라보는 작가의 시각 변화에 기인하는 것으로 볼 수 있다. 그렇다면 적극적 인물로 성장하기까지 인물들이 겪는 갈등의 내용, 갈등의 해결과 인식의 성장에서 작가가 어떠한 성격의 여성을 긍정적으로 인식하는지 이러한 인물을 통해 제시하는 여성문제 해결의 전망은 무엇인지 볼 수 있을 것이다.

먼저 각각의 작품개요를 비교하여 봉건적 굴레와 가난한 생활에 처해 있는 하층 여성의 삶을 반영하는 현실성의 측면과 여성의 자아각성(self-awakening)이 어떠한 갈등을 거쳐 이루어지는가를 보기로 하겠다.

| | 「밋며느리」 | 「해후」 | 「채색무지개」 | 「시대의 진보」 |
|---|---|---|---|---|
| 갈등 1 | 가난한 등짐장사의 딸 금순은 7세에 21세 많은 남자에게 민며느리로 시집가 13세에 성례. 19세에 주인집 아들을 사랑했으나 냉대와 굴욕을 당함 | S는 예수교학교 고등과 2년 중퇴. 전화교환수로 다닐 때 사회주의자인 B를 짝사랑. 부자순사에게 재취 시집을 가게되어 B에게 도움을 청했으나 거절당함 | 옥숙은 아버지가 ××쟁의로 투옥, 오빠는 농민조합 일을 하는 운동가. 야학에서 만난 오빠의 동창이자 지주 아들인 정형조를 사랑함. | 해숙은 소학교때 선생과의 연애로 둘 다 학교에서 쫓겨남. 막연하지만 최선생에게 계급투쟁과 여성해방에 대한 지식 수용. |
| 여성의 존재적 자각 | 남편, 시부모의 고문을 이겨내고, 시댁에서 탈출. 3년 간의 유랑생활에서 남자들에게 시달림. 서울 제사공장에 취직. 무지에서 벗어나고 싶어 학습. | 약한 여자라고 무시한 처사라고 분개한 S는 향상심으로 가출. 서울에서 카페여급 생활로 홀어머니와 자립적 생활 | 정형조에게 자신을 사랑한다면 사회주의자가 되어달라고 제안하지만 거절 당하자 부르조아적 연애관을 청산. | 부친 별세 후 모친과 서울로 이주, 방적공장에 취직. 공장내에서 조합활동. |

| | | | | |
|---|---|---|---|---|
| 갈등 2 | 제사 공장의 남자들이 금순을 욕심내지만 그녀는 홀아버지를 모시고 자립적 생활을 함. | 카페 여급생활에서 여성을 성의 대상으로만 취급하는 남성사회를 체험 | | 오년만에 최선생과 해후, 그가 '동정자적 건달주의'였음을 확인. |
| 사회적 자각 | 사람의 생활은 연애만이 아니며, 모든 고난의 원인은 가난 때문이라는 인식을 하고 무산계급전선의 투사가 되기로 결심 | 여자청년회 간부로 싱징. 여자해빙을 위해서는 계급 해방이 필요하며 남자품을 벗어나야 한다는 연애부정론을 주장 | | 소부르주아 인텔리에 대한 환멸, 사랑에 대한 미련을 버리고 굳건한 투사가 되기로 함. |

여성 주인공의 자아각성과정은 다양한 형태로 가해지는 억압의 상황에서 작품 속의 여성인물이 어떻게 그 상황을 인식하고 대처하며, 어떤 과정을 통해서 주체적인 모습으로 바로 서게 되는가 하는 것이다.[35] 위 도표[36]에서 분류한 것처럼 여성인물의 자각과정은 두 단계로 설정되었다.

「채색무지개」만이 다른 구성방식으로 주인공 옥단이 몰락하는 초기작 「유혹」과 비교되는 작품이다. 작품의 내용은 주인공 옥숙이 자신의 연애관을 스스로 비판하고 계급적 자각을 이룬다는 이야기이다. 그러나 지주 아들인 정형조와의 사랑을 "인제 보니까 당신은 한울에 걸닌 채색무지개, 나는 그것을 쳐다보는 땅에 슨 사람(23면)"이라고 비판하는 옥숙의 각성이 매개 없이 주장되어 형상화에 미달한 작품이다. 더욱이 사랑의 파탄이

---

35) 송지현, 『1930년대 한국소설에 있어서의 여성 자아 정립 양상 연구』, 전남대 박사논문, 1991, 31면.
36) 이 도표는 변정화의 논의(앞의 논문, 138면)를 수용하여 갈등 상황으로 보완하였음을 밝혀둔다. 여성적 자각은 성차별 현상에 대한 인식으로, 사회적 자각은 계급적 갈등에 대한 인식으로 정의하였다.

일어나는 직접 계기로 볼 수 있는 사상적 대립에서 그를 비판하는 대목에 이르면 오히려 정형조의 주장이 더 설득력 있게 들린다. 사랑한다면 사회주의자가 되어달라는 옥숙의 제의를 거절하면서 정형조는 "그야 그러치마는 옥숙씨! 그것만은 아―그것만은―나를 보증할 수가 없습니다! 그것은 사상(思想)이외다! 사람의 사상을 엇더케 금시로 새옷 가려입듯할 수 잇겟습니까(23면)?"라고 대답한다. 사랑이나 결혼도 사회성원들의 물질적인 이해관계를 반영하는 한 시대의 풍속[37]이라 할 때 서로의 지적 조건, 경제적 조건 등이 사랑의 전제가 되는 것은 분명하다. 그러나 그러한 조건을 극복하고 변화시켜가는 것 역시 사랑이라는 주체적 과정이 이 작품에서는 배제되어 있다. 단지 갑자기 사회주의자가 되어주지 않는다해서 채색무지개에 홀렸다는 반성은 작가의 의식이 형상화 이전에 돌출된 경우라 하겠다. 자신과 걸맞지 않는 남성을 꿈꾸며 결혼을 신분상승의 도구로 삼는 허위의식을 벗고 스스로 서는 여성상을 창조하려는 작가의 의도는 발전적이나 구체성의 결여로 실패한 경우이다.

다른 세 작품의 경우는 갈등상황의 구체적 설정, 의식변화와 여성의 존재조건의 변화를 겪는 여성상을 창조하고 있어서 주목된다. 이 세 작품을 대상으로 여성 주인공의 자아각성과정을 살펴보기로 하겠다. 1차 각성은 민며느리, 강제결혼 등의 봉건적 굴레와 근대적 자유연애 모두에서 파탄을 겪고 사적 공간에서 탈출하는 행위이다. 이때 여성인물이 집에서 나와 새 인생을 출발하는 이유는 남성에 대한 환멸과 무지로부터 벗어나겠다는 향상심이라 볼 수 있다. 「밋며느리」의 금순은 19세 청춘기에 접어들자 사랑에 눈뜨게 되지만 그녀가 사랑하는 주인집 아들이자 동경유학생인 복남아저씨로부터 모욕을 당하고 새출발을 결심한다.

　　'에―여학생도 발낄에 툭! 툭! 채이는데 네까지 껏을!' 하든 말이. 그리고 춤뱃고 도라스든 꼴이―. 그래 그는 엇더케든지 지금의 탈을 벗고 새

---

37) 에두아르트 푹스, 『풍속의 역사 1』, 이기웅·박종만 역, 까치, 1988, 29면.

사람이 되어보아지라는 자격지심이 그의 머리 속에 서리ㅅ발갓치 매첫
다. 그것은 지금 그의 눈을 보라!—마치 눈보라 치고 개인 그 잇흔날 한
울에 빗나는 아츰해(太陽)빗 갓지 안은가?—그는 다시는 시집을 안가기
로 맹세하고 위선 지금의 산애를 떼어버린 후 대도회로 나가서 까막눈을
면해보겟다는 작정이엿다.(31 면)

　금순은 민며느리라는 자신의 상태를 벗어나기 위해서 남편과 시부모
의 협박, 학대와 폭력을 견디어낸다. 봉건적 굴레를 벗어나는 일이 얼마
나 힘든 일이었는가를 말해주는 부분이다. 자신의 적극적 의지를 실현하
는 여성인물이기 때문에 사회로 진출한 이후의 삶에서도 적극성, 심리적
독립성을 강화해나갈 가능성이 충분하다고 볼 수 있다. 따라서 세 작품
중 여성의 존재적 자각이 가장 구체적으로 전개된 작품이다.
　「해후」의 S도 이와 유사하게 부친 별세 후 생활의 곤란으로 부자 순사
에게 강제결혼을 당할 위기에 처하게 되자 짝사랑하던 남자에게 도움을
청하나 단호하게 거절당하고 홀로 서겠다는 각성에 이른다. XX총동맹
특파원으로 내려왔던 B는 그녀에게 "감정의 충동을 죽이고 리지의 촉불
을 켜"야 할 때라며, 집을 뛰어나가든지 시집을 가든지 마음대로 하라고
답장을 보낸다. 그 편지를 받고 S는 "자긔를 연약한 녀자라고 넘보고서
십상팔구에 시집을 가겟지—하는 수작"이라고 분해하며 집을 나와 서울
로 향한다.
　「시대의 진보」의 경우는 조금 다른 경로로 홀로서기를 시도하는 인물
이다. 주인공 해숙은 선생과의 사랑으로 학교에서는 쫓겨나게 되고 주변
사람들로부터 "선생붓터 먹은 앙큼한 어린년"이라는 비난을 받는다. 게
다가 부친의 죽음으로 사랑과 가정의 파탄을 동시에 겪는 처지에 이른
다. 그런 상황에서 그녀가 새 생활을 시작할 수 있었던 것은 최선생의 설
교 덕분이었다.

그 때 연애사건이 탄로된 후에도 여간 계집애 가트면 그런 비방을 듯
고는 자실을 햇슬는지도 모른다. 그러나 그것은 또 최선생에게서 무시로
듯는－묵은 인습과 봉건적 계급도덕과 남자본위로만 만드러진……
XXXX를 타파하고 우리들은 새로운 시대에서 새사람으로 살지 안으면
안되겟다는－설교의 힘도 물론 컷든 줄 안다.(30면)

최선생은 "오늘날 여자는 예전과 갓치 다만 가정 안에 가처 안저서 소
위 현모양처로만 살 것이 아니다. 여자도 남자와 갓치 똑갓흔 사람인 이
상 여자도 사회에 나서서 정의를 위하야 싸호지 않으면 아니된다. 더구
나 오늘날처럼 XX사회에 잇서서는 인간생활에 행복을 끼처주는 만흔 생
산대중이 잇는 이런 사회에 잇서서는－누구나 자각 잇는 사람으로서는
그대로 잇슬 수 업는 일"(31면)이라며, 여성의 사회참여와 계급투쟁의 필
요성을 강조한다. 그러나 이 작품은 여성이 겪고 있는 갈등에 대해서는
「밋며느리」만큼 구체적이지 못하다.
　계급의식의 성장을 강조하기 위해 여성의 존재적인 갈등을 축소한 경
우라 볼 수 있다.
　이상 1차 각성은 봉건적 결혼, 사랑의 실패, 부친의 사망 등으로 인한
삶의 파탄을 겪고 전통적으로 여성의 존재공간이라 할 수 있는 가정으
로부터의 탈출을 내용으로 하고 있다. 이들의 자각은 사랑이나 결혼이 여
성을 오히려 불행하게 만드는 상황에서 무지를 벗어나겠다는 향상심과
홀로 서기를 시도하는 여성의 존재적 각성이라 정의할 수 있다. 아직은
사회진출 이후 어떤 결과를 이룰지는 미지수인 개인적 각성의 단계인 것
이다.
　클라메르트는 정상상태의 파괴와 위기의 경험에서 여성은 사회적 관
계의 실상과 직면하게 되며, 그 관계 속에서 헤어나지 못하면 여성은 무
의식 상태에서 객체로 가라앉아 있게 된다고 한다. 가부장 이데올로기로
사회화된 여성들은 이혼이나 남녀관계의 종말과 같은 위기나 정상적 삶

의 파괴를 경험하지 않고는 자신의 억압과 착취의 실제 상태를 의식하기 어렵다는 것이다.[38] 여성 스스로도 자신의 정체성을 현모양처로 규정하고 이를 이루기 위한 사랑, 결혼 등을 삶의 본질로 규정하기 때문에 위기가 없으면 그러한 가치를 회의하지 않는다는 말이다. 그의 말을 빌리어 생각한다면, 남녀관계와 가정의 파탄으로 여성이 자신의 억압적 상황에 대해 눈뜨게 되는 구성은 여성의 심리적, 정서적 자립과정을 드러내는 소설적 장치이다. 여성의 사회진출을 여성해방의 전망으로 세우는 작가의식의 반영이라 할 수 있다.

그러나 여성인물들의 사회경험과 각성의 과정은 개인적 각성과정보다 훨씬 추상적이고 비약적으로 진행된다. 「밋며느리」의 경우 금순은 어디를 가나 넘보는 남자들 틈바구니에서 병든 홀아버지를 모셔야 하는 고된 삶을 유지하기 위해 부두의 잡역부, 빈대떡 장사 등 갖은 풍상을 다 겪으면서 방랑을 하다 서울로 올라와 제사공장의 직공이 된다. 그녀가 방랑생활에서 겪은 고난은 가난과 남자들의 농락이었고, 제사공장의 감독 역시 그녀를 욕심내어 괴롭힌다. 그러한 환경 속에서 그녀는 병든 아버지를 모시고 공장생활과 학습을 병행하면서 자립의 기반을 다져나간다. 그러나 이러한 체험이 서술자의 간략한 설명으로 되어 있어서 그녀가 성장할 수 있는 조건들이 제시되는데 그치고 말았다. 그나마도 계급의식을 획득하게 되는 매개는 열심히 공부한다는 것뿐이다.

가난의 문제가 해결되지 않고는 이 세상에서 행복을 구하는 일이 연목구어(緣木求魚)라며, 그녀는 "무산계급전선의 한 투사"가 되겠다고 결심한다. 여기서 작가가 제시하는 여성문제의 원인은 근본적으로 가난, 경제적 요인에 있기 때문에 이를 해결하기까지 연애는 부정된다. "첫사람을 밧친 산애! - 그것은 잇치지 못할 큰 상처인지도 모르리라. 그러나 그것은 아즉도 봉건생활에 중독된, 사람이 무엇 먹고 사는지도 모르는 관렴

---

38) G. 볼스 · R. D. 클레인 편, 『여성학의 이론』, 정금자 역, 을유문화사, 1986, 172면.

론자의 생각"이므로 금순은 남녀관계를 부정하고 계급투사로만 설 것을 결심하게 된다.

남녀관계의 부정의식은 이 작품에 나타난 연애, 결혼, 가정이 모두 불구의 형태라는 점에서도 나타난다. 민며느리 금순과 남편의 관계(21살 차이, 매매혼)는 물론이고 금순과 복남아저씨(신분 차이, 짝사랑), 복남아 저씨 형과 아내(옥살이, 도망간 아내) 모두 부정적 관계이고, 금순의 아버지, 복남아저씨의 어머니조차도 홀로 되어 가정을 지탱하기 힘든 불구의 상태에 놓여 있다. 가난 때문에 개인의 삶 자체가 파탄될 수밖에 없다는 인식의 반영으로 작가는 그 중에서도 더 열악한 위치에 처한 여성의 경우[39] 스스로 남녀관계를 벗어나 가난의 문제를 해결하는 길밖에 없다는 전망을 제시한다.

「해후」의 경우 S는 일본인 카페여급생활로 남성중심사회의 실상을 체험하고 XX여자청년회 활동으로 계급의식을 획득한다.

그는 먹기 위하야 살 것이 아니라 장래의 참으로 살기 위하야 먹을 것이 안일까요? 그 인간이 의식 잇는 인간이랄 것 갓트면 말슴이여요! 자긔 해방을 위하야 먹지 안으면 안될 때에만 먹겟지요. 아 — 내가 카?에 잇슬 때 거긔에 밤낫으로 드나드는 남자들이 녀자를 엇더케 생각하는지? 나는 인제 남자들의 마음을 잘알고 잇서요. 더구나 사회에 나서서 「녀자해방」을 부르짓는다는 년이 남자의 미지근한 품속을 떠나지 못한다면 그야말로 오쟁이 안에서 살포질하는 수작이 안일까요?(125면)

---

39) 사적 공간의 파탄은 여성에게는 자기 정체성의 위기를 의미한다. 여성의 결혼상태는 여성의 본질을 결정하는데, 그 이유는 여성의 삶 자체가 결혼과의 관계에서 규정되기 때문이다. 가부장적 유교이념 하에서 여성은 '현모양처'로 남성은 '사내대장부'로 정의되었으며, 안사람인 여성은 공적인 세계에서 배재되어왔다. 자본주의 사회 이후 여성의 사회활동 증가에도 불구하고 공사이분법의 사고는 오히려 강화되어 여성은 주부로 남성은 부양자로 구분되며, 형식적 제도적 평등의식의 이면에 여성의 경제적 소외라는 실제적 불평등을 초래하기도 한다. 따라서 사적 공간의 파탄은 여성에게 훨씬 심각한 타격을 가져온다(조혜정, 앞의 책, 제2장 한국의 가부장제에 관한 해석적 분석 참조, 109~110면).

카페여급은 성의 상품화가 공식화된 직업이라고 할 때 그 체험으로부터 계급의식을 발전시키기 어려운 상태이기 때문에 '무산자의 고통'이라는 자각을 무리하게 이끌어낸다. 실제 사회 속에서 여성으로서 그리고 무산자로서의 체험을 발전시킬 매개항을 찾지 못한 것으로 보인다. 이를 김홍식은 여성을 계급사회의 모순에서 훨씬 열악한 조건에 노출된 존재로 파악하고 동기부여의 잠재적 가능성이 더 많은 여성 주인공을 통해 계급의식의 각성과정을 그리려 하였으나 여성의 사회적 존재양태가 미정형이어서 오히려 역기능적인 측면이 불가피하게 수반되었다고 본다. 따라서 계급적 자각과정의 제반 매개항이 남녀관계, 특히 애정문제를 제외하고는 모두 추상적 상태에 머물렀다[40]고 평가한다.

「시대의 진보」는 여성의 존재에서부터 사회적 존재로의 전이과정을 단편으로 담기 어려웠기 때문인지 여성적 자각단계를 축소시킨다. 반면에 계급투사로서 과거의 낭만적 사랑에 대한 미련을 청산하고 투사로서 굳게 서는 과정에 초점을 맞추고 있다. 「밋며느리」의 경우 여성의 자각에 초점을 두었던 것과는 반대의 경우라 할 수 있다. 방적공장 노동자로 조합일에 열심인 해숙은 오 년 만에 최선생과 재회한다. 앞서 최선생의 매개에 의해 제시된 사회주의, 여성해방 등의 방향만 서술될 뿐 오 년의 성장과정동안 그녀가 어떻게 성장 발전했는가가 생략되고 계급투사로 성장한 시각에서 과거의 애인과 자신의 애정관을 비판한 내용이다. 그녀는 "그의 사내답게 생긴 늠늠한 풍채에 먼저 홀린 것이요 그런 주의갓흔 것은 양념으로 것드린데 불과하엿다(31면)"며 자신의 낭만적 사고를 반성하고 막연한 동정주의 인텔리였던 최선생을 몰락하는 소부르주아로 비판한다. 그리고 그녀가 내리는 결론은 연애의 유보, 성의 개방이다.

해숙아! 너의 과거의 미진한 사랑은 지금도 씨라릴른지 모른다. 너의 청춘은 때때로 고독을 느낄는지 모른다. 아니 너의 지금 고생은 연약한 여

---

40) 김홍식, 앞의 논문, 43면.

자의 몸으로 감당키 어려울는지 모른다. 그러나 너는 이미 발벗고 나선 투사다! 전장에 나선 병정이다! 지금 너는 연애할 때가 아니다! 그런 것은 만일 네 시대에서 못한다면 너의 담대에로 미러야 할 것이다! 만일 너의 참지 못할 성욕을 채우기로 말한다면 너는 그가 아니라도 동지 중에서 대상을 구할 수 잇슬 것이다! 모든 것을 단렴하고 모든 힘을 한 곳으로! 지금 너의 슬로강은 이것뿐이다! XXXX으로-(35~36면)

해숙의 내적 독백으로 서술된 연애유보나 성의 개방은 남녀관계조차도 혁명의 일부로서만 인정되던 당시 사회주의 여성해방론[41]의 극단적인 형태를 반영한 것이다. 이 작품은 앞의 두 작품보다도 목적의식성이 강하게 드러나면서 실제 갈등의 구체성이나 자아각성과정이 필연성을 결여하고 있다.

이상으로 세 작품을 비교해 볼때 「밋며느리」의 경우 여성의 존재적 자각과정이 구체적으로 설정되었고, 제시의 단계이지만 그가 여성이면서 노동자로 사회의식을 획득할 조건이 마련되었다는 점에서 1920년대라는 현실 속에서 하층 여성의 보편적 삶을 제시한 작품[42]이라고 볼 수 있다.

그러나 아직 여성현실의 객관적 파악이 형상화의 수준에 도달했다고 보기는 어렵다. 갈등상황이 구체적으로 설정된 「밋며느리」의 경우도 적극적 여성인물이 탄생하고 성장할 수 있는 조건들이 제시되어 있을 뿐 계급투사로 성장하는 과정은 필연성이 부족하다.

---

41) 안광호는 「애욕생활과 주의생활」(신여성, 1932.11, 9 면)에서 "프롤레타리아운동자들 사이에서 그것이 문제가 될 때에는 동일한 사상과 동일한 운동선상에서 일정한 운동을 해나가는데 두 사람의 결합이 유리한 계급적 조건을 제공하는 범위 안에서만 그것이 성립"된다고 하면서 연애와 결혼은 언제나 프롤레타리아운동과 사상의 생활에 종속되어야 한다고 주장하였다.

42) 김성수는 「밋며느리」를 "봉건 잔재와 부르조아적 허위의식을 벗어버리고 계급적 자각에 이른 하층 여성의 삶을 전형적"으로 그린 작품으로 "한 개인의 특별한 체험기이면서 동시에 1920년대 여성의 보편적 성향을 띠고 있는 것"이라 평가하였다(앞의 논문, 45 면).

## (2) 연애부정과 투사형 여성인물 제시의 의미

작품에 등장하는 여성들은 여성이자 무산자로서 이중의 각성—정서적, 경제적 자립과 사회의식의 획득—을 지향한다. 이는 사회주의 여성해방론의 시각을 반영한 것이었다. 경제적인 문제의 해결, 즉 여성 억압의 근원인 경제적 의존성에서 벗어나 계급해방을 지향해야 한다는 전망을 제시하는 작가의 시각은 앞서 살펴본 것처럼 "여성해방은 모든 여성이 공적 산업에 복귀하는 것을 제일의 전제조건으로 한다"는 엥겔스의 이론에 입각한 것이었다.

"연애나 결혼이 경제적 조건에 의존한 결과이므로 여자는 타의 재산과 마찬가지로 남자의 사유물이 되었으므로 이에는 정조라는 의무가 생하게 된다." 따라서 "남녀의 차별적 지위는 성적 차별을 떠나 계급과 계급의 대립적 관계로 전환된다"[43]는 당시의 사회주의 여성해방론은 지금의 시점에서 보면 여성의 가정에서의 지위나 가부장적인 이념의 힘을 간과하는 한계를 보이나 당시로서는 여성을 사회적 존재로 파악하는 발전적인 이론이었다.

그러나 목적의식기 작품에서는 사회주의 여성해방론을 지나치게 단순하게 적용하여 여성이 사회로 진출하면 만사가 해결된다는 안이한 구성을 만들어낸다. 사랑, 가족의 파탄, 사적 공간 부정/사회진출, 계급각성으로 이행되는 작품의 단계적 구성이 이러한 결함을 보여준다. 여성이 차별받는 사회현상이 계급문제로 모두 흡수되면서 사라지기 때문에 상투적인 구성을 초래하게 되는 것이다. 사실 여성적 자각 다음에 사회적 자각이 오는 경우만이 아니라 그 반대의 경우 또는 동시에 느끼게 되는 경우 모두 가능하다. 왜냐하면 여성문제는 사회 곳곳에서 착종된 형태로 드러나기 때문이다. 「맛며느리」에도 간략하게 언급되고 있듯이 공장 내에서 이루어지는 감독의 성희롱이나 여성의 저임금 문제 등은 하층계급이

---

43) 우해천, 「연애의 계급성」, 신여성, 1931.7, 28면.

면서 또한 여성이기 때문에 겪어야 하는 특수한 상황이다. 그러나 여성의 각성을 단계적으로 파악하기 때문에 여성의 특수성을 갈등화하지 못한다.

이는 작가의 여성의식이 관념의 차원에서 이루어지기 때문이라 하겠으며 그러한 관념성이 두드러지는 부분이 사적 공간의 극단적인 부정, 즉 연애부정론이다. 앞서의 내용 분석에서 보았듯이 이 시기의 작품에서 두드러진 특징은 운동을 위해서는 남녀관계를 포기해야 한다는 연애부정론44)이다. 당시 극단적 연애부정론에 대해 이성환은 "최초의 스타ㅌ에 있어서 현대주의자는 예술지상주의상에 있고 그것에 끈침에 지나지 아니하나 우리들께 있어서는 우선 연애지상주의의 否義定에서 출발"한다고 구분한다. 그리고 개인문제로 취급되던 연애 및 성문제를 계급적 제문제와의 관련 하에서 새로운 연애관, 성도덕을 수립하려는 노력은 필요하지만 과도적 양태로 빚어지는 "극단의 금욕주의의 태도"는 지양되어야 할 것이라고 비판하였다.45) 사랑과 동지애의 결합을 시적으로 그려낸 조명희의 「낙동강」(조선지광, 1927.7)과 비교해볼 때 이 시기 이기영의 여성입신담은 강한 현실부정의식과 극단적인 대안 제시로 특징지을 수 있다. 김남천은 연애가 인물의 성격을 구체적으로 드러내는 문학의 중요한 요소인데도 경향문학의 목적의식기에는 이것마저도 숨쉴 여지가 없었다는 반성을 보여준다. "문학을 고차적인 목적에 예속시킴으로써 하나의 명예를 삼았던 정치주의 전성기엔 연애는 개입될 여지가 없었다. 조선의 문학은 그것마저 돌아보지 아니하고 새로운 인간타입의 가장 첨예한 사회활동만을 단편적으로 그리기에 바빴다"46)는 것이다. 하지만 연애

---

44) 「혁명가의 아내」와 이광수」(신계단, 1933.4, 선집 13, 282 면)에서 이기영은 "정조라는 것도 계급적 행동에게 의존될 것이다. 그들이 계급적 행동을 위해서는 정조는 고사하고 물론 생명이라도 바쳐야 될 경우가 있겠으나 그러나 그렇지 않은 데는 난음한 행동을 수긍할 수가 절대로 없다"고 말한다.

45) 안 휘, 「계급적 성도덕」, 전선 창간호, 1933.1, 82 면.

46) 김남천, 「조선문학과 연애문제」, 신세기, 1939.8, 신상성 편, 김남천연구 2, 경운출판사, 1990, 391~392 면.

부정론이나 가족에 대한 극단적인 부정의식은 '妻囚子獄'으로 표현되는
가족에 대한 거부감과도 상통되는 것이다. 이 세상에서 행복을 구하는 일
은 "緣木求魚"(「맛며느리」, 34면)이고, 가족을 부정한다는 의식, 즉 공적
인 세계만을 중시하는 남성의 시각이 지속되기 때문에 여성의 사회적 지
위를 중시하게 되자 가정과의 관계는 부정해버리는 관념적인 전망이 제
시된 것으로 판단된다. 이는 여성현실과 작가이념 간의 거리가 싱덩히 벌
어져 있음을 의미한다. 또한 이는 투사형 인물을 무조건 미인으로 그리
는 묘사를 통해서도 추측할 수 있다. 「맛며느리」에서 금순의 외모는 "T
제사공장 속 삼미인(三美人)" 중의 한사람으로 "작달막한 키와 동고스
름한 얼굴이 꽤 입뿌장스럽게 생겼다. 더구나 그의 눈에는 총명과 정력
이 괴엿다(26면)."고 묘사되어 있다. 「해후」의 S, 「채색무지개」의 옥숙,
「시대의 진보」의 해숙 등도 아리따운 처녀이다. 소설 속에서 인물의 외
모는 작중인물의 성격을 상징하는 한 요소가 되기도 하고 외모가 갈등
을 일으키는 직접 요인이 되기도 한다. 예를 들어 통속 소설은 여성의 아
름다움이 갈등의 중심이 되어 사건을 진행시키기도 한다. 이러한 경우 아
름다움이라는 우연적 요소가 갈등의 축이 되기 때문에 작품은 통속화되
고 만다. 어떤 경우이든 작중인물은 작품 구성에 있어서 근본적인 계기
가 되어야 하며[47] 외모의 묘사도 그러한 필연성에서 선택되거나 배제된
다고 볼 수 있다. 그렇다면 계급투사로 성장하는 여성인물들이 왜 미인
으로 설정되었는가를 생각해 보아야 할 것이다. 실제 작품에서 보면, 「해
후」의 S가 인물이 예뻐서 카페여급으로 취직할 수 있었다는 것 외에는
모든 인물이 굳이 아름다운 처녀일 필요는 없다. 구성상의 필연성과는 별
상관이 없는 상투적 설정이라 하겠다. 따라서 긍정적인 인물을 미인으로
그리는 고전소설식의 기법의 잔재라 보아야 할 것이다. 작가의 주관이 강
하게 반영되고 있음은 묘사보다 서술이 급속히 늘어났다는 점에서도 나

---

47) 조남현, 앞의 책, 135면.

타난다. 서술자의 보고적 서술이 늘어났다는 사실이 물론 작품의 형상화 미달을 의미하는 것은 아니며, 작품의 좋고 나쁨을 가르는 기준이 되는 것은 아니다.[48] 그러나 목적의식기 작품들은 인물의 지적 수준과는 맞지 않는 작가의 목소리를 인물의 내적 시각으로 처리하거나, 감탄사의 연발, 고전소설투의 작가-서술자가 서술에 직접 개입하는 등 형상화의 미숙성을 드러내고 있다.

> 지금 금순이에게는 그보다 더 큰 일이 눈압혜 가로 노혓다. - 사람의 생활이란 련애뿐만 안니다. 안이 그가 격근 인생의 비극 그 원인을 카여보면 모다 가난한 때문이다. 그런데 그것이 자긔 하나만 그러타면 운수라고나 한다지 마는 이 세상에는 만흔 가난한 사람이 잇다-그들은 모다 자긔와 갓흔 안이 그 보다도 더한 비극(悲劇)을 가젓다. 위선 이 서울 저 자스거리에 우물우물하는 가난방이를 보라! 병목정에 느러안진 산고기 떼를 보라! -중략-그런데 그런 생각을 웨 하느냐 말이다.(「밋며느리」, 34면)

「밋며느리」의 금순은 연애를 생각하는 자신을 "관념론자"이며, "소뿔 쪼아의 박쥐 같은 구실"일 뿐이라고 비판한다. 앞서 인물의 자아각성과정에서 살펴보았듯이 금순이 계급투사로 성장하는 과정은 필연성이 부족하고, 그녀가 제사공장에 들어가 공부를 했다는 이야기 외에는 계급적 각성을 이루는 매개가 없는 상태에서 위와 같은 자기 비판은 어울리지 않는다. 인물은 작가의 주관을 전달하는 전성기로서의 역할을 할 뿐 자기 목소리를 내고 있다고 보기는 어렵다.

'만록총중의 일점홍이 방불하엿다', '전장에 나가는 무사처럼', '제단에 오르는 양과 같이', '만단비회가 굽이처 이러낫다', '만지장서를 하고', '임의 흐른 물이요 허터진 구름이지요', '수화와 갓튼 상극' 같은 표

---

48) 쉬탄젤, 『소설 형식의 기본 유형』, 안환삼 역, 탐구당, 1982, 32~40면.

현 등 고전소설식 서술과 "독자제군! 고통은 다갓튼 고통이라 하지마라!" 등의 작가의 직접적인 서술개입(이상 「해후」) 등도 아직 자신의 사상을 형상화하지 못하고 주관이 노출된 상태에 있음을 반증하는 것이다. 이기영이 고전소설을 통해 문학 수업을 했음은 그의 수필 등에서 확인할 수 있으며[49], 인물의 외양묘사나 서술자의 서술에서 나타나는 고대소설식의 문투는 그러한 독서 체험의 영향으로 보인다. 초기 소실보나노 이러한 표현이 급증한 이유는 사회주의 여성해방론의 전망이 작품 안에서 구현된 것이 아니라 밖에서 주입된 관념적인 상태였음을 말해준다. 그러한 작가의식의 관념성은 아내상이 극단적으로 이분화되는 현상에서도 찾아 볼 수 있다.

## 2) 속물적 아내와 이상적 아내의 거리 –「고난을 뚤코」, 「김군과 나와 그의 안해」, 「변절자의 안해」

이기영의 목적의식기 소설에서 주로 등장하는 여성인물은 앞서 살펴본 바와 같이 계급투사로 성장하는 이념적 인물이었다. 그에 비해 '아내'는 주로 부정적 인물로 그려진다. 초기 소설에서 아내상은 생활에 대한 부담감을 아내에 대한 혐오로 표출하는 남성우월적인 태도와 고통받는 약자로서의 여성에 대한 관심이 혼재된 작가의식을 반영하는 인물로 나타났다. 주인공은 생활고에 치인 아내를 혐오하고 또 한편으로는 조혼으로 인한 아내의 상황에 대해서는 연민을 느끼는 갈등에 빠져 있었다.

그에 비해 목적의식기의 아내상은 긍정적 아내상과 부정적 아내상의 이분화로 특징지을 수 있다. 작품으로서의 성취도는 그리 높다 할 수 없지만 「고난을 뚤코」, 「김군과 나와 그의 안해」, 「변절자의 안해」 등에 이분화된 아내상이 뚜렷이 보인다.

---

49) 이기영, 「무협전을 읽고는 영웅을 몽상」, 동아일보, 1937.8.7.

「김군과 나와 그의 안해」는 부정적 아내상과 긍정적 아내상을 대비시켜 이기영이 지향하는 아내상을 직접 제시한 소설이다. 사회운동가인 김군과 잡지사 기자인 나의 아내는 모두 구식 여성이다. 그러나 나의 아내는 무식하고 남편에 대한 몰이해로 가난한 가장의 무능을 비난하는 속물적 인물로 그려진다.

> "무엇이 수다해 그러면 밤낮 하는 일이 무에야? 제집안 식구 감당도 못하면서도 되지 안케 일은 무슨 일이야 개방구갓치……" "?기―망할 년 갓트니! 무엇이 엇재?" 나는 더 참을 수가 업서서 주먹쥐인 주먹으로 안해의 뽀두퉁한 볼퉁이를 쥐여박으며 대드럿다.(1.14)

주인공 '나'는 아내의 모욕에 폭언과 주먹질로 윽박지르고, 아내의 대응 또한 만만치 않다. 아내는 "원수의 자식색기만 업서보지 어느 밋친년이 열첫거네 이런 고생을 하고 잇슬가 이러저럭 한 세상 살기는 일반인데 긔왕이면 남과가티 잘 먹고 잘살 도리나 하다 죽지―이 웬수의 씨알머리야! 어서 죽어라 죽어라(1.14)"라며 악담을 퍼붓는다. 나는 아내가 김군의 부인 같다면 행복할 것이라고 생각한다. 김군의 부인은 구식 부인이나, 사회주의운동으로 투옥과 망명을 거듭하고 현재는 지하활동을 하는 남편 대신 생계를 짊어지고 행랑살이, 행상으로 전전하다가 화장품 장사로 ○○제사공장에 출입하게 된다. 그러던 중 여직공들의 노동운동을 도와주는 연락원이 되어 남편과 한 길을 가는 진보적 부인이 된다. 두 아내상은 서술자인 '나'가 자기성찰을 진행하는 양축을 이루고 있다. 나의 아내가 소시민적 생활인의 삶을 표상한다면 김군의 아내는 계급의식을 실천하는 운동가의 삶을 상징한다고 볼 수 있다. 두 가지 삶의 방식 속에서 나는 자신의 실천력 없는 생활, 어중이떠중이 같은 태도를 청산하고 김군 아내처럼 살아가겠다는 결심에 이른다. 홍경표는 여성인물이 "자의식의 투사일 때에는 작가심리의 잠재적 요소들이 단순히 객관적 대상을 자의식으로 끌어들일 뿐 대상 자체의 독립성은 인정되지 않는"[50] 일종의 거울 같은 존재가 된다고 말한다. 즉 여성인물이 남성인물의 갈등을 대변하는 대상으로 존재하기 때문에 여성인물의 주체성은 인정되지 않는다는 것이다. 이 작품에서 아내상도 지식인의 내적 갈등을 외화시킨 인물들로 현실의 여성을 선과 악으로 대비시키는 작가의 시각을 반영한다. 그렇다면 이기영의 아내상도 남성이 대상으로만 존재하는 인물에서 크게 벗어나지 않는 것이라 생각되며, 특히 그가 이상적인 아내상으로 제시하는 김군의 아내는 갈등이 없는 인물에 해당한다. 작품에 직접 등장하는 인물이 아니라 김군과 나의 대화로 내력이 전해지는 까닭도 있겠으나 문제는 이 인물이 작가의 이상을 표출하기 위한 도구적 역할로 설정되었기 때문이다. 따라서 충분히 있음직한 갈등, 계급운동을 하는 남편과 그로 인해 가족들이 빚어내는 갈등과 극복의 과정이 배제된 채 남편의 이상과 합치되는 일관된 행동만을 보이며, "현철한 부인"으로만 표현된다. 체리 리지스터는 이상화된 여성상은 여성들이 현실적으로 처해 있는 사회적 조건을 모호하게 만들어버림으로써 여성이 실제 사회적 변화를 추구하도록 하기보다는 신화 속에서 위안을 찾도록 유도하기 때문에 이상화된, 혹은 긍정적인 여성상도 부정적 여성상만큼이나 반(反)여성해방적이라 비판한다.[51] 긍정적 아내상의 반대면으로 그려진 부정적 아내상은 「김군과 나와 그의 안해」에 등장하는 나의 아내를 비롯하여 「고난을 뚫코」와 「변절자의 안해」에서 그려지는 아내들이다. 「김군과 나와 그의 안해」에 등장하는 나의 아내가 작가의 조혼 체험을 반영한 구식 여성이라면 「고난을 뚫코」와 「변절자의 안해」에 등장하는 인물들은 허영심과 연애지상주의에 빠진 신여성들이다.

「고난을 뚫코」의 주인공 김종은 계급운동에 투신한 노동자이며, 그의

---

50) 홍경표, 앞의 글, 315면.
51) 체리 리지스터, 「미국 여성해방문학 비평」, 한국여성연구회 편, 『여성해방문학의 논리』, 창작과비평사, 1990, 75면.

아내는 남편이 투옥된 후 아이를 버리고 그의 동지와 살림을 차린 속물적 여성으로 그려진다. 그는 아내와 친구의 배신에도 굴하지 않고 어린 자식까지 남의 집에 맡기고는 북쪽으로 떠난다. 「변절자의 안해」는 이광수의 소설 「혁명가의 안해」에 대한 반박으로, 이광수의 실력양성론과 자유연애사상을 풍자한 작품이다.[52] 여기에 등장하는 아내 함희정은 허영심 많은 양장아씨로 주인공 '민족' 씨를 아름다운 용모로 사로잡은 모던걸이다. 그들의 연애지상주의를 위해 죄도 없는 구식 여성인 전처를 쫓아버렸으나 어찌된 일인지 아들은 민족씨가 아닌 잡지사 皮皆良씨를 닮았다고 한다. 속은 어찌되었든지 희정은 해외에서 활동중인 민족씨를 빼내는데 성공하여 '스위트 홈'을 마련한다. 작가는 희정의 연애지상주의와 허영심을 통해 이광수의 실력양성론이 실상은 배부른 공명심에 지나지 않음을 비유적으로 비난한다.

  부정적인 아내상과 긍정적인 아내상의 성격은 생활에 안주하려는 소시민적인 인물과 공적인 활동에서 남편과 이념을 공유하는 인물로 대별된다. 이는 여성인물을 구분짓는 시각이 계급적 관점에서 분명해졌음을 의미한다. 그러나 문제는 하층 여성의 타락상에 대해서는 봉건적인 제도나 돈이 지배하는 사회가 빚어내는 구조적인 문제로 인식하려 했던 시각이 부정적인 아내상에서는 보이지 않는다는 점이다. 의존적인 성격의 중산층 여성이 보여주는 속물성이나 개인주의는 단지 개인의 문제로 다루어지며 비난의 대상이 된다. 더욱이 조혼한 아내를 혐오하면서도 연민을 버리지 못했던 초기 소설과는 달리 이 시기의 작품에서는 조혼한 아내에 대한 태도도 분명한 부정의식으로 바뀐다. 이는 여성의 공적 역할이 관념적으로 주장되고 가정에 머무르는 여성은 무조건 부정되는 시각이 반영된 것이라 볼 수 있다. 따라서 조혼의 문제도 여성에게 더 큰 피해를 입히는 제도[53]였다는 의식이 사라지고 지식인인 남편의 사상을 이

---

52) 이기영, 「『혁명가의 아내』와 이광수」, 신계단, 1933.4, 선집 13, 270면.

해하지 못하는 소시민성을 드러내는 아내를 혐오하고 부정하는 태도만을 보여준다. 긍정적인 아내상은 현실의 아내를 부정하는 반대면에 그가 수용한 사상의 관념을 대변하는 인물로 제시된 것이라 볼 수 있다.

긍정적 인물의 묘사보다는 부정적 아내상의 외양묘사가 훨씬 실감나게 느껴지는 묘사에는 현실에 대한 강한 비판의식과 아직은 지향하는 이념이 구체적이지 못한 작가의식을 엿볼 수 있다. 「변절자의 안해」의 함희정의 외양묘사는 예쁘지만 독살스러운 인물로 묘사된다.

"그 여편네, 엽뿌게도 생겼다!"고 부러워하는 축도 잇고, "아주 모단껄인걸! 아주 말쑥한걸!"하고 그의 첨단적 신식을 긔발하게 보는 축도 잇고 「아이구 망측해라 여편네가 더펄머리를 하고 넉살조케 어듸로 싸대노!」하고 구식으로 욕하는 축도 잇고 "엇더턴지 그 여펜네는 잘두낫다. 남들이야 모라든지 잘먹고 잘입고 제멋대로 쏘다니니 그위더 상팔자가 잇나 넨정할것!"하고 그의 처지를 부러워하는 축도 잇다. "그여펜네 눈가 죽인 팽팽하고 가로 쪽째진걸 보니 독쌀이 나면 여간 암상쟁이가 안이겠는걸!!" "저런 계집을 데릭고 사는 놈팽이는 대개 부처 아래토막 갓겟다. 그래 내주장이겟다." "아마 그치도 그런가바. 그러기에 여펜네가 밤낮업시 난질을 다니지." "그 계집애 눈매를 좀 보지. 여간 색골로 생겻나 하하하……" 지금도 그 여자가 눈부시는 흰양복에 분홍색 파라솔을 밧고 뒷굽놉흔 뒷독한 흰구두를 신고 비단양말 위로 믹근등한 장판지를 드러내노코 꺄웃동거리며 지나갈 때 그들은 한마듸식 이러케 직거리고 잇섯다. (「변절자의 안해」, 105면)

<hr />

53) 이영애는 「부인시평, 조혼의 비극」(신여성 1934.1)에서 조혼이 출산으로 인한 건강 악화와 이혼과 축첩 등 사회 경제적으로 열등한 위치에 있었던 여성에게 훨씬 심각한 피해를 입히는 것이었다고 지적하였다. 당시 신문사설에서도 조혼의 폐해로 인한 여성의 자살이나 범죄 증가를 우려하고 있음을 볼 수 있다(동아일보 사설 「조혼의 폐해 놀랠만한 소녀 범죄자의 빈발」, 1933.12.12, 「조선여자의 자살원인」, 1936.6.18, 「조선여자의 범죄와 조혼」, 1937.7.10 등).

그녀의 외모나 성품은 동네 사람들의 수군거림으로 제시된다. 위의 예문을 살펴보면 그녀가 현철한 부인과는 거리가 먼 장미형의 인물임을 알 수 있다. 외양은 예쁘지만 남성을 해치는 여성을 장미형 여성이라 하여 남성을 구원하는 아름다운 여성인 백합형[54]과 구분하기도 하는데 이러한 장미형 여성상은 고전소설의 첩으로 많이 나타난다.[55] 자기 주장이 강하고 암상스럽고, 색골이라는 정보를 제시하여 그녀의 본성은 추함에 속하는 부정적 인물로 묘사된다. 특히 성욕이 강한 여성은 악녀의 대표적인 성격으로 유교이념 속에서 여성의 성욕은 철저히 부정되었다. 남성 혈통의 순수성을 유지하기 위해 여성의 정절이 요구[56]되었으며, 이러한 정절 이데올로기는 여성의 인간적인 욕구를 통제하는 규범이 되었다. 그 때문에 여성작가들이 등장 초기부터 성의 자유를 부르짖었던 것이라 할 수 있다. 그렇다면 부정적 인물인 함희정의 외모나 성격은 유교이념의 여성관이 지속되고 있음을 보여준다. 그녀는 사치와 허영심이 강하고 결국 독립운동을 한다고 집을 떠난 민족을 스위트 홈으로 끌어들이는 부정적인 역할을 한다. 이에 비해 「김군과 나와 그의 안해」에 등장하는 나의 아내는 "눈쌀을 꼬부랑해가지고 독쌀을 떠는(1.14)" 예쁘지도 않은 외모에 속물성을 드러내는 인물이다. 초기 소설의 아내상이 못생긴 구식의 아내이며 거부감과 동정이 혼재된 상태였다면 이 시기의 부정적 아내상은 자유연애를 한 신식 여성과 구식 여성으로 분화되었으며, 이들에 대한 인물묘사도 부정적인 성격이 분명하다. 앞서 살펴본 바와 같이 부정적 인물의 성격은 의존성과 속물성이라 볼 수 있다.

'아름답고 순결한 투사'와 '추하거나 색골인 아내'라는 이분법적 묘사는 덕녀의 성격이 적극적이고 사회활동을 하는 여성으로 악녀의 성격이

54) 한국여성연구회 편역, 『여성해방문학의 논리』, 창작과비평사, 1990, 74~75 면.
55) 김종택, 「한국의 전통적인 미인관」, 효성여대 여성문제연구 제8집, 1979, 7~11면. 고전소설에서는 여성인물을 덕녀를 美人로 악녀를 醜女로 대비시키는 특징이 있다고 설명한다.
56) 2장 참조.

집안에 있는 여성으로 뒤바뀐 형태라 할 수 있다. 이는 사회주의 여성해방론의 수용으로 긍정적 여성인물의 성격이 바뀌었음에도 불구하고 공사이분법이 작용하여 사회주의이념을 극단화시킨 것으로 볼 수 있다. 이러한 작가의식은 연애부정론과 가정을 떠나 사회로 진출하면 모든 것이 해결된다는 안이한 판단을 낳는 원인이 된다.

## 3) 소결

이상으로 목적의식기에 발표된 작품을 분석하여 그 성과와 한계를 살펴보았다. 이 시기에는 초기 작품의 인물들과는 달리 사회로 진출하는 투사형 여성인물이 긍정적 인물로 제시되었다. 이상의 작품들은 첫째로 하층 여성현실을 객관적으로 제시하고 적극적으로 현실에 대응해가는 여성상을 창조하였으며, 둘째로 여성의 자각과정을 경제적 독립과 사회의식 획득으로 인식하는 성과를 보여주었다. 이 인물들이 성격은 초기 소설의 순종적이고 수동적인 성격의 여성과는 확연히 달라진 모습이다. 여성들의 활동도 가정에서 벗어나 사회로 확대되었으며, 이는 여성 노동자의 등장과 더불어 오랫동안 생산에 참여해왔으나 평가받지 못했던 여성 농민의 지위를 사회경제의 구조 속에서 파악하기 시작했음을 의미한다.

피해자로서의 여성상에서 적극적 여성상으로의 변화는 평등의 신념이 아니라 사회주의 여성해방이론을 수용하여 여성문제의 원인을 분석하고 대안을 마련하게 되었다는 점에서 작가의 문제의식이 발전하였음을 의미한다. 각각의 현상으로 포착되던 결혼제도의 문제(봉건적 강제결혼과 빗나간 자유연애), 성의 상품화 현상(매매혼, 카페여급 등) 등의 원인을 '여성의 경제적 의존성'과 '가난'의 문제로 인식하여 현실 대응력을 지닌 여성인물을 제시하려는 노력은 당대의 현실 반영으로서도 의미 있는 작업이라 할 수 있다. 「밋며느리」, 「해후」, 「시대의 진보」 등은 사회주의이념을 수용한 후 여성문제를 사회적 관점에서 분석하려는 작품이었다.

그 중에서도 「밋며느리」는 봉건적인 제도 속에서 여성이 겪는 갈등과 계급적 인식의 성장 계기가 구체적으로 설정되어 이 시기의 작품들 중에서는 가장 현실성을 띤 작품임을 알 수 있었다.

그러나 사회주의 여성해방론을 기계적으로 적용하여 연애와 운동, 가정과 사회를 대립시켜 공적인 일만이 긍정되는 극단적인 구분법이 드러난다. 사적 관계의 파탄을 겪고 사회로 진출하여 계급의식을 얻는다는 단계적 구성이나 투사형 여성인물이 아름답고 순결한 아내가 추하거나 색골로 대립되는 묘사를 통해 볼 때 공적인 세계만을 중시하는 도덕적 관점과 계급적 관점이 착종되어 있음을 알 수 있다.

여성인물의 성격을 선(사회 참여) 악(가정 역할)으로 이분해버리는 경우 「옵바의 비밀편지」에서 부분적이나마 제기되었던 가족구조 속에서의 성차별의식은 간과된다. 오히려 현실의 닫혀진 삶 때문에 질곡을 겪는 가정 속에서의 여성이 부정될 우려가 있다. 초기의 지식인 소설에서 아내에게 보내던 연민의 시선이 사라진 이유도 처수자옥의 의식을 기반으로 사회주의이념을 이해했기 때문이라 판단된다. 장편 『고향』에서 다시 연민의 시선으로 아내를 그리고 있는 변화는 관념적으로 주입된 사회주의 여성해방론이 작품 속에서 현실화되는 과정으로 이해된다.


## 3. 여성해방이념의 구체화와 남존여비의식의 극복 : 『고향』

이기영은 1930년대에 들어서면서 미완의 장편 『현대풍경』(중앙일보, 1931. 11.29~1932.4.27, 151회 연재 중단)과 중편 「서화」(조선일보, 1933.5.30~7.1)를 거쳐 장편 『고향』(조선일보, 1933.11.15~1934.9.21)을 발표한다.

『고향』은 이기영의 대표작이자 "프로문학 최고의 수준을 보인 작품"[57)]

으로 평가되며, 발표 당시 이광수의 『흙』보다 배나 더 팔릴 정도로[58] 대중의 호응을 받은 작품이다. 당시 평자들은 "조선 농민의 생활형식과 상태-그들의 심리를 최고로 리얼하게 그린 작품이다"[59) 또는 "가면을 박탈하려는 리얼리스트적 정신으로 적극적 인텔리겐차의 전형을 창조했다"[60]는 최고의 찬사를 아끼지 않았다.[61] 최근의 연구자들 역시 식민지 시대 리얼리즘 소설로서 가장 큰 성과를 보여주었다는 평가에 대체로 동의하고 있다. 기존 논의[62]의 중심은 ① 프롤레타리아 계급의식을 반영하는 농민문학이라는 측면에서 소작쟁의와 노농동맹이라는 주제 양상, ② 주제를 구현하는 인물의 전형성 문제, ③ 1930년대 농촌의 삶을 담아낸 현실반영의 성격, ④ 다양한 삽화를 연결한 고리식 구성과 주인공의 이념으로 수렴해나가는 단계식 구성의 결합형태로 이루어진 구성상의 특징, ⑤ 언어의 민중성과 대중성문제 등으로 요약된다.

농민문학으로서, 리얼리즘문학으로서 다각도로 『고향』의 성과와 한계를 밝힌 그간의 연구를 통해 보았을 때 『고향』을 여성문제에 국한시켜 작품 전체의 공과를 평가하기는 어려울 것으로 여겨진다. 그러나 『고향』은 여성문제에 대한 작가의 시각이 작품의 한 축을 형성하고 있으며 여

---

57) 임 화, 「조선 신문학사론 서설」, 중앙일보, 1935.10.9~11.3, 권영민 편, 한국현대문학비평사자료 Ⅲ, 576면.
58) 조동일, 『한국문학통사 5』, 지식산업사, 1988, 317면.
59) 민병휘, 「고향론」, 백광, 1937.3, 95면.
60) 김남천, 「지식계급의 창조와 『고향』 주인공에 대한 감상」, 조선중앙일보, 1935.7.4.
61) 당시 평문
    김기진, 「프로문학의 현재수준」, 신동아, 1934.2.
    민병휘, 「춘원의 『흙』과 민촌의 『고향』-농민소설로서의 대조」, 조선문단, 1935.5.
    한 효, 「민촌의 『고향』을 예로 들어」, 삼천리, 1936.4.
    박영희, 「민촌의 역작 『고향』을 읽고서」, 조선일보, 1936.12.1.
    김남천, 「지식계급의 창조와 『고향』 주인공에 대한 감상」, 조선중앙일보, 1935.6.28~7.4.
    민병휘, 앞의 글, 1937. 3. 6.
    박영희, 「민촌 이기영론-『고향』을 중심으로 한 제작」, 조선일보, 1937.8.17.
    안함광, 「로만 논의의 제과제와 『고향』의 현대적 의의」, 인문평론, 1940.11.

성인물의 성격과 그들이 펼치는 남녀관계는 주제의식을 표출하는 데 의미 있는 기능을 한다.

『고향』의 여성인물은 앞서 발표된 작품들의 확대와 통합을 특징으로 하고 있다. 초기 작품에 그려진 사회적 굴레에 의해 소외되는 여성인물, 목적의식기 소설에서 형상화되었던 적극적인 여성인물 등 다양한 인물이 하나의 공동체 안에서 삶을 꾸려나가는 이야기로 전개된다. 본고에서는 이러한 인물들의 확대와 통합이 이루어내는 성과와 한계를 밝히고자한다. 그간의 연구에서도 갑숙과 인순을 중심으로 여성인물에 대한 관심이 있어왔지만[63] 여성의 시각으로 현실반영의 성과와 전망을 세밀하게

---

62) 80년대 이후의 연구

    김윤식, 「문제적 인물의 설정과 그 매개적 의미」, 김윤식 · 정호웅 편, 『한국리얼리즘소설연구』, 탑출판사, 1987.

    정호웅, 「이기영론」, 김윤식 · 정호웅 편, 『한국근대리얼리즘작가연구』, 문학과지성사, 1988.

    이재선, 「반항의 시학과 상상력의 제한－이기영의 『고향』론」, 세계의 문학, 1988, 겨울호.

    한승옥, 「지식인의 귀농 의미 재고－『흙』과 『고향』을 중심으로」, 『한국현대장편소설연구』, 민음사, 1988.

    한형구, 「『고향』의 문학사적 의미망」, 권영민 편, 『월북문인연구』, 문학과사상사, 1989.

    김재용, 「일제하 농촌의 황폐화와 농민의 주체적 각성」, 『고향』, 풀빛 1989.

    하정일, 「『고향』과 농민소설의 방향」, 연세어문학 22집, 1990.

    조남철, 「30년대 농민소설의 전개양상」, 이선영 편, 『1930년대 민족문학의 인식』, 한길사, 1990.

    한기형, 「『고향』의 인물전형 창조에 대한 연구 (1)」, 반교어문연구 제2집, 1990.

    김우종, 「이기영론」, 현대문학, 1990.6.

    김동환, 「『고향』론」, 민족문학사연구, 창간호, 1991.

    최병우, 「『고향』론」, 선청어문 19집, 1991.

    김외곤, 「노농동맹의 성과와 한계」, 문학정신, 1991.11.

    류양선, 「1930년대 농민운동과 농민소설－이기영의 『고향』과 이광수의 『흙』을 중심으로」, 덕성어문학, 1992.

63) 갑숙의 성격에 대해서는 김남천, 민병휘, 안함광 그리고 이기영 자신의 평문에서 관념적인 인물이라는 평가를 내렸으며, 정호웅, 한형구, 김재용 등 최근의 연구자들도 대부분 부정적으로 평가한다. 인순의 성격에 주목한 하정일과 김외곤은 농촌의 계급분화 과정을 전형적으로 보여주는 인물이라는 데는 동일한 평가를 내린다. 그러나 하정일은 인순의 비중이 낮게 처리되어 노농동맹의 문제가 설득력을 갖지 못했다는 한계를 지적하는 반면, 김외곤은 내면화된 노농동맹의 사상이라는 긍정적 평가를 내리고 있다.

고찰하지는 못했다. 농촌현실의 총체적 형상화[64]라고 평가되는 『고향』의 성과가 진정한 총체성인가를 논의하기 위해서는 반드시 거쳐야 할 과정이라고 생각된다.

또한 가난과 식민지형 지주권력에 대항하여 변혁의 주체로 성장하는 농민[65]의 세계가 한 축이라면 복임(희준의 아내)―희준―갑숙, 희준―갑숙―경호, 인동―방개 막동, 읍전―인동―방개 등의 삼각관계와 사랑의 갈등이 다른 한 축을 형성한다. 여기에 마름 안승학과 처 순경, 첩 숙자의 삼각관계를 대비시킨다면 남녀관계는 1930년대를 살아가는 인물들의 삶의 방식을 상징하는 시대 부호[66]로서의 의미를 띤다. 작품의 결말에서도 이 두 가지 갈등의 해결, 즉 소작쟁의의 승리와 주인공 희준―갑숙―경호의 애정갈등 해결을 제시하고 있어서 남녀관계의 문제는 제재로 다루어지는 삽화가 아니라 주제로 다루어지고 있음을 알 수 있다. 따라서 남녀관계에 드러난 여성의식은 『고향』에 나타난 주제를 분명히 드러내는 요소라 하겠다.

여성인물의 성격은 두 가지 요소로 특징을 설명할 수 있을 것이다. 사회적 지위, 즉 지식인, 노동자, 농민으로서 생산영역에 종사하는 여성인물들의 생활상과 의식의 문제가 첫째 요소이다. 둘째로는 남녀관계, 즉 성관계에서의 위치와 애정관이 여성인물의 성격을 드러내는 중요한 요소이다. 가정을 거부하는 극단적인 연애부정론, 남녀관계의 대립을 특징으로 하는 목적의식기 작품에 비하면 『고향』의 다양한 남녀관계는 작가의식의 변화를 반영하고 있음이 분명하다. 앞서의 작품에서는 투사형의

---

64) 총체성은 삶의 다양성 속에 흐르는 한 시대의 본질을 그려내는 것이며, 인물과 환경의 전형성, 즉 일신상에 시대의 본질을 구현하는 인물과 환경을 통해 형상화된다는 루카치의 개념으로, 이 용어는 정호웅이 「이기영론」에서 "당대 농촌 현실의 총체성을 획득(앞의 책, 86면)"한 작품이라고 『고향』을 평한 이래로 리얼리즘 이론가들의 논의에서 지속적으로 사용되고 있다.

65) 김재용, 앞의 글, 573면.

66) 조남현 「이기영의 『두만강』연구」, 동서문학, 1990.6, 261면.

적극적 여성인물이 창조되었으나 인물묘사나 구성에 있어서는 公私를 극단적으로 분리하는 유교적 이념이 작용하고 있음을 알 수 있었다. 작가의 주제의식과 내면의식이 괴리된 상태를 반영하는 예라 하겠다. 따라서 다양한 남녀관계에서 이러한 분리가 극복되고 있는가는 『고향』의 여성의식을 평가하는 중요한 고리가 될 것이다.

작품 분석에 들어가기 전에 먼저 『고향』의 전형(前型)으로 『현대풍경』과 「서화」를 살펴보기로 하겠다.

### 1) 『고향』의 전형(前型)[67] - 『현대풍경』, 「서화」

『고향』은 여성인물에 있어서 앞서 초기 작품과 목적의식기 작품이 통합된 형태를 보여준다. 초기작에서 주로 등장한 '다양한 형태의 억압 현실에 눌려있는 여성인물'과 목적의식기 소설에 등장한 '자신의 처지를 개선하려는 적극적인 여성인물'이 『고향』에 이르러 하나의 공동체 안에 모두 등장하여 다양한 여성인물군을 형성한다. 『고향』에서 이러한 인물들의 결합이 이루어지기까지 『현대풍경』과 「서화」에서 이 두 가지 형의 여성인물을 발전시키는 과정을 보인다. 따라서 여성인물의 성격적 측면에서 볼 때 『현대풍경』과 「서화」는 『고향』의 전형에 해당된다.

『현대풍경』은 미완이지만 작가가 발표한 최초의 장편소설이다. 이 작품에 등장하는 주인공 금숙은 목적의식기 소설에 나타난 여성인물의 계승으로 볼 수 있으며 『고향』의 갑숙으로 발전된다. 이 작품의 전반부는 두 가정의 결혼생활과 남녀갈등이 중심축으로 전개되고 후반부는 공장에 들어간 금숙이 공장파업을 주도하는 내용으로 구성되어 있다. 금숙의 아버지 강훈은 사회주의 운동가이며 조혼으로 인한 가정불화를 겪는 인

---

67) 한 작가의 작품에서 어떤 유사성을 보이는 전 단계의 작품을 前型이라 한다. 작품의 전형을 밝히는 일은 유사성과 차이를 살펴봄으로써 작가의식의 변모를 해명하는 데 유용하다 (조남현, 앞의 글, 253 면).

물이다. 그의 친구 도원 역시 불행한 강제결혼을 했으나 지금의 부인 순정과 재혼하여 새 가정을 꾸민 인물이다. 그러나 그의 아내 순정은 첩살이를 청산하고 떠나올 때 두고 온 아들 생각으로 죄책감에 시달리고 도원 역시 홀로 시골에 남겨진 아내에 대한 미안함 때문에 이들의 결혼은 행복하지 못하다. 그러던 어느 날 강훈은 삐라배포사건의 배후인물로 지목되어 도원의 집에 피신하고, 비밀연락을 맡은 학생 상발이 순징의 아들임이 밝혀져 이들의 해후가 이루어진다. 강훈과 도원은 "오늘날 우리들의 처지에서 가족문제를 해결하고 뭇은 일을 한다는 것은 완전한 공상이다"라는 강훈과 도원의 말은, "위천하자는 불고가사" "처수자옥"이라는 가정에 대한 부정의식을 여전히 드러낸다. 하지만 남편이 잠적한 후 끌려가 취조를 당하고 감옥에 갇힌 사람들의 삶을 체험하며 차츰 남편을 이해하게 되는 강훈의 아내, 아들을 찾은 후 행복을 찾게 되는 순정과 도원 부부의 변화과정은 남녀관계의 화해 가능성을 마련하고 있다. 한편 강훈의 딸 금숙은 사회주의이념 단체의 회원으로 장발과는 같은 단체에서 활동하는 동료이며 사랑하는 사이이다. 그녀는 아버지 대신 가족의 생계를 위해 돈도 벌어야 하고 또 자신의 이념을 실천하겠다는 의지를 갖고 제사공장에 취직한다. 장발의 지원을 받으면서 금숙은 공장신문을 발행하며 노동자들의 의식을 고양시키기 위해 노력한다. 신문 기사를 통해 경영주의 온정주의와 기독교의 희생정신을 직공들에게 주입하는 수양강좌의 허구성이 폭로되자 노동자들의 의식은 조금씩 깨어나기 시작한다. 금숙은 소모임을 형성하여 공장의 임금인하 조치에 대응하는 쟁의를 준비한다.

이상의 내용 이후 노동쟁의 전개과정과 장발─금숙의 애정관계의 해결이 전개될 것으로 보이나 연재중단으로 전모를 밝힐 수 없는 것이 아쉽다. 그렇지만 발표된 내용만으로도 이 작품은 『고향』의 전형이라 할 만큼 상당히 유사한 특징을 지닌다. 첫째, 『현대풍경』은 도시를 배경으로 공장파업을 다루고, 여성 주인공이 공장 노동자로 변신하는 이야기라는 점에서는 목적의식기 소설의 연장으로 볼 수 있다. 그러나 남녀관계와 계급의식의 성장을 두 축으로 인물의 성격화를 시도하고 있는 점에서는 『고향』과 유사하다. 이러한 변모는 여성인물의 성장이 남녀관계의 파탄 →계급의식의 성장이라는 도식적 방식으로 형상화되었음에 대한 작가의 반성에서 비롯된 것이다. 연애의 문제는 부정되어야 하는 대상이 아니라 인물의 이념이 변화되는 구체화된 행위로 인식하게 되었음을 반영하는 것이다. 연애문제가 작품에서 차지하는 의미는 『고향』 분석에서 다시 자세히 살펴보기로 하겠다.

둘째로 주목되는 특징은 여주인공 금숙과 『고향』의 여주인공 갑숙의 관련성이다. 둘 다 여학생으로 노동운동에 투신하는 인물이며 이기영 소설에서는 드물게 나타나는 긍정적 지식인 여성이다. 금숙은 아버지 대신 생계도 마련하고 자신의 이념도 실천할 목적으로 제사공장에 들어가는데, 노동자로 전환하는 과정이 필연적으로 느껴진다. 『고향』의 갑숙에 비해 노동자로의 전이과정이 구체적이고 사회주의이념의 수용도 직접적으로 제시되는 점으로 미루어 갑숙의 형상화 실패는 시대적 한계도 다소 작용했으리라 추측된다. 『고향』의 희준이 이미 사회주의이념의 수용이 이루어진 귀향 지식인이었던 반면에 노동운동에 투신하는 지식인으로 성장해가는 과정이 그려져야 하는 갑숙의 경우 직설적으로 이념을 말할 수 없었던 상황의 압력[68]도 형상화에 작용할 수밖에 없었을 것이다. '청춘도'라는 제목의 제5장에서 연구회 활동을 마치고 집으로 돌아가는 금숙이 깊은 생각에 빠져 있는 대목은 계급의식이 싹트는 내용을 잘 드러내주는 부분이다. "로동은 부와 행복을 작만한다. 그런데 네 로동은 웨 가난만 타고 있느냐?"는 의문에 대해 그녀는 지금까지의 노동이 맹목적이었기 때문이라 생각한다. "노동의 단결, 의식적 노동만이 왼 인류의 해

---

68) 조남현, 앞의 글, 260면.

방과 행복을 가져올 수 있다"는 생각에 이른다. 독립적인 생활을 이루며 노동운동에 투신하는 여성인물을 해방의 전망으로 제시하는 작가의 사상은 강훈의 여성관을 통해 드러나 있다.

　남자나 녀자나 사람이긴 일반이라면 그들이 갓는 권리라는 것도 똑갓 태야 될 것이 안임닛가? - 그런데 중래외 계급사회에서는 소위 남존여비와 녀자는 두 지애비를 못섬긴다는 로예도덕을 강제하엿습니다. 그래서 돈 잇는 남자들은 얼마든지 순결한 녀자를 희롱하면서도 그 죄를 도로혀 가엽슨 녀자들에게 들써씨울 수 잇는 것입니다! (30회)

계급의 발생이 여성을 돈 있는 남자들의 성적 도구로 만들었다는 설명은 사회주의 여성해방론의 관점이 지속되고 있음을 말해준다. 이러한 직접적인 설명은 『고향』에서는 현저히 줄어들며 마름 안승학이 벌이는 여성편력으로 형상화되어 나타난다. 그만큼 작가의 여성의식이 구체화되었음을 보여주는 예이다. 금숙이 갑숙이 되는 과정에서는 오히려 구체성을 상실하여 『고향』의 결함이 되고 있음은 아쉬운 점이라 하겠다.

한편 초기 작품의 여성인물은 「서화」의 '입뿐'으로 계승되어 『고향』에서는 인순과 방개로 이어진다. 중편으로 발표된 「서화」[69]는 기미 전후를 배경으로 황폐해진 농촌의 실상을 그려낸 작품이다. 주인공 돌쇠는 '열끼있는' 눈을 지닌 생명력 있는 농민이지만 도박과 간통으로 마을회의에 붙여진다. 그러나 실상 도박은 돈 있는 사람들 사이에서 더 심하게 벌어지는 시대풍조이며, 간통은 조혼으로 인해 빚어진 불행한 결혼 때문이라는 동경유학생 정광조의 설득으로 마을 사람들의 비난을 모면하게 된

---

69) 본고에서는 동광당출판사에서 1937년 간행된 작품집 『서화』를 텍스트로 하였다. 작품 서두에 기미 전후를 배경으로 한 장편을 구상하였으나 우선 중편 형식으로 「서화」를 발표한다는 작가의 말이 붙어 있다. 예문은 영인본 『한국근대단편소설대계』 18권에 수록된 영인본 페이지를 표시하였다.

다. 지금은 쇠퇴해가는 쥐불놀이로 상징된 농촌의 생명력 상실에 대해 생각하며, 돌쇠는 막연하나마 자신의 타락이 살 길이 막막한 농촌의 현실과 관련되어 있음을 느낀다. 돌쇠의 성격70)은 농민의 두 개의 혼, 소소유자적 특성과 빈농계급의 실재의식을 소유한 문제적 개인으로서의 전형71)이며 기미전후의 실제 현실을 반영하는 내면화된 적극성72)으로 많은 논자의 주목을 받았다.

그에 비해 돌쇠의 애인으로 등장하는 입뿐이는 성격화가 뚜렷한 인물은 아니다. 입뿐이의 부모는 땅마지기나 있는 사위 덕을 보려고 응삼이가 천치인 줄 알면서도 입뿐이를 민며느리로 보낸다. 가난과 봉건적 굴레가 빚어낸 불행한 여성이라는 점에서 채무첩으로 팔려간 「민촌」의 점순을 계승하는 인물이다. 그러나 훨씬 강인하고 내면화된 적극성을 보여주는 인물이다. 그녀의 성격은 돌쇠를 사랑하고 면서기 원준의 흑심을 거부하는 태도에서 잘 드러난다. 동네에서 제일 잘살고 면서기를 하는 원준은 자기 욕심을 채울 요량으로 입뿐이를 괴롭히지만 그녀는 당차게 거절한다. 돈이 위력을 떨치는 세태에서 아직은 윤리성을 지키는 긍정적 일면이다. 원준의 비열함과 대비될 때 입뿐과 돌쇠의 관계는 상대적으로 정당성을 얻게 된다. 이들의 관계에서 불행한 강제결혼을 벗어나려는 농민들의 생명력을 중시하는 작가의 시각이 드러나고 있다.

여성인물을 관념적인 신여성(갑숙이형)과 현실적인 농촌 여성(입뿐이형)으로 구분한 이기영은 입뿐이형의 인물을 발전시켜보고 싶다고 말한다.

---

70) 임화는 주인공 돌쇠는 농민의 '두 개의 혼' 그 중에서 소소유자적 성격을 과장하지도 않고 그에 매몰되지도 않아 정당한 입장에서 현실성을 획득(「유월 중의 창작 - 이기영 작 「서화」」, 조선일보, 1933.7.19)했다고 보는 반면에 김남천은 농민의 소유심을 생생한 생산관계를 통하여 묘사하지 못하고 도박이라는 비생산적, 유희적 수단을 통하여 도박의 긍정이란 결과를 낳으면서 묘사되었다고 반박하였다(「임화에게 항의 - 「서화」에 대한 그의 과중평가」, 조선일보, 1933.8.4).
71) 김흥식, 앞의 논문, 79~83면.
72) 정호웅, 앞의 책, 89면.

이 실재한 모델은 무지한 농촌 생장의 여자 중에 있는 이다. 나는 과거
의 생활에서 경험한 많은 그런 여자 중에서 일개의 이형(異型)으로 이 여
자를 골라냈다. 그는 물론 배우지 못한 농촌 부녀자이지만 천질이 총명
하고 이지적인 인간이다. 동시에 그는 진실한 인간성을 품수한 고상미를
가진 그러나 불행히 잡석 중에 섞인 광물이라 할까? 그러므로 나는 이런
여자가 수양을 쌓아서 사회적으로 세련되면 훌륭한 여자가 될 줄 안다.
내가 이상하는 여성이라는 것도 실상은 이런 여자를 목표에 두고 하는
말이다.73)

이 인물의 특징은 그가 농촌의 생활 속에서 직접 골라낸 인물이라는
점이다. 현실성을 바탕으로 그려진 인물이기 때문에 묘사의 생동감이 느
껴지며, 농촌 여성의 생활 감정과 의식을 보여준다. 입뿐이형의 인물은
『고향』에서는 인순과 방개로 다시 세분화되어 이어진다.

봉건적 굴레에 놓인 여성인물을 통해 무리하게 사회주의이념을 주입했
던 앞 시기 작품의 문제점을 인식하고 작가는 지식인 여성의 사상적 발
전과정과 농촌 여성의 실제적인 계급의식으로 분화시켰다고 볼 수 있다.

## 2) 하층 여성인물의 전형적 형상화

『고향』은 전체 38개의 장으로 구성된 장편으로 주인공 김희준이 5년
간의 동경유학을 마치고 고향 '원터'로 돌아오는 사건을 시작으로 2년
간의 시간을 작품화하고 있다.

김희준은 "세계라는 무대 위에서 뒤떨어진 조선사회를 볼 때 청년의 피
가 끓어올라서 하루 바삐 그들로 하여금 남과 같이 따라 가게 하고 싶은"
일념으로 고향에 돌아와 청년회를 조직하고 야학을 실시하는 등 농민운
동에 앞장선다. 그는 관의 비호와 소작권을 한 손에 쥔 마름 안승학의 방

---

73) 이기영, 「동경하는 여주인공」, 선집 13, 239면.

해에 대항하여 두레를 모으고 농민의 단결에 노력한다. 여기에 안승학의 딸 갑숙과 읍내 상인 권상철의 양자 경호와 희준의 삼각관계가 벌어진다. 지식인인 박훈의 영향으로 공장에 들어가 노동운동에 투신하는 갑숙은, 희준의 소개로 공장에 들어간 인순과 긴밀한 관계를 맺으면서 희준의 농촌사업을 지원하게 된다. 한편 경호는 머슴 곽첨지의 아들로 밝혀지고 갑숙은 경호와 다시 결합하며 희준과는 동지애적 관계를 맺는다. 수재와 흉작으로 소작료 인하를 원하는 농민들은 소작쟁의를 일으키지만 먹을 것도 없는 상태에서 이탈자가 생기고 농민들은 패배의 위기를 맞는다. 갑숙과 인순 등은 돈을 보내 이들을 지원하고 희준은 갑숙의 가출 사실을 밝히겠다고 안승학을 위협하여 소작쟁의를 승리로 이끈다.

이 작품의 중심내용이 되는 지주와 농민의 갈등은 농민들의 풍속과 안승학의 생활이 대조됨으로써 선명하게 부각된다.[74] 인동-방개-막동의 삼각관계, 쇠득이 모친과 백룡이 모친의 콩밭싸움, 양조소에서 나온 재강을 고등요리로 사먹어야 하는 춘궁기 묘사와 안승학의 화려한 여성편력, 참외를 사먹는 것과 원두막 짓는 것도 득실을 계산해보는 황금충 같은 성격의 대조 등은 빈궁의 극에 달한 농민층과 농촌지배층의 대립갈등이 첨예화되었던 1930년대 농촌의 모습을 생생하게 재현해내고 있다.

『고향』의 여성인물도 다양하다. 희준과 동지애를 형성하게 되는 지식인 안갑숙, 빈농의 딸로 노동자가 되는 인순과 방개, 가난과 농사일에 찌들은 박성녀, 쇠득이 모친과 백룡이 모친 등 농촌 여성의 실상을 보여주는 신구세대들과 조혼한 희준의 처 복임, 안승학의 처 순경과 첩 숙자 등 중간층과 지배층 여성의 삶을 드러내는 인물들이 함께 등장한다.

### (1) 농민층 분해와 여성의 노동자화-인순, 방개

『고향』이 목적의식기 작품과 비교해서 눈에 띄게 달라지는 점은 다양

---

74) 민병휘, 「『고향』론」, 1937.3, 66면.

한 성격의 농민층 여성들과 그들의 삶을 담아낸 현실반영의 측면이다.

변혁의 주체로서 성장해가는 농촌의 신세대 중에서 주목되는 여성인 물은 김첨지의 딸 인순이다. 인순이 소작농의 딸에서 노동자로 변모하는 과정은 식민지시대 농촌 여성의 전형적인 변화과정[75]을 보여준다고 할 수 있다. 자신의 삶 속에서 계급의식을 자각하는 주체적 인물로서의 성장과정도 안갑숙에 비해 인순이 형상화가 훨씬 자연스럽다. 그녀는 보통학교를 졸업하고 막연한 앞날에 두려움을 가지고 있다.

> 작년 봄에 보통학교를 졸업한 인순이는 그만 앞길이 꽉 막히고 말았다. 부모가 수군거리는 것이 은근히 무서웠다. 그는 그들을 떠나서는 도무지 살 수 없을 것 같았다. "아―나는 어떻게 하나?……" 그는 지향없는 앞길 을 놓고 자기의 조그만 가슴을 태웠다.(상, 1면)

가난한 부모의 입장에서는 한 입이라도 덜어야 하는 형편이지만 인순 은 결혼하기는 싫고 자신의 앞길을 개척하기에는 아무 힘도 없는 두려 운 상황에 처해 있다. 그러던 어느 날 희준의 주선으로 인순은 제사공장 에 취직한다. 휴일이 되어 집에 다니러 온 인순은 "높은 굴뚝이 공중으 로 아가리를 벌리고" 선 제사공장과 방직공장의 위세에 두려움을 느끼 며 그 안으로 끌려들어가 밤과 낮으로 계속되는 노동에 시달리는 여공 들의 서글픈 신세를 여공의 노래로 표현한다. "벼 짜고 실 켜는 여직공 들아/너이들 청춘이 아깝고나"로 시작되는 이 노래는 고된 노동의 현실 을 잘 말해준다. 민병휘는 "농촌으로 기어드는 자본문명! 이곳에서 야기 되는 인간들의 생활문제와 이 문명의 이기로 오히려 몰락해가는 원터 마 을 속에서 생긴 일을 작가는 거짓없이 써가고 있다"[76]고 평가하였다. 바

---

75) 김양선, 「1930년대 장편소설에 나타난 여성문제 인식」, 국제여성연구소 연구논총 제2권 제2호, 1991.12, 153면.
76) 민명휘, 앞의 글, 62면.

로 농촌 주변에 들어선 제사공장과 노동자가 되어가는 인물들의 변화에 주목한 것이라 할 수 있다. 방개 역시도 불행한 결혼생활에서 벗어나 자신의 삶을 개척하기 위해 제사공장에 들어간다. 이들 농촌 여성의 노동 자화는 1920, 30년대 노동에 있어서 여성의 지위변화를 현실적으로 반영한다.

인순은 고된 노동의 체험 속에서 자연스럽게 계급의식을 느끼게 된다. 자신이 짜기 시작한 비단을 갑숙이 입은 것을 보고 그녀는 왠지 서름한 생각이 들며 갑숙과의 거리감을 느낀다.

> 인순이는 갑숙이가 친절히 구는 데도 불구하고 어쩐지 서름서름한 생각이 나서 한말로 거절해 버렸다. 그는 오래간만에 갑숙이를 만난 것이 반갑기는 하면서도 서로 환경이 다른 만큼 어렸을 때처럼 정답지가 않았다. 그것은 우선 갑숙이가 입은 비단옷과 자기가 입은 무명옷이 서로 구별되는 것처럼 — 인순이는 갑숙이가 그런 옷을 입은 것이 얄미워 보였다. 비단옷이 부러워서 그렇다는 것은 아니다. 지금 인순이의 감정은 단순히 그런 것도 아니다. 만일 갑숙이가 다른 옷을 입었다면 그런 생각이 안났을 지도 모른다. 그는 갑숙이가 자기가 짜기 시작한 인조견 교직 숙수로 치마적삼을 해 입은 것이 — 정작 그것을 짜는 자기는 못해 입는데 갑숙이 같은 방적공장이 어떻게 생겼는지도 모르는 사람은 그것을 해 입었다는 것이 — 어쩐지 야릇한 생각을 먹게 하였다.(상, 107~108면)

인순이 느끼는 감정은 생산노동에서 느끼는 노동의 소외현상, 즉 자신이 만든 비단을 입을 수 없는 노동자가 느끼는 현실의식의 발로이다. 그녀는 올케 음전이의 태도에 비판적인 안목을 가질 만큼 계급의식이 성장한다. 돈 있는 과부의 딸인 음전은 물질에 대한 욕심과 농사꾼 남편을 꺼려하는 약간의 허영심을 가진 인물이다. 인순은 음전과 같이 돈을 사람 이상으로 여기는 것이 잘못임을 깨닫는다.

인순은 고된 노동 체험 속에서 기아와 노동 그 두 가지가 농민과 노동자의 공통된 운명임을 절감한다.

> 하루종일 꼬부리고 앉아서 실을 켜기란 참으로 사람이 죽을 지경이었다. ─중략─이렇게 하루를 시달리고 나면 두 손이 홍당무처럼 익고 눈은 아물아물하고 귀에서는 전보때 우는 소리가 나고 목에는 침이 마르고 등허리는 불어지는 것 같이 아프다. 수족은 장작같이 뻣뻣해서 도무지 자유를 듣지 않았다. 손등은 마른논 터지듯 터졌다. 이것은 참으로 노동XX이 아닌가! 농촌에는 이와 같은 노동이 없는 대신에 거기는 기아가 대신하고 있다. 노동과 기아! 그 어느편을 났다 할 것이냐? 아니 그들에게도 농민만 못지않은 기아가 있고 농민에게도 그들만 못지않은 노동이 있다. 결국 그 두 가지는 그들에게 공통된 운명이 아닐까?(상, 111면)

농민들에게는 기아가 있고 노동자들에게는 그만 못지않은 노동이 있다는 그녀의 생각에서 이 작품의 주제인 노농동맹의식이 내면화되어 나타난다. 어머니 박성녀는 딸의 단단해진 성격과 체격의 변화에 오십 평생 한숨으로 살아온 자신과는 다른 새로운 세대의 성장을 예감한다. 박성녀의 생각으로 전달되는 인순은 생기있는 눈과 다부진 체격, 어떤 힘을 느끼게 하는 모습이다. 그녀는 '두더지처럼 캄캄한 굴속 같은 생활'을 해 온 자신들의 삶과 비교하면서 딸이 새로운 삶을 열어갈 인물이라고 막연하게 느낀다. 작가는 이를 통해 노동자들이 변혁세력으로서 성장할 가능성을 제시하고 있다.

인순과 다른 성격의 농촌 여성이 방개이다. 인순이만큼 두드러지는 인물은 아니지만 이 작품을 실감나게 해주는 인물 중의 하나이다. 인순이 차분한 성격의 보통학교를 졸업한 어느 정도의 지식을 소유한 인물인 반면에 방개는 정열적인 성격의 소유자이다. 방개를 사이에 둔 인동과 막동 사이의 사랑싸움은 농민들의 건강한 생명력을 느끼게 한다. 방개와 인동의 사랑은 좀더 잘사는 집으로 자식을 여의려는 부모의 욕심 탓에 이루어지지 못한다. 이기영은 『고향』에서 여러 형태의 사랑을 제시하는데, 방개와 인동의 사랑은 갑숙과 희준의 동지적 사랑과 대비되어 자연의 생명력을 담지한 남녀관계를 형성한다. 『싸닌』에서 영향받은 것으로 보이는 건강한 성애의 세계는 본능과 욕망을 지닌 인간의 삶을 보여줌으로써 관념으로 흘렸던 목적의식기 작품과의 차이를 보여준다.

　막동이는 원두막 위로 올라와서 인동이와 단둘이 있는 방개를 발견하더니, 눈이 간좌 곤향으로 트러지며 두 주먹을 불끈 쥔다. "인제도 거짓말이냐, 이년의 계집애!" 막동이는 이를 악물고 방개에게로 달려든다. "거짓말 아니면 어째!" "무엇이 어째?" 막동이는 방개의 뺨을 치며 다시 머리채를 잡으랴고 들어 덤빈다. 방개는 뺨을 만지고 울며 대든다. "웨 때리니 이 자식아, 너 접대도 날 때렸지!" 인동이는 그들의 틈으로 들어가서 얼른 막동이의 두 팔을 부뜰었다. "너 웨 부뜨니?" "말로 하라구 때리지 않고는 말도 못하겠니?" "때리든 말든 네가 무슨 상관이냐?" "싸움은 말리고 흥정은 부치랬다고 웨 상관이 없어!" 두 사람은 한동안 독수리처럼 서로 노리고 보았다.(상, 332~333면)

　방개를 사이에 둔 인동과 막동의 사랑싸움은 힘 겨루기로 발전되어 "왼 얼굴이 흙투성이와 피투성이가 되어서 콩고물 무친 인절미처럼 눈코도 분간할 수 없(상, 336면)"을 지경에 이른다. 그러나 이들의 청춘의 꿈도 궁핍한 현실에 의해 이루어지지 못한다.
　인동과 방개의 사랑은 「서화」의 돌쇠와 입뿐이의 관계를 연상시킨다. 결혼 후에도 서로를 잊지 못하는 방개와 인동의 관계가 어떻게 될 것인지 결론을 맺지 않고 있으나, 방개는 자신의 삶을 개척해나가겠다는 의지로 공장에 취직하고, 인동은 희준과 관계를 맺으면서 계급의식에 눈떠가는 적극적 인물로 성장한다. 작가는 이들의 능동적 성격이나 평등한 관계를 사랑의 형태로 보여주려 하였다.

"사내는 여편네를 맘대로 할 수가 있으니까 괜찮지만 여편네는 사내에게 매 지내니까 저보다 난 사내를 얻어야 할 것 아닌감!" 인동이는 빙그레 우스며 "나도 그전에는 그렇게 생각했었다는구먼, 하지만 그런 게 아니야 사람은 일반인데 그렇게 칭하를 할게 있나, 하구 또 우리네 가난한 배성들이야 남녀의 구별이 어디 있어. 다 같이 일해 먹고사는데!"(하, 207면)

위의 예문은 함께 일하는 가난한 사람들이야 남녀구별이 있겠느냐는 인동의 말로 경제적 평등이 남녀평등을 가져온다는 사회주의이념을 반영하고 있다. 따라서 경제적 자립을 얻게 되는 여성 노동자의 등장은 자립적 여성의 성장배경으로 제시된다.

인순과 방개는 노동자화하는 농촌 여성의 전형으로 각각 구체적 성격을 갖고 자신의 삶을 개척해나가는 여성인물이다. 무리하게 계급운동의 투사로 만들어버렸던 목적의식기의 긍정적 인물에 비하면 이 인물들은 역사적 사실성을 띠고 있다. 생산노동에서의 여성의 지위변화를 드러내고 봉건적인 예속에서 수동적으로 살아가는 여성과는 다른 인물들의 탄생을 예고하는 인물이라 하겠다. 목적의식기 작품이 인물의 외양묘사에서 긍정적 인물과 부정적 인물을 미추로 이분하는 묘사법을 쓰고 있는데 비해 『고향』은 여성인물의 외모도 인물의 성격을 드러내는 개성적인 면을 보여준다. 방개의 인물묘사는 벌판에서 자라난 찔레나무 같다는 인동의 생각으로 전달된다.

인동의 안해는 그전과 다름없이 외양은 입뿐다. 그러나 웬일인지, 인동은 사러갈수록 그 안해에게 덤덤한 정을 느끼게 한다. 그는 날이 갈수록 도리여 거무트룸한 그전의 방개가 그리웁다. 음전이를 분에 심은 화초라

면 방개는 벌판에서 자라난 찔레나무라 할까?(하, 166면)

　방개는 자연발생적인 적극성과 강렬한 성애를 지닌 인물이다. 이러한
성격은 "독사같이 살찬 눈! 날신한 스타일! 꼭 매친 입모습(하, 66면)!"으
로 표현된다.
　인순의 외모는 공장 노동자가 된 이후에 변모되는 데 그녀의 어머니
박성녀는 어린아이 같이 약해 뵈는 딸이 얼굴색은 창백해졌으나 억세진
모습에 자신들과는 다른 알 수 없는 힘을 느낀다.

　　집에 있을 때는 아주 어린아이 같이 약하디 약해 뵈는 아이가 공장에
　를 드러가드니 차차 튼튼한 사람이 되여간다. 하기는 노러서 고읍든 손
　이 거칠게 악 마디가 지고 볕내를 쐬지 못한 얼굴이 창백해진 꼴을 보면
　가여운 생각이 없지 않으나 ―중략― 그런데 인순이는 뼈 마디가 굴거지
　고 살이 억센데다가 말소리까지 힘이 있어서 사내같이 튼튼한 기상이 보
　인다.(상, 420~421면)

　인순은 앞서 살펴본 것처럼 노동자의식을 깨달아가는 인물이며, 그 어
머니의 세대와는 다른 새로운 성격을 지닌 인물이다. 억센 체격와 말소
리까지 힘이 있어서 사내같이 튼튼한 기상이 보인다는 인물 묘사로 그
녀의 성격을 부각시키고 있다. 그러나 "사내 같은 기상"이라는 묘사는 남
성의 영역이 공적인 영역이라는 고정된 사고가 드러나는 표현이다. 아름
다운 투사라는 상투적 묘사는 벗어났지만 남성다움이 강하고 우월한 것
이라는 사고의 편린들이 남아있음은 『고향』의 한계이다.

### (2) 농촌 여성의 이중고와 궁핍상 ― 박성녀, 쇠득이 모친,
　　　　　　　　　　　　　　　　　백룡이 모친

　인순과 방개가 농촌의 신세대라면 박성녀나 쇠득이 모친, 백룡이 모친

등은 농촌의 구세대이다. 이들의 삶을 통해 농촌 여성의 이중고와 궁핍
상이 실감나게 재현되고 있다.

농번기가 되자 원터 사람들은 몸을 몇 갈래로 찢어도 모자랄 지경으
로 애들을 쓴다. 그 속에서 안팎으로 시달리는 박성녀의 생활은 당시 농
촌 여성의 실상을 생생히 떠올리게 한다.

> 이 통에 박성녀는 혼자 손포라 미처 손이 안도라가서 쩔쩔 매였다. 그
> 는 날마다 풋보리 바심하랴 조석을 끄려먹으랴 밭 매러 다니랴 도무지
> 안팎일에 쌓여서 한시도 휘여날 틈이 없었다. 그래 그는 눈을 뜨고 있을
> 동안은 이렇게 일거리에 싸개를 눌려서 허둥지둥하다가 해를 넘긴다. 그
> 러다가 저녁상을 치르고 나면 사대삭신이 녹으러져서 그 자리에 쓰러지
> 고 만다. 그는 꿈에도 일거리에 가위를 눌렸다. ─중략─깜짝 놀라 깨보니
> 꿈이었다! 다시 눈을 감으면 금방 비어노은 보릿단이 벌창을 하는 황토
> 물에 둥실둥실 떠나려간다. 그러면 또 두발을 동동 구르며 내뚝으로 ?어
> 나려가서 보릿단을 건지랴다가 냇물에 풍덩 빠졌다. 그 바람에 깜짝 놀
> 래서 눈을 떠보니 역시 그것도 꿈이었다. 그럴 때는 옆에서 자는 인학이
> 가 모친의 잠고대 소리에 놀라 깨서 악패듯 울면서 젖을 빨며 말며 한
> 다.(상, 172~173면)

꿈에서도 고된 노동에서 벗어나지 못하는 박성녀의 삶은 당시 농촌 여
성의 보편적인 생활상을 반영하는 것이라 볼 수 있다. 농촌의 궁핍화와
과중한 노동은 여성의 문제만은 아니라 하겠으나 가사노동과 농사일을
함께 해야 하는 여성 노동의 특징은 여성의 일이 가중되는 원인이다. 또
한 출산과 육아를 맡은 어머니로서의 헌신은 건강상태의 악화와 배고픔
을 훨씬 심각하게 만든다. 이러한 실상을 반영한 내용이 춘궁기에 재강
을 사러 나서는 박성녀가 어린 인학을 업고 비틀거리는 장면에서 나타
난다. 오십 평생 한 번도 일에서 놓여난 적 없이 한숨으로만 살아왔다는

한탄에서 농촌 여성의 이중고가 이들의 삶을 얼마나 힘겹게 만들었나를 보게 된다.

가난으로 인해 빚어지는 여성들의 또 다른 모습은 13장 '이리의 마음'에서 전개되는 쇠득이 모친과 백룡이 모친(방개의 어머니)의 질펀한 싸움의 장면에서 묘사된다. 백룡이네 송아지가 쇠득이네 콩밭을 망가뜨렸다고 시작된 두 과부의 싸움은 급기야는 집안싸움으로 번지고 서로 화냥년이라는 욕설이 오간다. 쇠득이처 국실이는 죽은 아이가 샛서방의 씨라는 백룡이 모친의 욕설에 기절을 하고, 쇠득이가 백룡이 모친에게 똥바가지를 뒤집어씌우는 웃지 못할 지경에 이른다. 이들의 싸움은 가난 때문에 황폐해진 인심을 선명하게 부각시키며, 더욱이 과부가 된 여성들이 살아남기가 얼마나 힘든 일이었는가를 느끼게 하는 부분이다.

백룡이 모친이나 쇠득이처 국실은 행실이 바르지 못하다는 소문이 도는 인물들이며, 실제 국실은 마름 이근수에게 몸을 팔아 소작논을 얻은 일도 있다. 자신의 몸을 팔아 생계를 유지하는 이들의 모습은 돈과 성을 교환하는 타락한 여인상이다. "농민들의 가난이 종국에는 윤리적 파탄까지를 초래"[77]하여 별달리 삶의 방편이 없는 여성들의 타락상을 드러내는 것이다.

이중노동으로 허덕이는 박성녀의 모습과 살기 위해 이기심으로 치닫거나 몸을 파는 여성들의 모습은 가난으로 인해 파괴되어가는 농촌여성의 실상을 반영한다.

### 3) 여성현실의 구체적 인식 가능성과 한계

#### (1) 관념화된 신여성 – 안갑숙

앞서 연구경향에서도 말한 바와 같이 갑숙은 대체로 『고향』의 결함으

---

77) 류양선, 앞의 글, 79면.

로 지적되는 인물이다. 안함광은 "극언하자면 관념의 화신이다. 갑숙이로
하여금 그러한 인생행로를 걷게 한 환경의 필연력이 부족하다"고 부정
적인 평가를 내렸다. 그는 갑숙이 집을 나가 노동자가 되는 직접적 계기
로 설정된 경호와의 연애관계에 있어서도 현실감이 없고 대체로 갑숙에
게 있어 발견할 수 있는 것은 '성격'이 아니라 '인격'이라고 하여 갑숙
이 작가의 사상적 당위 즉 노농동맹을 그려내기 위한 작위적 인물임을
지적하였다.[78] 안함광이 말하듯 갑숙이 계급의식을 획득하고 노동운동에
투신하는 과정은 분명하지 않다. 육체적 관계를 맺은 경호와의 연애사건
으로 복잡해진 심경과 희준에 대한 애정적 갈등 외에 사상의 변화과정
은 불분명하다. 그녀가 아버지에게 남긴 편지에서도 봉건제도의 완고성
과 막연한 자유에의 동경 외에는 찾아보기 어렵다. 처첩갈등과 모두가 이
복형제인 상황을 비추어보아도 봉건제도에 대한 비판의식이 가출 원인
이라고 할 수 있다. 그녀와 매개관계를 시사하는 희준의 선배 박훈의 성
격도 불확실하고 그와의 관계도 명확하지 않다. 갑숙의 성격화가 제대로
이루어지지 못한 원인은 무엇인가.『현대풍경』의 금숙의 성격과 비교하
여 살펴본 것처럼 이 과정의 생략은 시대적인 한계가 작용했으리라 생
각된다.『고향』의 연재가 끝날 무렵 이기영이 검거되었다는 사실로도 갑
숙의 형상화가 미진할 수밖에 없었던 작가의 위기감이 미루어 짐작된다.
그러나 시대적인 한계를 감안하더라도 지식인 여성의 성격이 관념화되
는 근본적인 한계는 현실의 여성에 대한 부정의식을 벗어나지 못한 작
가의 태도에 있다고 볼 수 있다. 아내에 대한 거부감, 혐오감이 가정을
부정하고 여성인물을 이상화하는 경향을 만들어낸다고 보았을 때 아내
복임과 애인 갑숙의 성격은 지식인인 작가의 체험과 직접 관련을 갖게
된다. 갑숙의 숭고한 이념성, 즉 안락한 생활을 버리고 노동운동에 투신
하여 쟁의를 주도하고 소작쟁의에 지원금을 보내주는 뛰어난 활동상은

---

78) 안함광, 앞의 글, 임규찬·한기형 편, 『카프비평자료총서 8』, 태학사, 1990, 418면.

사실 경호와의 관계에서 갈팡질팡하는 어린 소녀에 불과한 그녀의 성격에서 보면 급작스럽게 비약한 모습이다. 애인 경호와의 관계에서 보이는 나약하고 신경질적인 모습과 아버지에 대한 정까지도 끊을 수 있는 의지 사이에 일관성을 잃은 이유는 작가의 이상이 주입된 인물이기 때문이다. 이 인물은 김남천의 말처럼 "너무도 지나치게 완전무결한 천사"[79]로 그려졌으며, 외모에서도 투사가 된 갑숙은 애인인 경호의 눈을 통해서 "아리따운 천사"의 이미지로 묘사된다. 긍정적 인물을 아름다운 투사로 그리는 묘사의 문제는 목적의식기 소설에서 아직은 여성해방의 전망이 관념적으로 수용되었음을 말해주는 징표로 분석되었다. 물론 『고향』은 인순, 방개 등의 긍정적 인물에서는 현실화된 개성적인 외모로 발전한 모습을 보이지만, 갑숙의 형상화는 "시대양심"을 표출하는 성격을 강조하기 위해 천사로 그리는 관념성을 완전히 벗어나지는 못하였다.

갑숙의 성격은 사회의식의 형성과정보다는 김희준과 동지적 관계를 형성하는 애정관에서 드러난다. 김희준은 조혼한 아내와 갑숙 사이에서 느끼는 갈등을 갑숙과의 동지적 사랑, 조혼한 아내와의 화해로 풀어나간다. 그가 동지적 사랑을 주장하는 내용이 작품의 결말을 구성하고 있다.

저는 그후로 이 며칠동안 '사랑'이라는 문제에 대해서 남녀간의 애정이라는 문제에 대해서 생각해 보았읍니다. 그 결과 모든 형태의 사랑−애정이라는 것이 근본은 극단의 개인적인 것이면서 실상은 사회적인 물건이오 극단의 감정적인 물건인 것 같으나 사실은 이지적인 것이라고 생각하게 되었읍니다.−중략−그런데 지금 내가 동무를 사랑했다든지 혹은 앞으로 하겠다든지 하는 것은 물론 우리의 처지에 있어서, 또는 사회적으로 보아도 아무 부자연한 것이 없겠지요 같은 부류의 일을 위해서 손목을 마주잡고 나가는 동지로서 아무런 불순한 점이 없다고 하겠지요. 그러나 이성간의 사랑은 단순한 개인과 개인의 결합만이 그 전부가 아닐

79) 김남천, 앞의 글, 1935.7.4.

것입니다. 육체적 결합을 초월하고 결합되는 사랑! 동지적 사랑이라 할까?—이런 사랑이야말로 육체적 결합을 전제로 하고 출발하는 연애라는 것보다는 더 크고 힘있고 영구적인 사랑인 줄로 나는 생각합니다.(하, 448면)

갑숙과 희준의 동지적 관계는 두 가지 점에서 중요한 의미를 띤다. 첫째는 전 시기의 작품들과 마찬가지로 사회주의적 관점에서 연애의 문제, 즉 남녀관계의 문제를 풀어나가는 점이다. 둘째는 노농동맹이라는 주제를 갑숙과 희준에게 나누어 맡김으로써 이들의 동지적 결합이 주제 암시의 역할을 한다. 소시민적 지식인에서 농민운동을 이끌어가는 지식인으로 성장한 희준과 자신의 안락한 생활을 떠나 노동자로 변신한 갑숙이 동지적 사랑을 형성한다는 설정은 남녀관계에 있어서 육적인 사랑의 관계만이 아닌 새로운 평등관계를 제시하려는 시도로 풀이된다. 앞서 여성입신담에서 남녀관계는 파탄되고 부정되었던 것에 비해 이들의 동지적 남녀관계는 사상적인 측면에서의 관계 회복이 이루어진 것이다. 그러나 이와 같은 변화는 갈등을 수반하지 않고 돌연 희준의 이야기로 전개되고 있어서 현실감이 부족하다.

### (2) 아내에 대한 구체적 인식과 부분적인 화해

갑숙의 반대면에 선 희준의 아내는 소시민적 인물이다. 아내와의 갈등은 여전히 그녀의 소시민성에 대한 혐오와 권위적인 남성의 태도를 보여주지만 그나마 소시민성이 아내만의 몫이 아니라 자신의 내부에도 자리한 속성이라는 인식으로 발전하여 부분적인 화해를 이룬다.

"요개 웨이리 쫑알거리는 게야? 아니 너 굶겨 죽일까봐 걱정이냐?"
"어떤 년이 그런 걱정 한댔수. 너무 실속을 못 차려 남들이라도 그런 숭을—" 안해는 치마자락으로 눈물을 씻으며 목 메인 소리를 삼킨다. "이

것이, 남의 참견 말어. 너보고 벌어먹으라고는 안할테니" - 중략 - "에 -
더러운 인간들! 더러운 욕심!" 야학 용품의 외상값을 칠팔원 꾸어준 것
뿐인데 자기를 무슨 부처님같이 아는 것이 웃읍 않은가? "엣기 아무리
인색하고 무지하기로 너 같은 것도 사람이냐?" 희준은 참다 못해 주먹
으로 안해의 턱주가리를 치바쳤다. 그러나 그는 양심에 비최이는 자기 증
오도 느끼었다. "아이구 잘난 양반 붉지 않우 때리긴 왜 때려!" "때리긴
커녕 너 같은 건 죽어도 싸다! 죽여야 한다!" 이 말 속에는 자기자신도
포함된 것 같다. 소유욕은 안해에게만 있는 것일까? (상, 210~211면)

희준이 아내의 소유욕을 비난하는 태도에는 무식을 구박하고 주먹질
을 하는 남성우월주의적 태도가 그대로 드러난다. 위에 인용한 아내와 싸
우는 장면은 지식인과 아내가 등장하는 소설에서 자주 반복되는 대목이
다. 그러나 희준은 "지금은 그 안해가 그 때같인 밉지는 않었다"는 말로
아내에게 돌렸던 개인적인 부정의식을 벗어나고 있다. 그가 아내와 화해
하는 근거는 예문에 보이는 것처럼 아내의 소유욕이 자신에게도 있다는
공감대에서 이루어진다. 『현대풍경』이나 『고향』에서는 조혼한 구식 아내
와 화해의 실마리를 마련한다는 점에서 목적의식기의 막연한 이념과 현
실의 거리가 좁혀지고 있음을 보게 된다. 무의식적으로 부정하던 아내를
객관적으로 보기 시작한 근거라 생각된다. 작가는 아내의 사회적 지위나
그가 겪는 소외감 등을 완전히 이해했다고 볼 수는 없지만 아내의 의존
적 태도나 소시민성이 중산층의 존재기반에서 출발하는 의식이라는 것
을 파악하고 있다.

계집이란 모두 그런가?…암탉이 알을 낳는다는 둥, 가새가 무디여서 잘
안든다는 둥, 누구는 살림사리를 알뜰이 한다는 둥, 밤낮 그런 걱정만 하
구 있으니 - 울타리 속에서만 사는 그들이라, 생각도 울타리 밖을 넘찌 못
하기 때문일까?…… 참으로 사람들은 웨, 울타리를 터놓고 서로 못사는

지?(하, 164면)

위 예문은 여성현실을 인동의 생각으로 제시한 부분이다. 울타리 속에서만 살아온 여성만이 아니라 울타리를 터놓지 못하는 사람들의 소시민성이 인간의 본질적인 문제로 고민되고 있음을 보여주는 대목이다. 여성의 삶이 가정에 묶여있을 때 이기심이나 개인의 소유욕이 더 커질 수밖에 없지만 그것이 한 개인의 문제나 여성의 품성 때문이 아니라는 인식은 여성문제를 보는 시각이 남성 중심의 시각에서 벗어나고 있음을 의미한다.

아내에 대한 성격화는 목적의식기에 나타난 외양묘사처럼 부정성이 외모의 추함으로 드러나기보다는 희준의 감정으로 표현된다. 산고로 부석부석한 얼굴, "안해는 무심코 웃음 석긴 목소리를 끄냈다. 그러나 희준이는 안해의 웃는 꼴이 더욱 보기 싫었다. 웃는 입을 지우고 싶다.(못난 것이 애교를 부리는 셈인가!)(상, 209면)"라는 희준의 감정은 긍정적 주인공인 희준이 부정하는 인물이라는 점에서 아내를 부정적으로 인지하게 만드는 정보를 제공한다. 하지만 숙자처럼 악의 표상으로 나타나지는 않는다. 남편에게 집안 일을 좀 챙겨달라고 말하기에도 "남편에게 퉁명이나 맞지 않을까 가슴이 후닥닥거렸다(상, 209면)"는 서술로 기를 펴고 살아보지 못한 조혼한 아내의 처지를 환기시킴으로써 희준이 아내를 혐오하는 태도가 정당하지만은 않다는 작가의식을 보여준다. 아내와 숙자가 각기 부정적 인물로 나타나기는 하지만 작가는 이들 사이에 차이를 두고 있다. 이는 유교의 도덕적 관점이 강하게 작용했던 작가의 여성의식이 계급적 관점으로 변화되었음을 의미한다.

그러나 아내의 무지와 그를 부정하는 희준의 태도는 당대로서는 해결될 수 없었던 조혼의 문제를 솔직하게 대면하는 자세가 결여된 것이어서 아내와의 화해도, 갑숙과의 동지적 사랑이라는 것도 엉거주춤한 상태에 놓이고 만다. 그 때문에 주제의 의미를 띤 갑숙과 희준의 관계가 구체적으로 표현될 수 없었던 구성상의 결함을 만들어낸다고 하겠다.

### (3) 여성의 예속성을 드러내는 지배계급의 여성 –  첩 숙자와 처 순경

안승학의 첩 숙자와 본처 순경은 지배계급에 속한 여성들의 예속성을 보여주는 인물이다. 이들은 부정적인 여성인물로 자의든 타의든 남성의 경제력에 의지하여 소외된 삶을 살아간다. 안승학은 배다른 형제 사남매를 둔 화려한 여성편력가이다. 본처와 첩을 두고 두 집 살림을 하는 안승학과 두 여자들의 성격은 돈에 의해 지배되는 왜곡된 남녀관계를 드러낸다.

본처 순경은 숙명적 여성의식, 수동성과 의존성을 드러내는 여성이다. 그녀는 남편의 끝도 없는 여성탐닉을 견디면서 지금은 서울에서 자신의 딸 갑숙과 어미가 다른 아들을 키우면서 살아간다. 박훈과 자유연애로 결혼한 신여성 란희와의 대화에서 남편의 학대를 숙명으로 알고 인내해 온 순경의 성격을 엿볼 수 있다. 남편이 옳지 못한 일을 하거든 다만 굴복만 하지 말고 정당하게 마주 대들어서 싸웠다면 지금처럼 되지는 않았을 것이라는 란희의 말에 그녀는 "인제 다 늦게 하기는 뭘 해여 다파먹은 김치독인걸! 하긴 지금 생각만 같더래도 가만이 안 있었지 그 때는 그것을 다시없는 부덕으로 알었거든(상, 351면)"이라며 나직이 한숨을 짓는다. 그녀가 순종의 미덕으로 예속된 삶을 참아내는 수동적인 인물이라면 첩 숙자는 스스로 성을 상품화하는 황금만능주의를 대변하는 인물이다.

그 동안 오입을 수없이 하고 첩을 대여섯 번 갈아들인 안승학을 휘어잡은 숙자는 원터의 안승학집에 살고 있는 실제적인 부인이다. 밥 한 그릇 주기가 아까워 누가 오는 것도 꺼려하지만 몸종 덕례나 동네 여자들을 부려먹기에는 악착같다. 숙자는 "죽은깨가 닥지닥지한 데다가 살기가 가득한 쪽제비눈을 지루뜨는(상, 96면)" 외양묘사처럼 그녀의 성품은 표독스럽고 돈에 관한 한 안승학 못지않게 이악스럽다. 집 앞 원두막에 나가면서도 잔뜩 치장을 하고 금시계줄까지 늘어뜨리고 나서는 그녀의 허영심은 "세상에 돈이 제일"이며 "공부도 돈 생길 공부"라야 한다는 안승학의 인생관과 일치한다. 그녀가 못생겼다는 점은 부정성을 드러내는 표현으로 갑숙과 숙자의 외양묘사는 아직 미추의 이분법이 남아있음을 보여준다.

수동적으로 살아가는 순경이나 돈 때문에 몸을 팔아 기생하는 숙자나 이들의 남녀관계는 한 마디로 돈에 의해 매개되는 소유적 관계80)이다. 지배계급의 소유욕을 윤리적 타락상으로 드러내는 모티프는 초기 작품인「민촌」,「장동지 아들」에서부터 반복해서 나타나며 마름 안승학과 두 여자들의 관계로 구체화된다. 본처를 버리지 않고 여러 여자를 먹여 살리는 것을 적선으로 여기는 안승학의 여성관에서 단지 소유의 대상이 되어 살아가는 순경과 숙자의 소외된 삶을 읽을 수 있다.

### 4) 소결

『고향』은 여성 억압의 원인이나 해결을 직접 작품화하지는 않았으나 농촌의 전체적인 변화상 속에서 여성 노동의 변화상이나 새로운 성격의 주체적인 인물들의 등장을 그려내는 성과를 보여주었다. 여성인물들이 다양화되고 긍정적 인물과 부정적 인물도 성격에 따라 세분화되는 양상을 보이는데 이는 장편이라는 장점과 계급적 시각의 구체화에 의한 것으로 판단된다. 결론적으로 중심적인 여성인물의 성격과 이를 통해 나타

---

80) E. 프롬, 앞의 책, 180면. 인간의 가치를 교환가치로만 여겨 소유하는 대상으로 취급하는 태도를 말한다. 이러한 태도에서 돈많은 남성은 여성을 소유하는 행위로 지배감을 높이는 윤리적 타락상을 드러낸다.

나는 작가의 여성의식을 간략히 정리해보면 다음과 같다.

첫째, 소작농의 딸로서 노동자가 되는 인순과 방개는 농민층 분해현상과 그 속에서 여성 노동의 변화를 사실적으로 드러낸다. 인순은 적극적 성격이며 계급의식의 자각 가능성을 보여주었고, 방개는 건강한 성애의 남녀관계를 표상하는 인물로 이들은 하층 여성의 생활감정과 자연스러운 사회의식의 획득 과정을 보여주는 인물이다.

둘째, 신여성 안갑숙을 통해 적극적 성격으로 계급운동에 투신하는 여성 운동가의 삶을 제시하려 하였으나 관념적인 인물이 되고 말았다. 외모에 있어서도 아름다운 천사로 묘사되었고 사회의식의 형성과정이나 그녀가 지향하는 이념적 동지애의 부분도 구체성을 띠지 못하였다.

셋째, 주인공 희준의 아내는 의존적인 성격의 소유욕을 지닌 인물로 부정적 시각으로 그려지나 중산층의 존재적인 기반에 대한 인식으로 여성의 품성을 악으로 부정하는 태도에서 벗어나고 있다. 그러나 조혼으로 인한 갈등에 대해서는 작가의 체험으로 인한 피해의식에 압도되어 솔직하게 대결하는 자세가 결여된 것으로 판단된다.

넷째, 지배계급인 순경과 숙자는 남성의 경제력에 예속된 수동적인 삶(순경)과 스스로 몸을 파는 속물성(숙자)을 드러내는 부정적인 인물로 그려진다. 이들의 남녀관계는 돈에 지배되는 소유적 관계를 상징한다.

『고향』의 인물이 분화되고 성격이 뚜렷해지는 변화는 작가의 여성의식이 계급적 관점으로 구체화되었음을 의미한다. 또한 다양한 남녀관계가 제시되고 평등한 관계의 모색이 이루어지고 있다는 점에서도 남녀관계를 부정했던 목적의식기 작품에 비해 작가의 이념이 현실화되고 있음을 볼 수 있다.

적극적 인물의 형상화 외에도 『고향』은 다양한 농촌 여성의 삶을 재현하여 식민지시대 농민층 분해현상과 궁핍화에 의해 초래되는 여러 현상들, 즉 이중노동의 과중함, 강한 모성애가 갖게 되는 부정적 현상으로서의 이기심, 여성의 성의 매매 등을 사실적으로 재현해내고 있다.

그러나 작가이념과 가장 밀접한 갑숙의 형상화는 실패하는 한계를 보여준다. 이러한 결함은 '처수자옥'이나 '위천하자는 불고가사'라는 공사 이분법에서 작가가 완전히 벗어나지 못했기 때문이라 할 수 있다. 지식인과 직접 결부된 인물에서는 '시대양심' 즉 공적인 역할의 중요성을 주관적으로 주입시키려는 태도를 보여준 것이라 판단된다.

## 4. 보수적 여성의식으로의 후퇴 : 전향소설 및 『어머니』, 친일소설 『처녀지』

1935년 카프 해산을 전후하여 대부분의 프로문학작가들은 전향하게 되고 암울한 식민지 말기의 문학적 모색에 침잠하게 된다. 이 시기의 문학적 특성을 임화는 내성소설과 세태소설의 증가로 지적한다. 혼란스러운 주체의 내면세계로 빠져들거나 객관세계를 관찰자의 시각으로 그려내는 분열현상은 세계에 대한 일정한 비판력을 상실한 작가의식의 소산이라고 설명한다.[81] 이기영도 이러한 시대상황의 악화와 문단적 위기에 따른 문학적 변모를 겪는다. 『고향』연재를 마칠 무렵 카프 제2차 검거 사건으로 일년 반 가량의 옥고를 치른 후 발표한 풍자소설, 가족사·연대기소설, 여성문제소설 등이 이러한 배경 하에서 창작되었다. 30년대 말부터 작가의 현실비판의식이 내면화되면서 이기영은 몇 편의 친일소설을 발표한다.

여성문제를 소재로 한 작품들은 전향 이후의 작품과 친일소설로 분류된다. 전자의 작품은 여성상의 성격에 따라 첫째 세태비판 소설에 등장하

---

81) 임화(「본격소설론」, 1938.5, 『문학의 논리』, 229면)는 내성소설이 주관의 세계로의 침잠이라면 세태소설은 '사고 없는 묘사'를 특징으로 하는 객관주의라고 정의하고 양자 모두가 현실에 대한 작가의 비판적 거리를 잃고 있다는 점에서 동일한 뿌리를 지니는 현상이라고 지적한다.

는 타락한 여성상, 둘째 전향소설에 등장하는 무력한 지식인과 그에 대립되는 아내상, 셋째 작품의 통속화와 변화된 긍정적 여성상으로 유형화하여 살피고, 친일소설은 제국주의 모성론을 주장한 『처녀지』를 중심으로 고찰하여 이 시기에 드러나는 여성의식의 특징을 살펴보기로 하겠다.

## 1) 타락한 여성인물과 현모양처상의 이분화

### (1) 향락주의와 배금주의에 물든 타락한 여성인물
-「유한부인」, 「욕마」, 「권서방」, 「도박」, 「나무꾼」

이기영은 카프 해산 이후 타락한 세태를 풍자적으로 그리는 제재로서 허영심 많은 여성을 등장시킨다. 여성 개인의 타락상을 드러내는 데 초점을 맞추고 있다.

「유한부인」(사해공론, 1937.7), 「욕마」(야담, 1938.10), 「권서방」(가정지우, 1939.5) 등은 신여성의 허영심과 빗나간 결혼관, 돈의 노예가 되어 자신의 몸을 파는 일도 서슴지 않는 신여성의 타락상을 그린 작품이다. 「유한부인」의 주인공 혜원은 고등여학교를 졸업하기가 무섭게 약혼한 남자와 성대한 결혼식을 올렸다. 그녀의 결혼 조건은 첫째가 돈이요, 둘째가 지위와 명예요, 셋째가 자신을 사랑할 수 있는 건강한 남성이었다. 혜원의 결혼관은 『인간수업』(조선중앙일보, 1936.1.1~7.23)의 주인공 현호의 부인 순복의 결혼관과 일치한다. "순복은 미남자를 구하고 싶지는 않았다. 그렇다고 추남자를 구할 수도 없었지만은 어떻든지 남자다운 기상과 학식과 금전과 이상이 있는 인격자"[82]를 이상적인 남편감으로 내세운다. 이들의 남성관은 직업을 가지기도 어려웠던 당시 신여성의 상황에서 결혼이 실제로는 생활방편의 의미도 지니고 있었음을 보여준다.[83] 혜원이 그렇게 신중하게 고른 남편이 지금의 강선생이다. 그러나 학문에

---

82) 이기영, 『인간수업』, 풀빛, 1989, 65면.

만 열중하는 남편을 불만스럽게 여기는 그녀는 사치와 미모 가꾸기로 세월을 보내면서 문화생활과 유행상품 사들이기에 여념이 없다. 몸매 때문에 애 낳기도 겁내는 그녀에게 웃지 못할 불행이 닥친다. 쌍둥이에 세 쌍둥이를 낳아서 속상하던 차에 또 임신을 하게 된 것이다. 그녀는 이번에도 쌍둥이를 낳게 되면 단연코 남편에게 책임을 물어 이혼을 하겠다고 결심한다.

「유한부인」은 제목이 의미하는 바대로 모성이나 가족보다 세련되고 우아한 삶에 가치를 두는 신여성 혜원을 통해 물질과 쾌락만을 추구하는 타락한 현실을 풍자한 작품이다.

「욕마」는 돈 많은 부자의 셋째 첩으로 들어간 신여성 혜옥이 아들을 낳아 재산을 상속받으려다 실패한다는 이야기이다. 혜옥은 남편이 아이를 낳을 수 없다는 사실을 알고 옛 애인을 유인하여 임신에 성공한다. 그러나 자신이 이용당했음을 알게 된 애인이 경찰에 가서 간통 사실을 폭로하겠다며 떠나는 것으로 결말을 맺고 있다. 가난한 여학생이었던 혜옥은 "세상천하에 돈만 있으면 못할 노릇이 없"다는 배금주의자이며, 자신의 안락한 삶을 위해서는 윤리의식도 내팽개치는 타락한 인물이다. 작가는 그녀의 몰락을 통해 돈의 노예가 되어버린 부정한 세태를 고발한다.[84]

신여성의 향락주의와 배금주의를 비판한 두 작품과 달리 「권서방」은 농촌의 바람난 여인을 다룬 작품이다. 성적 쾌락에 눈이 어두워 남편과

---

83) 1938년 『여성』지가 전문학교 여학생을 대상으로 조사한 바에 의하면 이상적인 남편감은 "인상 좋고 건강한 체격의 소유자로 이만원 가량의 자산에 전문학교 이상의 교육, 월수 80원 이상의 쾌활하고 문예와 스포츠를 이해하는 경기 이북 출신 25,6세의 차남"이라고 한다 (「오늘의 인텔리 결혼적령기 처녀의 이상남」, 여성 1938.3, 30~35면).

84) 여학생이 첩이 되어가는 실상을 고발한 당시의 평문에서는 첩이 되는 이유를 속아서 첩이 되는 경우, 유혹에 빠져서 첩이 되는 경우, 타락 끝에 첩이 되는 경우, 허영으로 첩이 되는 경우, 생활난으로 첩이 되는 경우가 있다고 하면서 여학생이 첩이 되는 경우가 늘어남을 개탄하고 있다 (三淸洞人, 「여학교를 졸업하고 첩이 되어가는 사람들」, 신여성, 1924.3).

아이를 버리고 남의 집 첩살이를 하고 있던 권서방의 아내 음전이는 자신의 잘못을 뉘우치고 집으로 돌아온다. 그러나 이미 남편은 죽은 후였고 이제는 두 아이의 어머니로서 살아갈 것을 결심한다는 이야기이다.

「도박」(조광, 1936.3)과 「나무꾼」(삼천리, 1937.1)은 가난으로 몸을 파는 여인들의 물상화된 성을 다룬 작품이다. 「도박」의 또순이는 청상과부로서 조혼으로 인해 불행한 결혼생활을 하던 지금의 남편과 야밤도주하여 도시로 떠나온다. 그러나 책상물림인 남편이나 유복한 양반집 자손인 그녀는 하는 일마다 실패만 거듭하고 남의 집 행랑살이로 연명을 하지만 그 또한 여의찮다. 그러던 어느 날 뚜쟁이 노파의 소개로 몸을 팔기로 하고 돈을 받지만 그로 인해 파탄 지경에 이르게 되는 꿈을 꾸고 남편과 다시 살아보겠다고 결심한다. 또순은 매춘 직전에 마음을 돌려 아직은 윤리감을 유지하는 새출발을 보이고 있으나, 파고다 공원 뒷골목에 자리잡은 '창기소개소'는 이미 도시화의 한 구석을 차지한 시대의 풍속이 되고 있음을 보여준다. 돈과 성이 교환되는 세태 속에서 가난 때문에 몸을 파는 여성의 타락상이 도덕적 위험 수위에 이르러 있음을 제시하는 것이다.

「나무꾼」의 주인공은 병든 남편과 아이들을 위해 산감에게 몸을 바쳐서라도 나무를 해다 팔 수밖에 없는 극한상황에 처해 있다. 처음에 나무를 하다 산감에게 들켜서 몸을 팔게 되었을 때는 두려움 뿐이었으나 이왕 그렇게 된 몸이니 편하게 나무나 하자는 마음으로 자진해서 나서게 된다.

> 그래 집으로 와서 가만이 생각해보니 미련한 년이 갈능은 맛다구 — 고만 아귀둥한 생각이 납데 그려. 예라 기위 그렇게 된 몸이니 한 번 당하나 두 번 당하나 일반 아니냐!……그래 그 뒤로는 무에 달른 게냐구 막우 터놓고 나무나 싫것하자구 않그랬겠어?……하하, 참 사람이 세상을 살자니까, 별일이 다 많겠지 알고 보면, 나두 그래서……(488면)

도덕적 불감증의 상황을 관찰자인 명수의 시각으로 서술해나가는 작가는 "그는 또 다시 나무를 해다가, 살아야 할 것인가? 그렇지 않으면 굶어죽어도 그런 짓은 말아야 할 것인가? 그 어느 편을 취해야할는지 알 수 없었다(489면)"는 말로 윤리적 판단을 유보하고 있다. 빈민계층의 생활고에 대한 작가의 관심에서 계급의식의 지속성을 볼 수 있지만 상황에 굴복해버린 인물에 대해 어떤 판단도 내릴 수 없는 작가의식의 변화를 엿볼 수 있다. 작가의식이 현실의 타락상에 대한 부정의식은 강하지만 어떤 대안도 제시하지 못하는 이념의 부재상태를 반영하는 것이라 하겠다.

　이상의 세태소설에 등장하는 인물들은 향락주의와 배금주의에 물든 부정적 여성인물이며, 그러한 세태 속에서 자신의 성까지도 물상화시키는 불행한 인물들이다. 이들을 통해 작가는 윤리의식의 파탄에 이른 어두운 시대상을 고발하고 있다. 그러나 신여성이든 빈민 여성이든 이들의 타락상이 개인의 윤리적 차원에서 다루어지고 있어서 여성문제를 사회구조의 문제로 인식했던 카프시기의 작품들과는 상당한 편차를 드러낸다. 신여성들의 타락상 이면에는 결혼을 생활방편으로 삼는 금전결혼이 횡행했던 배경과 지식인 여성이 진출할 만한 직업이 거의 없었다는 현실적 요인이 있었다. 또한 30년대 후반으로 갈수록 일반민중의 생활상의 욕구는 증대하는 반면 경제위기는 날로 격화되어 중산계급의 몰락, 실업에 의한 프롤레타리아화, 경제적 자유의 상실 등을 초래하고, 그것이 중산층 여성의 존재기반을 뒤흔들고 있었던 위기감으로 반영되었다는 사실이다.[85] 성과 돈을 매개로 하는 향락주의와 배금주의 풍토는 30년대의 암울한 시대상과 자본주의의 왜곡상이 빚어내는 사회현상으로써 경제적 지위가 불안정한 여성들에게 더욱 심각하게 나타났다. 그러나 이를 개인의 윤리성으로만 파악하는 것은 여성문제를 사회적인 원인에서 파악하

---

85) 신영숙, 앞의 논문, 47면.

려 했던 앞서의 작가의식에서 현저히 후퇴하고 있음을 반증하는 것이라 하겠다. 강한 현실 비판의 태도는 있지만 극복의 전망으로 선택되었던 사회주의이념을 포기하면서 작가는 이념적인 대안을 마련하지 못하고 있음을 보게 된다.

### (2) 무력한 지식인의 갈등과 속물적 아내상
#### - 「돈」, 「설」, 「燧石」, 「고물철학」

「돈」(조광, 1937.10), 「설」(조광, 1938.5), 「수석」(조광, 1939.3), 「고물철학」(문장, 1939.7) 등은 전향한 지식인의 갈등을 그린 소설이다. "轉向小說이라고 부르는 작품에서 볼 수 있는 것은, 주지하듯이, 현대의 인물에겐 지나치게 화려한 과거를 가진 인간들의 고뇌로 일관한 문학이었다"[86]는 임화의 말처럼 전향소설은 과거 사회주의이념을 가졌던 지식인이 "전향 후에 가족과 생활을 위하여 갈팡질팡"하는 소시민으로서 지금의 자기 생활에 대한 고민과 갈등을 그리는 후일담으로 정의할 수 있다.[87] 「돈」은 돈도 안되는 소설밖에 쓸 줄 모르는 '나' 가 가난 때문에 죽은 아이의 시체를 옆에 놓고 장례비를 마련하기 위해 소설을 쓰는 비참한 정경을 그린 작품이다. 직접 전향을 다룬 소설이라 할 수는 없지만 생활인으로서 삶에 무력한 지식인의 갈등과 고뇌를 주제화한 작품이어서 같은 유형으로 볼 수 있다.

이 소설들에 등장하는 여성은 모두 고민하는 지식인과 대비되는 속물적인 아내이다. 현실의 부정성, 즉 속물성을 드러내는 표상으로 부각된다. 아내는 남편과 대립하여 그의 무력함을 비난하고 현실세계의 원리를 끊임없이 상기시키는 역할을 한다. 예를 들어 「돈」의 주인공 나의 아내는 "사내란 여자를 한평생 잘 살려야 한다. 그렇지 못한 사내는 빈충마

---

86) 임 화, 「현대소설의 주인공」, 1939.7, 앞의 책, 249면.
87) 최재서, 「현대소설과 주제」, 문장, 1939.7, 154면.

진 사내"라는 논법으로 남편이 소설 쓰는 일을 비난하는 인물이다. 그녀에게 남편이 소설을 쓰는 일은 "쥐뿔도 없이 그짓말"만 하는 일이요 "익은 밥 먹고 선소리하는 짝"이었다. 양심이고 뭐고 "그런 짓을 하고 돈 십원을 벌어보겠다는 궁상보다는 차라리 남편이 천량 만량을 하든지 이지음 한참 성풍한 마작 노름을 해서 그만큼 벌어왔으면 그는 그것이 더욱 사내의 할 일(178면)"이라고 생각한다. 여기에 대응하는 남편의 태도는 "돈을 벌기 위해서만 소설을 쓸 수는 없다"는 자신의 예술적 양심을 내세운다.

「수석」에 등장하는 아내도 이와 유사하게 감옥에서 나온 후 고리대금업 수금원이 된 '나'에게 부양자로서의 역할에 충실할 것을 일깨우는 인물이다. '나'는 먼저 출옥한 박군의 주선으로 가장 미워하던 고리대금업자의 수금원으로 취직을 한다. 남의 재산을 차압하는 하수인이 되었지만 양심의 갈등으로 늘 그만두고 싶어한다. 그러나 아내는 "창피할 게 뭐 있어요, 지금 세상에서……무슨 짓이든지 난 돈만 생긴다면 다하겠어요. 사람이 굶는 것보다 더 창피한 노릇은 없지않어요(280면)"라며 잘 살게 된 박군을 부러워한다. '나'는 아직 '나'의 의사를 그들의 의사에 굴복시키지 않았다고 다짐해보지만 아내가 집안에 풍파를 일으킬까 두려워 취직하고 만다. 남편이 돈벌이를 하게 된 이후로 아내의 태도는 돌변하여 남편을 집안의 왕처럼 떠받든다. 그러나 '나'는 오히려 하루 아침에 '난장이'가 된 것 같은 아이러니를 느낀다.

"그럼 이 집에서 누가 으룬이냐? 아버지가 돈 버러서 늬들을 멕여 살리지 않늬" 나는 안해의 돌변한 태도가 우스워 못 보겠다. 그러나 나는 집에서는 이와 같이 하늘 꼭대기까지 올라간 대신 회사에 나가서는 그 반대로 인끔이 뚝 떠러지게 된 것은 웬일일까? 회사에서는 모든 사람이 내 위에 있는 것 같다. 나는 하루밤 사이에 난장이가 된 것 같다.─중략─결국 나는 황금의 마술에 번롱을 당하는 셈이다. 하긴 그게 어디 나하나 뿐이라. 온 세상 사람이 모두 다 그렇다 하겠지만. 안해도 황금의 신이 씌여서 나를 별안간 떠받들게 되었다. 나도 황금 앞에 머리를 숙이기 때문에 그 반대로 인끔이 떠러진 것 아닌가?(282~283면)

아내는 황금에 굴복한 현실주의자를 대변하여 나의 타락을 부추기는 존재이며 나의 갈등을 이해하지는 못하는 인물로 그려진다. 「설」이나 「고물철학」의 아내도 현실에 종속된 삶을 표상하는 점에서는 모두 동일하다. 물론 중산층의 몰락과 생계에 대한 위기감이 가정을 맡고 있는 여성들을 훨씬 현실 적응력이 뛰어나게 만들었으리라 판단되며, 그러한 면에서 전향소설의 아내상은 사실적인 인물이다. 그러나 이 작품들에는 여성의 성격이 권세와 돈에 집착하게 되는 역사적 배경에 대한 이해가 나타나지 않는다.

지식인인 남편과 부정적인 현실을 대변하는 아내의 갈등은 사실은 소시민적인 삶과 현실 비판적인 지식인으로서 살아가겠다는 지향의식 사이에서 빚어지는 주인공의 내면갈등의 투사라고 볼 수 있다. 이는 주체의 부정적인 면을 아내에게 투사하여 자신을 그 대상과는 다른 어떤 본질적인 것으로 규정하려는 태도의 반영이라 할 수 있다.[88] 이렇게 본다면 남성이 여성을 타자, 즉 대상으로 투사하여 주체를 정립하는 태도는 전통적인 남성중심주의를 반영하는 것이라 생각되며, 이기영의 전향소설에 등장하는 아내상은 이 경우에 해당된다고 볼 수 있다. 아내는 '나'가 부정하고 거부하는 세상의 가치를 체현하는 인물로 돈에 집착하고 남편의 무능을 비난하기도 하는 현실추수적 인물이다. 『고향』에 비해서도 아

---

88) 일반적으로 주체가 자신의 정체성을 규정하기 위해서는 타자, 즉 대상과 다르다는 부정의식이 필요하다. 따라서 타자는 우리가 소유하고 싶지 않은 모든 부정적인 자질을 갖는 것, 즉 악으로 투사된다. 이러한 사르트르의 타자개념을 계승한 보부아르는 부권제의 문화 속에서는 남성이나 남성다움이 긍정적인 것 혹은 규범으로 세워지고, 여성이나 여성다움은 부정적인 것 비본질적인 것, 비규범적인 것, 즉 타자로 간주된다고 설명한다(조세핀 도노번, 『페미니즘 이론』, 김익두·이월영 역, 문예출판사, 1993, 224~227면).

내상의 부정적 성격은 훨씬 커지고 있다. 여성의 문제를 사회적 원인 속에서 규명하려했던 카프시기와는 달리 단지 '나'의 주체 정립이 고민의 전부가 된다.

여성인물 묘사는 외모를 미추로 이분하는 묘사법에서는 벗어나고 있다.

첫째, 세태소설의 부정적 여성의 경우 미모는 사치와 향락에 물든 여성들을 타락시키는 조건으로 구성적 필연성을 띤다. 향락주의와 배금주의에 물든 여성(「유한부인」, 「욕마」, 「도박」, 「나무꾼」 등)들은 자신의 미모를 재산으로 삼아 돈 많은 남성을 얻기 위해 미모를 적극적으로 사용한다. 목적의식기 소설에서 그려진 장미형 여성의 연장선에 있는 인물들로 그들의 본성은 악에 속하고 미모는 타락의 조건이 된다.

둘째, 전향소설의 아내상은 못생긴 아내라는 상투적인 외양묘사가 사라지고 인물의 성격을 드러내는 대화나 아내의 내적 시각으로 이루어진 서술이 늘어나고 있다. 남편에 대한 아내의 평가가 늘어나는 특징은 작품 속에서 아내의 기능이 강화되고 있음을 보여준다. 아내의 속물성을 부정하면서도 그러한 현실에 압도된 작가의식이 반영된 것이라 볼 수 있다.

### (3) 통속화 경향과 적극적 여성인물의 변화
#### - 『어머니』, 「추도회」, 「금일」, 「少婦」, 「여인」

『어머니』(조선일보, 1937.3.30~10.11), 「추도회」(조선문학, 1937.1), 「금일」(사해공론, 1938.7), 「소부」(문장, 1939.4), 「여인」(춘추, 1941.3) 등은 긍정적 여성상이 모두 모성적 성격이라는 공통점을 지니고 있다.

우선 여성문제를 다룬 장편소설 『어머니』[89]를 중심으로 여성인물의 성격을 분석하고 다른 작품들을 비교 검토하는 방식으로 여성의식의 변모를 살펴보기로 하겠다.

---

89) 영인본, 한국근대장편소설대계 13권(태학사)을 사용하였으며 예문은 영인본 페이지를 표시하였다.

이기영은 『어머니』의 「작자의 말」에서 모성의 위대함에도 불구하고 "오히려 인간의 최하층에서 이중 삼중으로 학대와 고통을 받고" 있는 "여자의 고통을 심각하게 표현하고 싶은 충동"에서 이 글을 쓰게 되었다고 자신의 창작동기를 밝히고 있다. 그러나 모성적 성격의 여성이 전향 이후의 작품에서 긍적적 인물로 제시되는 이유를 단지 여성의 고통을 표현하고 싶은 마음이라고만 볼 수는 없을 것이다. 긍정적 인물의 성격변화는 여성문제를 인식하는 시각이 달라졌음을 의미한다. 긍정적 여성인물의 성격이 여성문제의 해결에 어떤 의미를 지니는가는 이 작품들이 발표된 30년대 말의 시대적 배경 하에서 검토되어야 할 것이다.

『어머니』는 청상편, 모성편, 자녀편 등 세 개의 장으로 나누어 여성 주인공의 고난과 극복과정을 그리고 있다. 주인공 인숙은 조혼하여 아들 덕근을 낳았으나 남편과 시부모가 일찍 죽자 친정으로 돌아온다. 그녀는 선교부인의 도움으로 학업을 마치고 유치원 보모로 취직을 한 후 창규의 집에 하숙을 하게 된다. 유부남인 창규의 유혹에 넘어가 임신을 한 인숙은 몰래 아이를 낳아 부잣집 '개구녕받이'로 넣었지만 죄의식 때문에 직장도 그만두고 그 집에 침모로 들어간다. 진영이라는 이름으로 크고 있는 자신의 딸 월영을 몇 년간 키운 후 그녀는 모친과 아들 덕근과 함께 새생활을 시작한다. 우연히 덕근은 진영의 오빠 옥영과 친구가 되어 이들의 묘한 삼각관계가 이루어진다. 한편 진영의 담임이 된 창규는 그녀가 자신의 딸인지도 모른 채 또 다시 흑심을 드러내고 자신이 업동이라는 사실을 알고 집을 나간 진영이 다니는 카페에서 이들은 다시 만난다. 진영은 침모가 자신의 어머니였음을 알게 되어 모녀상봉이 이루어지고 진영에게 노골적인 추파를 던지던 창규가 생부라는 사실이 밝혀진다. 그리하여 창규의 추악한 성욕은 파탄지경에 이른다. 의사와 간호사가 될 꿈을 가진 옥영과 진영은 결혼을 기약하고 덕근은 이들의 사업을 돕기로 한다. 인숙은 탁아소를 하면서 자식들의 미래를 지켜나갈 것을 결심한다.

내용으로 보아서도 알 수 있듯이 『어머니』는 신문연재소설로 구성에서 통속성과 우연성이 남발되는 결함을 보인다. 인숙이 침모로 들어간 집이 우연히 딸을 '개구녕받이'로 보낸 집이었다는 것이나, 덕근과 옥영이 친구가 되어 진영과 삼각관계를 맺는 설정, 진영의 담임이 창규이며 우연히 야유회에서 인숙, 창규, 진영이 만나 딸까지도 유린하려 하는 창규의 파렴치한 행동이 밝혀지게 되는 과정 등이 우연성의 빈번한 개입을 드러내는 부분이다. 우연성이 작품을 이끌어가는 구성의 원리가 되고 있다는 점에서 이 작품은 현실의 객관적인 발전을 인물의 사회 역사적 운명을 통해 드러내기에는 미흡한 형식임을 알 수 있다.

이 작품에는 남성중심사회의 편견에 희생된 다양한 여성인물들이 등장한다. 임신한 몸으로 남자한테 버림받고 자살하는 복순이, 남편의 바람기 때문에 마음 고생이 심하지만 자식들과 경제적인 이유로 참고 살아가는 창규의 부인 혜순, 진영의 양모 박씨부인, 속아서 남의 첩살이를 하다가 집을 나온 숙희, 창규의 제자 추행사건으로 퇴학을 당하고 카페여급으로 타락한 옥진이 등이다. 모두 여성에게는 정절이 강요되고, 남성에게는 자유가 주어지는 이중적인 성규범에 의해 희생되는 인물들이다. 인숙도 유부남인 창규에게 속아서 과부의 몸으로 임신을 하게 되어 죽을 결심까지 하지만 이를 극복하고 어머니로서 굳건하게 서는 적극적 성격의 인물이다. 작가는 여기에서 성에 대한 남성적인 통념을 창규를 통해 제시하고 이를 극복해내는 여성인물의 승리를 전망으로 내세우고 있다.

색마인 창규의 여성관으로 대변되는 성의식은 방탕한 남성의 이기심을 여지없이 드러낸다.

　　남자와 여자는 우선 생리적 조껀이 다르지 안흔가 −중략− 남자는 한 녀자만은 부족하도록… 벌서 생리적으로 그러케 타고난 것을 어찌하느냐 말이야(50 면)

자고로 녀자는 정조를 직혀왓지만 남자는 그런 례가 업거든요 또 지금 현대 여성은 여자들도 구식 정조관렴을 타파하고 자유연애를 주장하는 세상인데 다소 간식을 한다고 그러케 야단칠 것이 무엇입니까?(51면)

그의 이야기는 생리적으로나 역사적으로나 남자에게는 일부다처가 자연스럽다는 논리로 종합된다. 실상 그의 입장은 현대여성의 자유연애나 성개방 풍조는 자신의 성욕을 채우기 위한 호기로 이용하는 일관성 없는 자기 합리화에 불과하며 당시 얼개화꾼인 남성의 이중성을 드러내는 것이다. 작가는 창규라는 인물을 인숙을 유린하고 자기 딸까지도 유린하려는 파렴치한으로 그리고 돈 때문에 친정이 부유한 아내를 이용하는 속물로 형상화함으로써 철저한 악의 표상으로 만들어낸다. 그 반대면에 희생 속에서 견디어나가는 모성이 존재하는 것이다.

후배 영옥에게 들은 이야기와 부인향상회에서 들은 연설내용은 인숙이 여성의 처지가 남성의 이기심에 의해 좌우되고 있음을 인식하고 주체적으로 살아가겠다고 결심하는 계기가 된다. 이 내용은 남녀평등, 미신타파, 봉건사상 비판 등 작가의 주제의식을 거의 직설법으로 제시[90]하고 있다. 아이를 낳아 키워야 하는 여자들은 아무리 여권운동에 큰 소리를 쳐봐야 어쩔 수 없지 않느냐는 인숙의 말에 영옥은 "그게 안?거든요-저부터도 약하다고 생각하니까, 남자들이 더구나 얏잡어보고 가진 횡포를 다하는 것(31면)"이라며 출산 자체가 약점이 되는 사회를 비판한다. 부인향상회의 연설도 모성의 위대함과 여성의 향상심을 강조하는 내용이 중심을 이룬다.

　… 그 중에도 제일 큰 원인은 우리 부인네들이 너무나 무기력한 재래의 소극적 관렴으로 그런 케케묵은 인습에 저진 생활을 하기 때문에, 오늘날 문명시대에 잇서서도 오히려 우매한 생활을 하지 안는가 생각합니

---

90) 이미림, 앞의 논문, 49면.

다. 사람은 남녀가 일반이라면 아니 여자야말로 인간을 생산하는 모성이 아닙니까? 영웅호걸도 여자의 모태를 통과해야 나올 수 잇고 성현군자도 여자가 아니고서는 태여날 수가 업는 여자는 그와 가티 거룩한 모성이 아닙닛까? 그러타면 이런 여자가 어찌해서 하대를 바드며 노예와 가튼 생활을 해야 올흘까요? 그것은 물론 남자본위의 사리에서 생기는 횡포도 잇겟지만 여자 자신이 너무나 자포자기해서 향상심이 부족하기 때문에 싱덤에 울지 안는 아해를 누가 짓을 주라는 세음으로 남사들도 여자를 구속해 두라는 것이올시다.(123~124면)

이 글에서는 봉건적 인습, 남자본위의 사고방식이 모성을 하찮은 것으로 만들고 여성의 열등성을 조장하는 원인이라고 파악하고 있다.

『어머니』외에 「소부」, 「금일」, 「추도회」, 「여인」등에서도 봉건제도와 남성중심의 편견을 여성 억압의 원인으로 제시한다. 「여인」에서는 첩의 아이를 기르게 된 본처와 남자에게 속아서 애를 낳고 자신의 아이를 남의 손에 맡기고 떠나야 했던 여성 사이의 갈등에 대해 "제가 낳은 자식을 기르지 못하는 게나, 남이 낳은 자식을 맡어 키우거나, 피차간 불행한 여자의 신세긴 일반안이여요―죄는 남자한테 있는 걸 그럴께 뭐 있우(18면)"라며 모두 남성의 피해자라는 입장을 피력한다. 「추도회」에서도 아직도 팽배한 "남존여비의 비열한 사상"이 여성을 저열한 상태에 묶어두고 있다는 주인공의 비판이 전개된다. 「금일」에서는 황금만능주의자인 약혼자에게 버림받고 임신한 아이를 지켜나가는 모성을 그려 남자들의 이기심을 고발한다.

1924년 동아일보에 발표한 이기영의 글과 거의 동일한 문제의식이 드러나고 있다.

여자는 선천적으로 약점이 있다. 임신과 육아는 여자의 불가피한 사업인데 此가 약점으로 남자에게 보이며 차등은 여자를 규방으로 臨人하고 자기네 세상의 독무대를 만들어 놓은 것이다. 재래의 모든 제도가 남자 본위인 동시에 그런 시설을 할 때 여자에게 동의를 구하지 않은 것은 총명한 씨가 더 잘알 터이다. 어느 누가 자기를 박해하려는 구속을 자원할 리가 있으랴. 여자를 약자로 취급하여 가진 학대로 불구자를 만드는 것은 다만 여자에게만 그 해가 미치지 않을 것이다.[91]

여성의 경제적 소외가 여성 억압의 근원이 되며, 사회진출과 계급해소가 진정한 여성해방의 방향이라고 인식했던 카프시기에 비해 다시 봉건 비판과 남녀평등을 주장하는 신념으로 회귀했다는 사실은 문제의식의 후퇴라고 보아야 옳을 것이다. 사회주의 여성해방론은 여성의 출산이나 가정에서의 여성의 지위를 간과했다는 결함에도 불구하고 여성의 문제를 사회구조적인 문제로 인식하는 이론적 강점을 지니고 있었다. 식민지 자본주의화에 따른 여성 노동의 변화와 대다수를 차지하는 하층계급 여성의 변혁세력으로의 성장을 인식하는 계기가 되었던 것이다.

그러나 전향 후의 작품은 다시 남녀평등이라는 신념을 기반으로 이기심을 발휘하는 남성과 이에 피해자가 되는 여성의 대립으로 이루어지며, 갈등의 해결은 이기심이 아닌 헌신성을 지닌 모성애의 승리로 제시된다. 『어머니』의 인숙의 삶은 "그런 고통을 참으시면서, 여태까지, 자네들 남매를 위해서 사르신 것……그보다도 인생을 위해서 사르신 것이 조흔 어머니가 아니신가(228면)?"라는 옥영의 말로 압축된다. 즉 인숙의 성격은 "착한 어머니(197면)"라 볼 수 있다. "낙태두 죄랍니다. 저는 생목숨을 죽이고 싶진 안어요……아니 그보다도 여자는, 어미의 책임이 잇지안습니까(180면)?"라며 자신을 버린 남자의 아이라도 생명을 지키는 어머니의 책임을 다하겠다는 결심을 보이는 「금일」의 웅주나, 화단의 열매를 가꾸며 어린 남편의 성장을 기다리겠다는 「소부」의 상금이나, 모두 생명의 소중함과 양육의 책임을 강조하는 모성적 인물이다. 「추도회」에서 어

---

91) 이기영, 「'여인상의 네가지 전형'을 읽고」, 동아일보, 1924. 5. 19.

두운 삶을 비추는 불빛 같은 존재로 이상화되는 김여사의 삶은 헌신과 사랑을 표상하는 모성적 여인상, 현모양처상으로 작가의 긍정적 여성관이 분명히 변하였음을 드러낸다.

> 가정은 한 개인의 사소한 생활이라 하자. 그러나 가정은 사회의 한 세포로 볼 수 있지 않은가? 우리가 현실의 가정을 일조에 떠날 수가 없는 이상 가정을 도외시할 수는 없는 일이다. 그렇다면 김여사가 오늘날 낡은 집과 같이 구폐가 많은 조선 가정에서 가족에게는—구고를 효양하고, 부군을 어질게 섬기고, 자녀를 착하게 가르치며, 또한 이웃과 지친 간에는 현철하게 부덕을 갖추어서 가히 남에게 사표(師表)될만한 소행이 있었다면 그가 사회적으로 아무 이름이 없다고 추도회도 못해야 옳을 것인가?(단편대계 18 권, 444면)

이 예문에서 나타나는 것처럼 긍정적 여성상은 유교적 여성관인 현모양처로 변화되었다. 그 중에서도 작가가 타락한 세태를 극복할 수 있는 대안으로 삼는 여성인물은 어머니라 볼 수 있다. 아내가 세상을 대변하는 이미지라면 그 반대에 어머니상이 존재한다. 허무의식과 가치의 전반적인 소멸에 대한 두려움, 그리고 알 수 없는 미지의 가치를 향한 감정적인 갈망을 표현하고 이 가치를 체현하고 있는 것[92]이 어머니상으로 표현되는 것이다.

모성은 교환가치가 중시되는 물화된 세상에서 순수한 인간관계의 체험이라는 긍정적인 면에도 불구하고 남성 중심의 문학 속에서 모성이 찬양되는 현상은 문제의 근원을 여성 개인의 헌신에 맞춤으로써 여성의 소외를 은폐하는 것이라고 비판되어 왔다.[93] 문학에 나타나는 어머니상의 문제는 무조건 여성 억압의 이데올로기라고 부정되어서는 안되겠지만 역사적 배경과는 유리된 채 신비화되는 경우 여성이 자기 욕망을 감추

---

92) 뤼시엥 골드만, 『소설사회학을 위하여』, 조경숙 역, 청하, 1982, 38면 참조.

고 무권리 상태로 예속된 삶을 인내하도록 강요했던 보수적 여성의식에서 크게 벗어나지 않는 것이다.

사회적 영역에서 주체를 정립해나가는 적극적 여성상을 모색해왔던 작가가 현모양처상을 긍정하게 되는 현상은 이를 식민지 상황의 악화와 관련지어 생각해볼 때, 현실 대응력의 상실과 무관하지 않음을 알 수 있다. "부지럽시 시대를 원망하고, 역경을 저주할 것도 없는 일(196면)"이며, '심전(心田) 계발'과 '근면성'이 "세상의 유혹을 물리치고 깨끗한 마음(25면)"을 지켜나가는 것이며 문명발달의 길이라는 것이다. 극한 가난의 압력이 모성애까지도 파괴시키게 됨을 보았던 작가가 한 개인의 순결한 품성으로 시대의 등불을 삼으려는 태도는 현실적인 대안이라고 보기는 어렵다. 『고향』의 갑숙을 계승하는 긍정적인 신여성(『생활의 윤리』의 석응주, 『신개지』의 하월숙 등)이 나타나기도 하지만 이들의 성격도 사랑과 집안문제에 국한되어 있으며, 여성인물의 성격이 세상의 유혹을 물리치는 순결한 존재로 상징되는 점에서는 『어머니』과 크게 다르지 않다.

결국 긍정적 여성인물은 여성현실을 반영하는 사실적 인물이기보다 작가의 꿈을 대변하는 관념적 인물이다. 허영심 많은 신여성, 속물적인 아내상과 순수한 모성상으로 여성상이 이원화되는 경향은 주체의 혼란을 반영하는 현상이라 할 수 있다. 바로 이러한 혼란이 여성을 역사적 존재로 인식하려는 노력을 포기하는 한편 제국주의 모성론을 수용하는 토대를 만들지 않았나 생각된다.

인물묘사 특징은 미추이분법에서 벗어나고 있어서 작품의 형식적 세

---

93) 모성 이데올로기란 여성의 위치는 가정이며 가정에서 여성의 임무는 가족 구성원을 돌보고 이들에게 정서적 안정을 제공하는 것이라는 사회적 통념을 말한다. 물론 모성은 생명력, 포용성, 허여성 등 인간의 긍정적인 가치의 발현이라는 점은 분명하다. 그러나 가부장제 사회에서 강조되는 모성 이데올로기는 여성과 남성을 가정/사회로 이분화하는 기제로 작용하며, 양육의 책임이 여성에게만 부가됨으로써 여성의 소외를 간과하는 한편 남성사회의 책임 회피를 은폐하는 부정적인 영향도 초래할 수 있음이 지적되었다. 이연정, 「모성론에 관한 비판적 고찰」, 서울대 석사논문, 1994, 42~47면.

련성을 보여주고 있다.

그러나 문제는 긍정적 인물이 등장하는 작품들의 통속성이다. 이 시기의 작품들은 앞에서 분석한『어머니』외에도『생활의 윤리』나『신개지』등 장편소설의 통속성이 특징으로 나타난다. 통속소설의 구조적 특징을 ①과도한 사건의 전개, ②우연의 빈번한 개입-지나친 사건 중심은 우연성을 자주 도입하는 플롯의 결함, ③작중인물과 상황의 예외성[94]이라 정의할 때 통속소설은 우연성, 예외성-인물의 개별화 역시 일종의 우연성이다-을 구성원리로 하는 플롯의 미달형식이라 볼 수 있다. 그 중에서도 여성인물의 미모는 한 개인의 우연성과 개별성임에도 불구하고 사건(남성들이 한 여성을 중심에 두고 벌이는 싸움이 작품의 기본 갈등을 형성한다)을 일으키는 동기가 되기 때문에 작품을 근본적으로 예외성으로 만들어 버린다. 작품이 통속화되는 원인은 신문연재소설이기 때문이기도 하지만 통속화라는 형식적인 결함은 긍정적 인물로 형상화된 여성인물의 성격과도 무관하지 않다. 예외적이고 개별화된 인물은 여성문제를 개인의 문제로 풀어나가는 의식의 후퇴와 결부된다고 생각된다. 긍정적 인물들은 현모양처로서 깨끗한 마음을 유지하는 이상화된 인물들이다. 어떠한 상황에서도 갈등하지 않는 헌신적인 여성상은 상황과는 유리된 예외적 인물이라 할 수 있으며, 그러한 예외성은 장편의 경우 잦은 우연이 겹치는 통속화와 관련된다. 결국 작가가 제시한 헌신적인 모성애적 인물들이 당시 여성의 현실에서 구체적으로 그려지지 못했음을 반증하는 것이다.『고향』에 그려진 박성녀나 마을 아낙들의 삶과 비교해보더라도, 이 시기에 강조된 어머니상은 현실의 어머니들을 객관적으로 그려내는 것이 아니라 모성의 신비화라 할 수 있다. 부정적 인물들이 훨씬 사실적으로 그려지고 있다는 점과도 비교된다. 현실의 여성을 부정하는 태도는 훨

---

94) 유문선,「애정 갈등과 통속 소설의 창작방법-김말봉의『찔레꽃』에 관하여」, 문학정신, 1990. 6, 56~57면.

썬 뚜렷해지며 긍정적인 인물은 이상화되는 경향이 나타나는 이유는 무엇인가. 현실에 대한 부정의식은 뚜렷하여 부정해야 할 대상이 확실하지만 대안이념이 불확실하여 작가의식을 구체화할 수 없었기 때문이다.

## 2) 제국주의적 모성의 형상화-『처녀지』

이기영은 1940년을 전후하여 모성과 생산의 중요성을 강조하는 「생명」(동아일보, 1940.2.3), 「여성」(동아일보, 1940.2.4), 「위대한 모성을」(여성, 1940.4) 등 세 편의 글을 발표한다. 모성의 강조가 단순히 여성관의 변화만을 의미하는 것이 아니라 친일의 논리로 접어드는 사상적 변화와 맞물리고 있어서 작품 분석에 들어가기 전에 이 글들의 내용을 검토해 보기로 하겠다.

「위대한 모성을」의 내용은 모성이 여성의 천직이며, 더욱이 현재 조선의 현실에서 모성애는 인재를 키워내는 중요한 요건이 된다는 것이 요지이다.

> 여자나 남자나 인간사회를 떠메고 살기는 일반이다. -중략-그러나 여자는 생리적으로 남자와 다르다. 나는 거기다 우열을 붙쳐보란 말은 아니다. -중략-나는 여자로서의 긍지가 모성에 더 지날 것이 없을 줄 알고 모성으로의 위대함을 깨닫는 것이 여자의 천직인 줄 안다. -중략-우리는 불행히 모성을 반역하는 여성을 간혹 본다. 그러나 그것은 사회적 모순에서 빚어낸 일종의 반동에 불과하다. - 중략-모성의 중요성은 훌륭한 인재를 키워냄에 있는데 '그렇다면 더욱 문화시설과 사회교육이 발달되지 못한 현하 조선과 같은 가정에 있어서 여성의 모성으로서의 역할이 얼마나 중대한 사명일지 모른다.' (76~77면)

위의 글에서 이기영은 모성애의 위대성이 구식 현모양처주의와는 다르다고 주장한다. "모성애를 확충하면 그것은 인류 전체를 포섭하는 인간애에까지 발전할 수 있는 정신력"이라는 주장으로 그는 모성애를 사회적 가치로 확장시키고 있다. 여성의 양육적 특징, "생명의 약속인 기름"에 대한 찬양은 「여성」과 「생명」에서도 동일하게 드러나며 일견 가치론의 차원에서 모성애를 가치 파괴에 대항하는 생명의 사상으로 중시하는 문화주의 페미니즘[95])을 연상시키기도 한다. 그러나 문제는 생명과 헌신성을 약육강식론에 결부시켜, 큰 생명을 위한 헌신성에서 그 가치를 찾고 있다는 점에서 생명 존중의 사상과는 다르다.

> 생명은 귀중하다 볼 수 있다. 초개같이 여긴다는 것은 보다 큰 생명을 위한다는 데서만 의의를 찾을 수 있다. ─중략─이것을 생물학상의 진화론으로 보아도 좋겠다. 피차간 생명임에는 틀림없으나 大小輕重을 비교해야 한다. 자연계를 두고 보더라도─大魚는 中漁를 中漁는 小漁를 잡아먹는다. 이 적은 것이 큰 것한테 희생되는 것은 어느 곳에서나 발견할 수 있는 진리인상 싶다.(「생명」)[96])

생명력의 찬양, 큰 생명의 발전을 위해 작은 생명을 희생할 수 있다는 진화론은 일본의 제국주의사상을 그대로 반영하고 있다. 당시 일본은 다윈의 진화론을 적용한 약육강식론을 기반으로 식민지 침탈과 제국주의 전쟁을 합리화하는 사상적 배경을 삼았다. 이와 연관지어 생각할 때 40년대로 접어들면서 이기영이 강조하는 모성애, '생명의 기름'은 제국주의에 헌신할 수 있는 새로운 인간형의 창조라는 의미로 해석할 수 있다. 당시에 많은 여류명사들이 발표했던 제국주의에 헌신하는 어머니상과도 동일한 맥락이다.

---

95) 조세핀 도노번, 앞의 책, 67면.
96) 대어가 중어를 잡아먹고 중어가 소어를 잡아먹는 자연의 약육강식론은 1931년 발표된 『현대풍경』에서도 서술된 바 있다(83회). 그러나 이 작품에서는 현실추수주의자인 사촌형이 펼치는 약육강식의 논리를 "그러타면 사람이나 즘생이나 다를 것이 없"지 않느냐는 강훈의 입장으로 반박한다. 현실추수주의로 비판하던 인물의 입장으로 작가의 시각이 변하고 있음을 분명히 드러내는 글이다.

조선에도 징병제도가 실시된다는 소식을 듣고 이보다 감격하기는 처음입니다. 어머니된 사람으로서 두 어깨가 무거워짐을 느낍니다. 조선의 어머님들로서 내지의 어머님들을 근본적으로 본받을 때가 이때라 생각합니다. 우리의 아이들은 우리 개인의 아이가 아닙니다. 나라의 아이가 된 것입니다. 그렇다면 어떻게 잘 길러서 국가에 바칠까 우리 어머님들은 노력하여야 할 것입니다.[97]

일본은 식민지 정책의 일환으로 제국주의 여성론을 전개한다. 2장에서 살펴본 바와 같이 일제에 의해 강조된 모성론은 전쟁지원을 위한 황국신민을 낳고 키우는 어머니로서의 역할을 강조한 것이었다. 그러나 실제 여성의 노동력 동원이 가중되고 있었다는 사실에서 모성 강조가 허구적 이념에 불과한 것임을 알 수 있다.

「위대한 모성을」, 「생명」, 「여성」은 이러한 배경에서 나온 글이라 생각된다. 생산소설 『처녀지』는 위의 글들과 동일한 맥락으로 이해되는 큰 생명을 위한 헌신이나 부국강병을 위한 모성의 역할을 강조하는 점으로 미루어 제국주의 모성론을 반영한 작품으로 보인다.

해방 전 마지막 장편소설인 『처녀지』(삼중당서점, 1944)는 북만주 정안둔을 배경으로 한 만주개척소설[98]이다. 의사공부를 하는 청년인 주인공 남표는 농촌개발에 뜻을 두고 정안둔으로 들어가 마을 사람들을 무료로 진료하는 한편 농사개량에 힘쓴다. 마을 사람들의 신뢰를 받으며 야학과 병원건립, 농법개량 등의 일을 성공적으로 해나가던 그에게 옛 약

---

97) 유각경, 「어머니 자신부터 가질 야마도 다마시」, 매일신보, 1942.5.12.
98) 이기영은 『처녀지』 이전에도 만주개척민소설이라는 부제를 단 『대지의 아들』(조선일보, 1939.10.12~1940.6.1)을 연재하기도 하였다. 그는 1939년 8월 18일부터 약 1개월 간 만주를 여행하고 「대지의 아들을 찾아」(조선일보, 1939.9.26~10.3)와 「만주와 농민문학」(인문평론, 1939.11)에 그에 대한 감상을 발표하였다. "만주의 농촌개발은 장대한 자연과의 투쟁 중에서 위대한 창조성(수전개척)을 띄어 있고, 그만큼 장래의 농민문학을 개척함에 있어서도 위대한 소재와 정열을 제공"(이기영선집 13, 187면)할 것이라는 생산성 찬양의 입장이 만주개척소설을 쓰게 된 직접적 동기이다.

혼자 선주가 찾아오면서 이야기는 급전한다. 선주는 남표를 버리고 부유한 남자에게 시집을 갔으나 불행한 결혼생활 끝에 남표를 찾아오고, 남표와 사랑하는 사이인 신경아와 마주친다. 박정한 남표의 태도에 선주는 자살하고, 경아와 남표의 사랑은 엇갈리고 만다. 다시 마음을 다잡아 농촌개발사업에 힘쓰던 중 마을에 페스트가 돌게 되자 남표는 페스트에 걸린 마을 사람을 살려내지만 자신은 그 병에 걸려 죽게 된다. 경아가 도착했을 때 이미 남표는 숨을 서둔 상태였고 슬픔에 잔 경아는 슬픔을 이기고 그의 사업을 계승한다.

이 작품은 서술상 두 축으로 구성되어 있다. 야학의 강연회, 결혼 축사 등의 서술에서는 생산을 독려하고 만주 개척의 당위성 등을 피력하는 관념적 내용을 담고 있는 반면 줄거리는 남녀의 삼각관계를 중심으로 전개된다. 일성이와 귀순이, 애나와 현림 등 정안둔의 건강한 젊은이들의 사랑과 남표-선주-경아의 삼각관계가 중심을 이루는 통속소설에다 시대적 압력이 요구하는 내용들을 결합시킨 형태라 할 수 있다. 이러한 분리로 인하여 농촌계몽에 거의 완벽한 지도적 인물로 묘사된 남표가 옛 약혼자 선주의 등장으로 갑자기 좌절하게 된다는 내용이 부자연스럽게 연결된다.

남녀의 삼각관계와 농촌계몽구조의 결합은 이미 『고향』에서 시도되어 성과를 거둔 바 있다. 『고향』에서의 삼각관계는 농촌생활을 생생하게 재현하여, 살아있는 인물들을 만드는 역할을 한다. 또한 애정관계 자체가 각 인물들의 이념을 반영하는 지표, 즉 김희준과 안갑숙의 동지적 사랑, 안승학의 소유적 사랑은 그들의 가치관과 동일한 궤를 이룬다. 그리하여 이 작품에서는 지주 소작관계의 갈등구조와 애정의 삼각관계가 상호 밀접한 관련성을 맺고 하나의 줄거리로 연결된다.

『처녀지』의 경우 농촌계몽의 관념이 애정갈등을 중심으로 전개되는 줄거리와 괴리되어 두드러지고 있는데 그 이유는 이 작품이 쓰여진 배경

과 작가의식의 파탄 때문인 것으로 보인다. 『처녀지』 이전에 쓴 두 편의
생산소설99)과 마찬가지로 이 작품 역시 전시체제로 돌입한 일제의 생산
독려를 정당화하기 위한 친일소설이다. 1930년대에 접어들면서 일본은
중국 진출의 교두보로 만주국 건설에 힘을 기울였고 그 일환으로 조선
농민의 만주 정착을 장려하였다.100) 1931년 일본이 대륙침략을 위해 일
으킨 만주사변의 결과 1932년 만주국이 건립되었으며, 만주국은 일본의
대동아공영권 형성을 위한 발판에 불과하였다. 이러한 배경에서 만주국
건설을 위한 근농정신의 강조는 당시 만주의 실상과는 거리가 멀 수밖
에 없다.

> 그렇다면 우리들은 더욱 분발해서 물심양면으로 건전한 생활을 개척해
> 야 된다. 그래서 이 만주 농촌으로 하야금 왕도락토를 건설하야 문화수
> 준을 향상하지 않으면 안된다. 이 만주의 천여의 보고는 우리들에게 문
> 을 열어 놓았다. 우리는 황은을 감사하는 동시에 그와 같은 개척정신으
> 로써 농촌문화를 창조하지 않으면 안된다. 남표는 이와 같은 의미로 다
> 시 부언해 말을 하였을때 좌중은 감격한 듯이 가슴을 치바치는 열정을
> 안꼬 있었다.(418면)

남표의 연설을 통해 일제의 정책을 수용하는 내용이 드러나고 있으며,
새로운 농촌건설을 주장하는 부분도 더 이상 비판의식을 견지할 수 없
었던 작가의식의 파행상을 보여준다. '황은' '우리 일본' '내지' '반도' 같
은 표현에서도 이 작품이 일제의 군국주의 정책에 발맞추어 쓰여진 것
임을 알 수 있다.

---

99) 동쪽하늘이 밝아온다는 표현으로 일제의 발전을 암시한 『동천홍』(춘추, 1942.2~1943.3)과
『광산촌』(매일신보, 1943.9.23~11.2)은 전쟁준비로 국민총동원령을 내린 일제의 생산장려
정책에 동조한 생산소설이다.
100) 최남선의 『滿洲建國의 歷史的 由』(신시대, 1943.3) 등의 글이나 당시 만주 건국의 찬양
이 문학에 나타나는 현상은 대동아전쟁을 합리화하는 일본의 정책과 직결되어 있다.(송민
호, 『일제말 암흑기 문학 연구』, 새문사, 1989, 90면, 125면 참조)

일제의 정책을 합리화하는 한 수단으로 전락한 이 소설에 나타나는 여성관의 변화 또한 흥미롭다. 친일적인 모성론이 『처녀지』에 중심적인 여성관으로 피력되는데 남표가 부인야학회에서 하는 연설 내용이 이와 일치한다. 연설 내용에서 중요한 부분을 발췌하면 다음과 같다.

여자도 인구의 절반을 차지하는 국민의 일분자요 사회의 성원인 만큼 그들에게도 중대한 책임이 있다. 아니 도리혀 그들이야말로 가정에 있어서는 주부로서 자녀에게 있어서는 모친으로서 남자 이상의 중대한 역할을 해야 한다.(416면)

……에─그럼으로 우리 나라의 여성은 현모양처를 이상으로 삼는데 무엇보다도 여자는 모성(母性)으로서 가장 현량한 부덕을 가추어야 하겠습니다. 여러분께서도 잘 아시는 바와 같이 어느 나라고 간에 부국강병이 되려면 훌륭한 자녀를 많이 낳고 또한 잘 길러야 되는 겁니다. 이렇게 우량한 자녀를 많이 두려면 그것은 전혀 모성에게 달린 줄 압니다. 박궈서 말하면 훌륭한 어머니가 많아야만 훌륭한 자손을 많이 둘 수가 있다는 것이올시다. 그런데 우리 나라는 다행히 출생률이 매우 좋다는데 그것은 독일이나 영국에 비하면 거의 배에 가깝다합니다. 그래서 문명국으로서는 우리 일본이 제일 생산을 잘하는 편으로 이것은 여러분의 매우 자랑꺼리인 줄로 생각합니다.(403면)

가정에서 주부로서 어머니로서 국가에 헌신하는 일꾼을 배출해야 하며, 특히 독일의 '유전우생학'을 예로 들면서 '건민운동'의 목적을 달성하기 위해서는 건강한 신체와 우수한 자식의 출산이 제일 근본이라고 주장한다. 이 유전우생학에서 어머니의 혈통이 중요한 이유는 우수한 아들을 낳아야 하기 때문이다.

우생학에서 생각해 보면 유전적으로는 모친편이 부친보다도 더 많이 아이한테 피를 가지게 된다는 것입니다. 더욱 사내 아이는 외탁을 하는 것이올시다. 그러면 생각해보십시요. 아드님은 아마 아버지보다도 어머니를 더 많이 닮는다하고 따님은 아버지를 더 많이 닮는다는 것입니다. 물론 예외도 있습니다만 대체는 그렇다합니다. 좀 우수한 아들을 낳게 하랴면 우수한 어머니가 아니면 안되는 것이올시다. (406면)

황국신민 그 중에서도 아들을 낳고 키우는 어머니의 역할이 강조되는 이유는 전쟁에서의 인적 자원을 충당할 필요에 의해서이다. 이러한 일제의 모성 강조는 나치의 여성론과 유사하다. 이 작품에서 독일의 우생학과 모성에 대한 관심이 예로 등장하는 이유도 그러한 관련성을 반증한다. 여성학자 케이트 밀레트는 파시스트 독일, 스페인, 이탈리아, 군국주의 일본 등 권위주의 국가에서는 부권제가 강화되고 여성의 모성이 강조된다고 지적한다. 가장은 국가에 있어서 신하 아마도 가신(家臣)과 같은 것인 한편 가족의 구성원은 가장의 신하 내지는 가신이 된다. 권위주의적 정부는 특히 부권제를 좋아하는 것 같으며, 파시스트 국가 및 독재 체제의 분위기는 그 부권제적 성격에 크게 의존하고 있다고 한다.[101] 왜냐하면 권위주의 국가는 권위주의 가족을 통해서 대중 개인의 구조 속에 자기를 재생산하는 방식, 즉 절대자에 대한 충성과 헌신을 가장의 권위에 복종하는 가족의 원리로 습득시키고 강화한다는 것이다. 그녀가 예로 들고 있는 나치당 활동가의 주장에서도 국가를 위해 강력한 가부장권과 헌신적인 모성이 강조되었음이 드러난다.

어느 여자에게도 평화주의의 감정이 조금씩 있기 때문에 국가사회주의를 이해시키는 것은 더욱 어렵다. 국가적 의지는 실로 남자를 통하여 여자에게서 자라는 것이다. 우리들에게 가능한 것은 하나이다. 조국을 사랑하는 어린이를 키우도록 여자를 교육시키는 일이다. 여기서 우리는 모든 독일 여성에게 자기 희생의 의지를 심어준다. 그녀들은 무거운 마음을 갖

---

101) 케이트 밀레트, 『성의 정치학』, 정의숙 · 조정호 역, 현대사상사, 1976, 316~376면.

긴 하나 가장 사랑하는 자를 조국에 바칠 각오를 할 것이다.[102]

일제 말 여성 지식인들이 황국신민의 어머니로서 조국을 위해 자식을 헌신해야 한다고 강조했던 주장들과 동일한 맥락으로 이해되는 부분이다. 이 작품에서도 헌신적인 어머니와 안식처로서의 가정이 결국 충군애국의 일본정신의 기반이 됨을 볼 수 있다.

   우리들은 괴롭든지 즐겁든지 역시 부모형제처자가 한집 속에서 가치 하십니다. 이것이 동양 특유의 가족제도가 아니겠습니까? 그것은 도덕의 근본을 충효에 두기 때문이올시다. 그런데 자손이 있으면 귀찮타라든가 돈이 안모인다든가 하는 수작은 이야말로 개인주의적인 사상이라 아니할 수가 없습니다. 그럼으로 우리들은 집과 함께 자식과 함께 살면서 충군애국의 일본정신을 체득하지 않으면 안될 줄 생각합니다.(411 면)

여성의 사회적 각성과 주체적 독립성을 주제로 삼아 왔던 이기영이 여성의 가정 내의 역할, 특히 어머니 역할로만 여성을 규정하는 입장으로 전환하고, 개인의 근대적 각성 대신 집단주의로 변화하는 것은 친일로의 행보와 맞물려 있다.
   지금까지 분석한 내용은 남표의 연설에서 나타난 친일의식과 여성관이다. 그렇다면 인물의 성격에서는 어떠한 특징이 나타나는지 보기로 하겠다.
   이 작품의 중심인물은 긍적적 인물인 남주인공 남표와 여주인공 신경아이다. 남표는 농촌계몽을 목적으로 한 귀농 지식인이지만 앞서 설명한 것처럼 그가 지향하는 농촌계몽은 만주개척의 일환이다. 일제의 식민지 정책에 대한 비판의식을 견지하던 농촌소설에서의 계몽적 지식인 특히 『고향』의 김희준과 비교해볼 때 남표의 계몽성은 농민들과의 상호작용

---

102) 케이트 밀레트, 앞의 책, 321 면.

이 배제된 일방적인 시혜, 헌신으로 일관한다. 인물이 리얼리티를 상실하고 목적에 종속된 기계적 인물이 되었기 때문이다. 그는 무지한 농민인 만용의 모략과 남표의 병원 개업에 투자할 속셈을 가진 정노인 등 무지하고 이기적인 농민들의 몰이해에도 불구하고 자신의 의지를 견지하는 완결된 인물이다. 그의 성격은 옛 약혼자인 선주와 애인 경아와의 삼각관계를 정리하는 태도에서도 드러난다. 그는 "도대체 현실적 행복이란 몇푼어치의 가치가 있느냐"고 반문하면서 "노예처럼 중역하는 죄수처럼" "죽기까지 육신을 부려먹자(627면)!"고 결심한다. 육체와 현실적 행복의 절대적 부정과 정신적 가치, 만족만을 추구하는 그의 태도는 어떠한 현실적 보상 없이도 제국주의 건설에 헌신할 수 있는 인물형이라 볼 수 있다.

신경아 역시 정신과 육체를 분리시키고 고상한 정신을 강조한다. 그런데 이러한 극단적인 이원론은 남녀이분법으로 이어진다는 점에서 문제가 있다.

> 남표도 그와 같은 생각에서 결혼을 기피하는 것이 아닐까. 그 역시 소위 처수자옥(妻囚子獄)의 질곡을 무서워하여 독신주의를 지키면서 자신의 사업을 완성하랴함이 아니었든가? 자고로 큰 일을 그르치게 하는 데는 여자의 죄가 많다 한다. 우선 금단의 과실을 먹자고 꾀인 것도 여자이다. 이부는 아담을 꾀여서 선악과를 따게 하지 않았든가. 그것은 우선 신화라 하겠지만 신화 중에서도 진리는 있는 것이다. 그래서 원죄가 생겼든지 안 생겼든지 간에 매양 육체적 유혹은 고상한 정신을 흐리게 한다. ─중략─ 하나 그는 괴롭다. 마음으로 그를 존경할수록 몸으로 괴이고도 싶다. 이성에 대한 애무 남성적인 사랑에 몸과 마음을 맺기고 싶다. 여자란 수동적이라 그럴까?(524~525면)

기독교에서 주장하는 이브의 원죄설은 1936년도에 발표된 단편 「비」에서도 소재로 등장한 바 있다. 하지만 이 두 작품에서 이브의 원죄설을 다루는 시각은 상이하다. 「비」는 기독교 비판소설로 여성을 비하하려는 남편이 원죄설을 들먹이자 아내는 "아니 그럼 당신은 어떻게 생겨났수(단편선집18, 539면)?"라고 응수하여 웃음거리로 만든다. 그에 비해 『처녀지』에서는 여성이 육체적 유혹에 약한 존재라는 근거로 사용된다. 그렇기 때문에 고상한 정신을 소유한 남성의 지도에 따르는 수동적인 존재라는 논리가 가능해진다. 물론 경아가 남표의 사업을 이어받을 결심으로 새출발하는 결말에 이르면 여성의 현실적 조건(정신적 유약성과 수동성)이 극복되는 듯하다. 그러나 간호사인 그녀는 남표의 사업을 이어받는 것이 아니라, 남표의 조수로 있는 "일성이가 한 사람 몫의 의사가 되기까지 그를 도와가며 남표의 유지를 받들자(730면)"는 입장을 피력한다. 간호사로서의 경력이 충분한데 아직 의사의 보조도 서툰 일성이가 의사가 될 때까지 도와주겠다는 경아의 태도는 남성이 주도자라면 여성은 보조자가 되어야 한다는 남존여비의식이 그 배후에 깔려 있음을 의미한다.

이 작품은 연설의 삽입으로 친일적인 내용을 서술하여 삼각관계를 중심으로 하는 줄거리와 분리시키고 있지만, 인물의 성격변화를 살펴보았을 때 작품 전반에 일제말의 군국주의사상이 흐르고 있음을 부인하기 어려울 것이다.

친일소설인 『처녀지』의 경우는 주인공들의 삼각관계에서 빚어지는 통속성과 거의 직설법으로 나타나는 이념 주입이 과도한 서술로 드러나고 있음을 알 수 있다. 남녀관계가 한 인물의 가치관으로 결부되어 나타나는 『고향』과 비교하여보았을 때 구성상 결함을 보여주며, 일관된 시각을 유지하지 못하는 작가의식의 파탄을 형식의 변화에서도 읽을 수 있다.

## 3) 소결

시각을 미래에의 예견과 혼동해서도 안되며, 또한 지나치게 밀착된 시각은 현실을 바로 볼 능력을 상실했음을 의미한다. 30년대 후반 소설의 여성의식은 체험과의 일정한 비판적 거리(critical detachment)를 유지하지 못하고 타락한 세태를 반영하는 부정적 인물에 대한 혐오와 그 반면에 존재하는 이상형으로서의 모성상을 추구하는 여성상으로 이분화되었음을 알 수 있다.

첫째 부정적 여성상으로는 타락한 세태를 반영하는 속물적 인간상인 신여성상과 아내상이 부각되며, 둘째 긍정적 여성상으로는 모성적 인물이 제시된다. 이러한 여성상은 적극적 행동을 보이기도 하지만 여성의 행동반경이 가정 안으로 축소되고, 인고와 헌신이 특징이다. 사회주의 여성해방론을 이념적 기반으로 삼았던 카프시기의 여성인물이 사회적 영역에서 자신의 위치를 확대하고 독립적 삶을 추구하는 인물들이었던 것에 비해 이 시기의 여성상은 보수적 여성의식으로 변화되었음을 볼 수 있다. 친일소설에 이르면 여성을 현모양처로 규정하는 공사이분법이 제국주의의 모성론으로 변화되며, 여성의 현실과는 무관하게 순종과 헌신의 미덕만을 강조하는 작품을 만들어낸다.

일제하 사회는 봉건사회에서 자본제사회로 전이하는 과도기적 사회의 면모를 보이며, 이에 따라 소위 봉건적 모순과 자본제적 모순이 중첩되는 사회상태를 빚고 있었다. 이 때문에 여성의 독자적인 사회적 지위는 매우 불안정할 수밖에 없었다.103) 더욱이 30년대 후반으로 갈수록 사회경제적 상황의 악화로 인한 중산층의 몰락, 노동자, 농민의 궁핍화와 전시체제에 따른 노동력 충원으로서 여성 노동력의 수탈104)은 심각한 상태에 이르렀다. 성의 상품화와 일제에 의한 성적 수탈 역시 간과할 수 없

---

103) 한 기, 앞의 글, 60면.
104) 신영숙, 앞의 논문, 131면.

는 식민지 여성의 현실이었다. 이러한 상황에 대한 이해 없이 현실에서 나타나는 여성의 타락상을 개인의 죄로 돌리고 고결한 품성을 유지하는 모성상을 제시하는 것은 현실과 유리된 관념적 대안일 수밖에 없으며, 이는 여성 현실의 객관적 인식이라기보다는 타락한 세상에 대한 작가의 불안의식을 반영한 것이라 볼 수 있다.

모성에 대한 신비화는 이후 친일적인 모성론으로 변모하는 빌미가 되었으며, 생명력의 위대함과 헌신성은 제국주의 일본에 헌신하는 새로운 인간형을 길러내는 어머니로서의 여성상을 강조하는 왜곡의 길을 걷게 된다.


## 5. 제도적 평등에 대한 감격과 보수적 여성의식의 지속 : 월북 후 소설 『땅』, 『한 녀성의 운명』

『땅』과 『한 녀성의 운명』은 이기영이 월북 이후 발표한 작품이다. 본고는 해방 이전의 작품에 중심을 두어 여성의식을 분석하였기 때문에 월북작품 전체를 총괄하지 못하고 부분적인 검토에 머물었다. 그러나 이 두 작품은 여성문제에 대한 의식을 비교적 명확히 보여주고 있어서 작가가 해방과 토지개혁, 사회주의 국가 건설로 이어진 북한사회에서 여성문제를 어떠한 시각으로 그려내는지 가늠해 볼 수 있을 것이다. 또한 여성의식의 변모양상을 작품활동 전반에 걸쳐 살펴보려는 시도로서의 의미도 지니고 있다.

해방 직후 변혁의 분위기 속에서 창작된 『땅』과 사회주의의 전면적 건설기에 쓰여진 『한 녀성의 운명』은 식민지시대부터 이기영이 제기했던 사회주의 여성해방론이 현실화되는 과정과 다시 체제 강화를 위해 여성의식이 보수화되는 변화과정을 엿볼 수 있다.[105] 북한에서 발표된 소설을 분석하기 위해서는 그 작품이 생산된 체제나 물적·이념적 조건 및 미학적 원칙을 고려[106]해야 하기 때문에 평가가 쉽지는 않다. 그러나 본 고에서는 카프시기부터 지속된 사회주의 여성해방론의 측면과 변화된 여성의식의 측면을 조심스레 접근해보고자 한다.

### 1) 숯구이 총각 모티프와 여필종부의식의 내면화-『땅』

『땅』은 이기영이 월북 후 발표한 최초의 장편소설이다. 제1부 개간편은 1948년(조선인민출판사)에, 제2부 수확편은 1949년(조쏘문화협회)에 간행되었다.[107]

해방의 감격이 채 가시지 않은 시기에 쓰여진 이 작품은 1946년 3월 5일 '북조선 토지개혁에 대한 법령'과 3월 8일 '토지개혁 법령에 대한 세칙'이 발표된 이후 토지개혁이 실시되는 약 1년간의 시기에 벌어지는 다양한 삶의 변화와 농촌의 발전상을 그 내용으로 하고 있다. 반제·반봉건 민주주의 혁명기라 할 수 있는 이 시기는 여성에게 토지가 분여되어 경제적 자립의 기반이 마련되었고, 여성평등권 법령의 발표로 봉건적 유습, 강제결혼, 매매혼, 축첩 등의 금지와 이혼의 자유가 제도화되었다. 이러한 변혁은 노동자, 농민뿐만 아니라 여성에게도 개벽과도 같은 변화였다. 해방과, 토지개혁, 각종 법령의 발표로 이어진 사회변화가 농촌 사

---

105) 북한 여성정책의 전개과정은 반제반봉건 민주주의 혁명기(1945~1946)에 이루어진 토지개혁과 여성에게 토지분여, 남녀평등권법령 제정으로 경제적 정치적 평등권 부여 등의 혁명성이 전후복구기(1950~1960)와 사회주의 건설기, 공고기(1961 이후) 동안의 주체사상 확립과정에서 가부장적 질서의 확립으로 변질되는 경향을 보인다(윤미량, 『북한의 여성정책』, 한울, 1991, 69~109면).

106) 신형기, 「해방 직후 문학 논의의 쟁점」, 『해방전후사의 인식 6』, 한길사, 1989, 291면.

107) 1960년(조선작가동맹출판사)에 『땅』 제1부(개간편, 수확편) 정정판과 제2부 조국해방전쟁편이 발표되었고, 제1부 개정판은 1973년(문예출판사)에 간행되었다. 본고에서는 1960에 출판한 『땅』 제1부(개간편, 수확편)를 텍스트로 하였는데, 2부로 연장하기 위해 지주 고병상을 도망치게 하는 내용과 약간의 첨삭만 가했다고 하므로 초판과 거의 동일하다고 볼 수 있다(『땅』의 발표 연대와 개작의 문제는 김윤식 「이기영의 『땅』론」, 실천문학, 1990. 겨울, 336면 참고).

람들의 생활과 의식에서 어떠한 변화를 일으키는가가 이 작품에서 전개된다.

지주인 고병상과 주태로가 세도를 부리던 강원도 산골 벌말은 가난한 소작농들이 일제와 친일지주의 등쌀에 목숨을 부지하기도 어려운 전형적인 농촌이다. 해방이 되자 토지개혁이 실시되고 세상은 마치 천지개벽을 한 듯이 변화하여 지주들의 땅이 몰수되고 소작농들은 무상으로 땅을 분여받는다. 그 중에서도 지주의 머슴이었던 주인공 곽바위와 채무첩으로 끌려가 불행한 삶을 살았던 전순옥은 자립의 기반을 마련하여 새로운 농촌의 지도자로서 눈부시게 성장한다. 그들의 성장은 지도자로 등장하는 강균의 절대적인 지도 하에서 지주인 고병상과 개구장 마누라의 음해공작을 이겨나가는 과정으로 이루어진다.

총 20장으로 구성된 작품의 내용 속에는 해방 전 장편 『고향』에서 농민작가로서 이기영이 보여주었던 다양한 농민상과 공동체로서의 농촌의 생활상을 계승하는 면모를 보여주기도 한다. 황무지 개간공사와 두레의 조직, 처녀 총각들의 연애담과 변화된 결혼제도 등이 그러한 소재들이다. 이 작품에서는 모든 소재들이 토지개혁법, 노동자와 사무원을 위한 노동법령, 농민의 단일세를 결정지은 농업현물세 법령, 남녀평등권 법령, 민주 선거, 인민회의 결성 등으로 이어지는 정치 경제적 제도의 변화를 배경으로 "부지중 자라나는 새 시대의 힘"을 그리려는 일관된 흐름을 형성하고 있다.

이 작품은 북한 사회에서 일어나는 해방기의 변화를 넓은 화폭과 다양한 인물상으로 그려냈다는 점에서 주목되며 민주주의 건설기 북한문학의 특징인 긍정적 주인공의 형상화가 뚜렷하게 나타난다. 이 시기의 창작방법론은 '고상한 리얼리즘'이 제기되었는데, 민주조국 건설의 새로운 현실, 전 인민의 영웅적 노력을 형상화하고 거기에서 낡은 것, 부정적인 것과의 싸움 속에 새롭게 성장하는 긍정적 주인공을 창조할 것이 요구되었다.[108] 주인공 곽바위와 전순옥, 박첨지와 아들 동수, 동운 형제, 고

인호, 금숙, 순이 등 건실한 농민들이 그러한 인물들이다.

『땅』의 주인공 곽바위는 식민지 시대 농민소설의 인물인 원보, 돌쇠, 인동의 성격에서 발아된 인물이다. 곽바위는 열네 살부터 머슴살이를 하며, 홀어머니와 여동생과 함께 어렵게 살아간다. 소작을 얻기도 힘들고 그나마도 고액의 소작료 때문에 빚만 늘어가는 농촌의 실상이 그의 과거 내력에서 분명하게 서술되고 있다.

> 좋은 전장들이 정말 농사꾼에게는 차례가 안 오고, 머슴을 두고 건달 농사를 짓는 순사, 면 서기, 군 고원 금융조합 서기 등 관공리들이 저희들끼리 연줄연줄로 땅을 얻었다. 한편 동척(東拓), 불이(不二), 흥업(興業) 등 왜놈의 큰 농장과, 서울과 시골에 사는 부재지주(不在地主)들의 소유로 토지가 집중되는 바람에, 자작농이 소작농으로 몰락하였다. 그럴수록 빈농들이 늘어만 가고, 그들은 농토를 얻기가 더욱 힘들어만 간다. 이러한 현상은 도리어 논 고장인 곡향이 더하였다.(36면)

일본의 자본과 친일세력, 부재지주들의 등쌀에 점점 살기가 힘들어지는 빈농의 삶에서 땅은 그들의 목숨과도 같았다. 농사라도 지어야 빚이라도 얻어먹을 수 있는 상황 속에서 땅을 모든 문제의 핵심으로 보는 작가의 시각은 당연한 것이었으리라 생각된다. 그나마 어렵사리 얻은 논으로 호구를 이어가던 곽바위는 농업기수를 손찌검한 것이 화근이 되어 6년간 징역살이를 하게 된다. 그가 징역을 사는 동안 오빠의 혼사비용을 마련하기 위해 제사공장에 팔려갔던 동생과 홀로 남아 있던 어머니는 죽고, 아내는 개가해 버렸다. 삶의 뿌리를 잃은 그는 그 후 10년간 머슴살이로 고생을 하다가 해방을 맞는다. 이런 과거를 지닌 인물이기에 그가 해방과 토지개혁에 대해 느끼는 감격은 남다를 수밖에 없으며, 농촌의 지

---

108) 한 식, 「조선문학의 발전을 위하여—창작방법에 대한 제 문제」, 문학예술 1집, 1948.4, 29~36면, 『해방전후사의 인식 5』, 한길사, 1989, 476면 재인용.

도자로 성장할 가능성도 충분하다.

그러나 문제는 토지개혁이 시행된 일년 남짓한 시간 동안 그가 마을의 중심인물로 부상하는 과정과 의식적 성장의 내용에서 드러나는 지나친 비약과 도식성이다. 이 인물은 내적 갈등이 없는데, 전순옥과의 결혼에 대해서도 다른 농민들의 이기심에 대해서도 한치의 흔들림이 없다. 그의 자각 내용도 머슴이었던 곽바위의 성장과정에서 자연스럽게 느껴지지 않는 지나치게 지적인 내용들이 자주 서술된다. "그는 감옥에서 많은 것을 배웠다"라는 작가의 서술만으로는 곽바위의 생각으로 서술되는 내용이 인물의 목소리라고 느끼기 어렵다.

따라서 토지개혁이 없이는 조선 독립도 있을 수 없다. 그것은 대지주인 친일파 민족 반역자들의 경제적 근거로 되였기 때문이다. 하다면 오늘날 자기의 로력으로 경작하는 자만이 농토를 가질 수 있다는 민주주의적 원칙 밑에서 토지의 분여를 받은 농민들이 다만 농사를 잘 지어서 그전에 못받던 벌충으로 이제는 잘살아 보자는 데 그친다면, 그것은 토지개혁의 참 뜻을 모르는 농민이라 하겠다. ─중략─ 곽바위는 이와 같은 생각이 들 때마다 자기 자신을 반성하고 편달하였다. 농민은 그렇지 않아도 그들의 계급 성분으로 보아서 복잡하고 계층이 많다. 우선 그들이 일터가 분산적이요 비조직적이요 토지에 대한 애착은 소자산적 소유욕을 강하게 만들기가 쉽다. 그래서 부농은 지주의 편에 붙고 중농은 중간에서 동요하고, 오직 빈농만이 계급 의식을 강하게 가질 수 있다는 것이다. 오늘날 북조선 농민들이 토지개혁의 결과로 농사를 잘 짓는다면 누구나 전보다 잘 살게 될 것이요, 개중에는 살림이 탐탁할 사람도 많을 것이다. 아니 그것은 우선 이 동네만 보더라도 그러한 집이 많다. 그들이 갑자기 잘살게 됨에 따라서 저 혼자만 잘살려고 차차 자유주의적 사상을 닮아간다면 이야말로 토지개혁의 의미를 몰각하고 리기주의로 나아가는 옳지 못한 방향을 잡을 것이 명백하다. 이런 점을 생각하여 곽바위는 근로 정신을 정치적 경각심과 함께 높이어서 전체 인민의 리익을 옹호하는 데로 목표를

세워 나아가는 일상적 투쟁을 계속하였다. (625~626면)

조금 길지만 이 작품을 형상화하는 작가의 시각이 분명히 드러나는 내용이기 때문에 그대로 인용하였다. 이 서술 내용은 토지개혁의 의의와 그것이 실현되기 위해서 거쳐야 하는 농민들의 의식개혁의 필요성이다. 토지개혁 이후 농민의 생활상에서 어떻게 소소유자적 측면이 해소되고 사회주의적 인간형이 성장하는가를 풀어내는 것이 이 작품의 주제이다. 그런데 이러한 작가의 시각 자체가 바로 곽바위의 생각으로 전이되어 있다는 점이 문제이다. 10년 간의 머슴살이, 교육에서의 소외상태(그는 문맹이어서 전순옥에게 글을 배운다)가 1년 동안에 지식인의 면모로 바뀌기는 어려울 것이다. 지나치게 비약한 인물이라 할 수 있다.

곽바위는 성격뿐 아니라 신화적 영웅의 현신처럼 느껴지는 힘장사로 그려지고 있어서 육체적으로도 완벽성을 갖추고 있다. 써레를 고안하여 개간사업을 성공으로 이끈 그의 생산력도 예외적인 그의 힘에 의한 것이었다. 곽바위를 이처럼 비범한 인물로 만든 이유를 이기영은 조선 농민의 기쁨을 표현하기 위해서 허구와 과장이 필요했다고 말한다.[109]

'허구와 과장'에도 불구하고 비범한 인물을 설정했다는 그의 말은 작가 자신의 감격에서 거리를 갖지 못했다는 고백으로 볼 수 있다. 이상경의 지적처럼 "이기영은 일시 작가이기를 잊고 그 사건에 감격한 단순한 체험자의 입장"[110]에 서 있었던 때문일 것이다.

매개적 인물 강균 역시 이상화된 인물이다. 약국을 하는 강사과의 아들로 서울에서 중학을 나왔다는 사실 외에는 과거가 알려진 바 없고 성격화도 이루어지지 않은 인물이다. 그러나 공산당원인 그가 주인공들의

---

109) 이기영, 「주인공의 설정과 작가의 의도」, 문학신문, 1966.3.25, 이상경, 앞의 논문, 332면 재인용.
110) 이상경, 「토지개혁이라는 역사적 전변에 나타난 인간 변모의 형상화」, 『땅』, 풀빛, 1992, 337면.

성장에 미치는 영향은 절대적이다. 첩이었던 과거 때문에 자살하려던 순옥을 살려내고 곽바위와 순옥의 결혼을 주선하는 한편, 곽바위를 중심으로 농민들이 황무지를 개간하고 두레를 형성하는 데에도 중대한 영향을 미치는 정신적인 지도자이다. 이 인물의 완결성으로 인해 사실상 지주들과 농민들의 갈등은 별 의미가 없으며, 상대적으로 희화화된 지주의 형상화—지주 고병상이 농촌위원회에 보내는 진정서는 마치 조선시대의 상소문 같은 시대착오적 문장으로 되어 있으며, 떨다가 창씨한 도장을 찍어서 '다식판 같이 도장이 찍힌 진정서'를 냈다는 대목이나 몰래 기한제나 들이러 다니는 모습 등—와는 대조적이다.

일제 지배의 종결과 토지제도의 개혁은 작가가 이상으로 했던 변혁의 현실화를 의미하는 것이었으며, 이상과 현실의 일치는 일종의 무갈등 소설을 도출[111]하게 되는 배경이 되었다. 이러한 작가의 감격이 현실의 갈등을 지나치게 단순화하고 인물을 도식화시키는 작품상의 결함을 초래하게 된 것이라 볼 수 있다.

하나 문제는 지극히 단순하다. 길은 두 길이 있는데 지금이라도 남과 같이 시대를 따라서 새 희망을 붙들고 살 것이냐? 그렇지 않으면 낡은 생각을 가지고 뒷전에서 그늘진 생활을 하다가 시들어 죽을 것이냐? (492면)

"문제는 지극히 단순하다"는 서술자의 진술은 작가의 의식으로 보아도 무방할 것이다. 모든 갈등이 해결된 세계가 바로 『땅』의 세계라 할 수 있다. 그만큼 작가의 시각이 현실에 밀착되었고, 현실을 이상으로 받아들이고 있음을 알 수 있다. 그 때문에 긍정적 인물의 성격화가 지나치게 이상화되었다고 하겠다.

---

111) 김윤식, 앞의 글, 349면.

곽바위나 강균의 형상화에 비한다면 전순옥이나 여성인물들은 비교적 갈등과 좌절을 겪으면서 성장하는 과정이 그려진다. 해방직후 발표된 「개벽」에서도 여성의식의 변화를 단편적으로 살펴볼 수 있는데, 1946년에 발표된 이 작품[112]은 『땅』과 유사하게 여자에게도 권리가 생겼다는 해방 직후의 분위기를 다루고 있다. 갑자기 땅을 나누어준다는 소식에 원첨지 일가의 반응은 각각이다. "꿈에도 생각 못한 일이라서 도무지 얼떨떨"한 원첨지의 반응은 작가의 심정이기도 했을 것이다. 구세대인 원첨지는 상황이 어떻게 바뀔지 몰라 쉽게 행동을 취할 수 없는 소극적인 태도를 보여준다면 젊은 세대들의 반응은 훨씬 적극적이고 활기에 차 있다. 「개벽」이라는 제목이 시사하는 것처럼 해방은 그야말로 천지가 개벽된 세계라는 작가의 인식을 보여준다. 개벽의 의미 속에는 여성에게 평등한 권리가 생겼다는 의미도 포함되어 있었다. 이 작품에서 원첨지의 딸 언년은 자신을 무시하는 오빠에게 여자들도 이제 평등한 권리가 있다고 말하면서 당당하게 항변한다.

"작은오빠는 내 말이라면 언제든지 야단만 치지— 인제는 녀자두 권리가 있대!" 언년이는 눈찌가 샐쭉해지며 날카롭게 부르짖는다. "이것아! 계집애가 권리는 무슨 권리야! 건방진 수작 말아!" 동준이는 다시 주먹을 쳐들었다. "호호호… 왜 없어요. 농민이 토지에서 해방되듯이 녀자는 가정에서 해방되야지 뭐!" "그럼 밥은 누가 짓고 빨래는 누가 하나?… 남자가 대신하란 말인가. 하하" 그 말에 큰오라비가 너털웃음을 친다. "누가 그런 것 말인가! 녀자두 회의 때에 참네하구 대의원을 뽑을 때는 표를 써낼 수 있는 그런 거 말이지"(90면)

농민이 토지에서 해방되듯이 여자는 가정에서 해방되어야 한다고 말

---

112) 문화전선에 1946.7에 발표된 작품으로 여기서는 실천문학, 1988, 겨울호에 실린 작품을 텍스트로 하였다.

하지만 아직 어린 언년이로서는 단지 정치적 권리 정도로 이해할 뿐이다. 여성의 가정에서의 해방이 무엇인지를 구체적으로 전개하는 내용은 『땅』에 와서 이루어진다.

『땅』의 주인공 전순옥은 「민촌」의 점순, 「장동지 아들」의 을나, 「아사」의 돌순에서 원형을 찾을 수 있다. 채무첩으로 끌려갔던 불행한 과거를 지닌 전순옥은 땅 때문에 겪었던 불행을 청산하고 새로운 삶을 시작한다. "아버지는 땅을 얻어서 잘 살려다가 도리어 그 땅 때문에 죽었고, 자기도 땅 때문에 첩 신세가 되게 하던 그 땅(45면)"의 문제가 해결된 것이다. 토지개혁으로 여성에게도 동등하게 토지가 분여되어 경제적 자립 기반을 마련하게 되는데 이 작품에서 전순옥도 자작을 시작하여 홀어머니와 함께 살아간다. 그러나 그녀를 부잣집 첩으로 붙여주고 한 밑천 잡으려는 개구장 마누라가 여전히 그녀를 괴롭히는 한편, 억울한 소문 때문에 자살을 결심한다. 상권 5장 '비열한 음해', 8장 '재생'에서 그려지는 내용이 그것인데 제도의 개혁만으로 쉽사리 변할 수 없는 의식의 견고성에 대한 작가의 인식이라 볼 수 있다.

첩은 원래 남의 남편에게 덧붙이로 사는 기생충이라 그는 그 사내(남의 남편)가 죽었대야 수절할 곳도, 시집갈 곳도 없다. 그래서 첩은 다시 첩으로 가는 길밖에 없는 것이다. 첩은 이와 같이 천한 계집이라, 한 번 락인이 찍힌 담에는 일평생을 두고 마치 그림자와 같이 첩이란 대명사가 붙어 다닌다. 그것은 불에 태워도 타지 않고 물에 씻어도 씻기지 않는다. (166면)

강균의 도움으로 곽바위와 결혼하고 재생의 길을 걸으려 하지만 하권 3장 '충돌'에서 벌어지는 순이 어머니와 순옥의 충돌은 사회적인 편견에서 벗어나기가 쉽지 않음을 보여준다. 곽바위와 결혼한 후 여맹의 일을 시작한 전순옥은 야학에서 글을 가르치려 하지만 순이 어머니는 남의 자식 버린다며 순이를 야학에 보내지 않으려 한다. 조리 있게 따지고 드는 순옥에게 그녀는 "그래 난 행길거리에서 술장사를 해먹던 년이라 그렇다! 너는 얼마나 근본이 높고 잘났기에 남의 집 일까지 참견이냐? 아이구 참 같잖은 게 어데서 다 굴러 들어와서 제가 젠 척하려 들게······ (423~424면)"라며 비난한다. 순이 어머니는 가난한 박첨지 아들과 순이의 사랑에도 방해자로 등장한다. 그러나 여자는 좋은 데로 시집이나 가면 되지 사회활동을 하겠다고 설치는 꼴은 볼 수 없다던 그녀도 순이의 연설을 보고는 자랑스런 딸의 모습에 감격한다. 여성을 남성에게 의존하는 존재로만 여겼던 순이 어머니가 여자들에게도 새로운 삶이 열리고 있음을 느끼는 과정은 새 삶에 뿌리내리기 어려움을 드러내고 있는 대목이다.

남성의 성적 대상으로 기생하는 첩살이는 여성 자신도 성적 대상으로서 자신을 생각할 수밖에 없는데, 이러한 내면화의 측면이 농사꾼인 곽바위의 몰골을 싫어하며 자신도 모르게 남편을 꾸미려고 안달하는 전순옥의 성품으로 나타난다.

그는 곽바위의 꺼벙한 몰골이 보기에 흉하였다. 그는 건실한 농사꾼인 곽바위를 한편으로 탐탁히 알면서도 다른 한편으로는 그의 꺼벙한 몰골이 눈에 거슬렸다. 농군이라도 그는 깨끗하게 몸맵시를 내는 것이 좋다고 생각하였다. 이것은 순옥이 자신도 여태까지 모르고 있던 낡은 의식의 잔재였다. 언제나 그는 곽바위가 일에서 손을 뗄 때는 몸을 씻으라고 성화를 대었다. 그는 남편에게 정한 옷을 입히려고 애를 썼다. 하나 이것은 곽바위를 위하고자 함이 아니라 실상은 자기의 소시민적 생활에 젖었던 허영심과 그와 같이 사치를 부리고 싶었던 것이다.(516면)

소시민적 생활에 젖었던 전순옥은 곽바위의 근로정신에 감동받아 자신의 허영심을 반성하며, 외모에 관심을 쓰는 사고가 실은 자신도 모르게 소시민적 생활에 젖어 있었음을 깨닫는다.

또한 이기영의 작품에서는 항상 긍정적인 여성 주인공이 미인으로 등장하는데 이 작품에서는 왜 여자는 육체미가 중요한가를 직접 문제의식으로 드러낸다. 여성의 아름다움이 강조되는 이유를 성의 대상으로 보기 때문이며, 신성한 노동의 세계에서는 그것은 사치와 허영이라는 시각으로 작가는 이 문제를 해결하고 있다.

　그는 노동을 하면 고운 손이 망가지고 몸꼴이 숭해진다고 가장 위해 주는 척 동정하는 말을 하였다. 그러나 그것은 순옥의 육체미를 탐내어서 자기의 정욕을 채우려는 색마의 수작밖에 아무것도 아니였다.(47면)

　당신은 그저 내 속을 모르시우?… 그 언제 맨 처음 감자를 캐러 갔을 때 당신의 말씀을 들은 뒤로… 나두 깨달은 바가 있었기에 당신 앞에 사과를 하질 않았수?… 그뒤로 내가 언제 몸맵시를 내구 당신한테도 몸갖춤을 타낸 적이 있습디까?… 그 때 당신 말씀이 뼈에 사무치도록… 나는 지나간 생활을 남 몰래 물어 뜯었어요.… 그래서 머리두 잘 안 빗구… 어떤 때는 너무 내 몸을 덜 거두는 게 걸쩍지근해서 좀 닦달을 하구 싶다가두, 당신이 또 어떻게 생각하실는지 몰라서…(604면)

순옥을 첩으로 삼았던 윤상열이 노동을 경시하고 육체미를 탐하는 태도와 묵묵히 근로정신을 실천하는 곽바위의 태도를 대비시켜 순옥이 자신의 미의식이나 청결의식을 소시민성으로 인식하는 과정을 설정한다. 여성의 육체미만 중시하는 이유는 여성을 성적 대상으로 대하기 때문이라고 인식한다. 전순옥은 첩이었던 과거의 생활을 극복하고 남편인 곽바위와 함께 농촌의 지도자로 성장하는 적극적 인물이다. 갈등을 겪으면서 사회의 편견이나 자신의 허영심을 벗어나게 되는 과정은 비교적 구체성을 띤다.

또한 농촌 처녀 순이와 금숙을 통해 제시되는 새로운 결혼제도와 적극적인 여성상 또한 새로운 여성상이다.

순이는 부모들이 정해주는 강제결혼을 거부하고 박첨지의 큰 아들 동수와 자유연애로 결혼하고, 유금숙은 어린 신랑과의 조혼을 스스로 파혼하고 박첨지의 작은 아들 동운과 사랑하는 사이가 되는 용감한 여성이다. 과거의 인습을 거부하고 자신의 사랑을 찾아가는 적극적인 여성이 창출되는 배경에는 인습적 결혼제도의 원인을 '가난'의 문제로 풀어나가는 작가의 시각이 깔려 있다.

> 딸을 둔 가난한 집에서는 그 딸을 일찍 치워야 한다. 그것은 일할 수 없는 어린 딸은 일찍이 치울수록 경제적으로 유리하기 때문이다. 딸은 속담에도 이쁜 도적이란 것이 이를 두고 한 말이다. 그들을 얼른 치우자니 어데 밑며느리로 주든지 그렇지 않으면 데릴사위를 구해야 한다. 데릴사위는 나이가 많아야만 농사일을 잘 할 수 있다. 이와 반대로 며느리를 얻어가는 집에서는 아들이 어릴수록 며느리는 나이가 많아야 한다. 왜 그러냐 하면 그런 집 역시 일꾼을 삼으려니, 과년한 처녀가 필요한 것이다. 그리고 그는 아이를 일찍 낳을 수 있기 때문이다. (213면)

가난할수록 여자는 조혼하고 남자는 만혼하는 현상을 설명하면서 작가는 결혼제도도 실상은 물질적 기초와 관련되어 있음을 제시하고 있다. 강제결혼, 매매혼 등은 초기 소설에서부터 등장한 중요한 모티프로 작가가 관심을 갖고 풀고자하던 문제였다. 봉건제도와 가난이 맞물려 빚어내는 여성의 현실을 비판하고 해결의 전망을 제시하고자 하였던 작가의 입장에서 여성의 경제적 독립과 정치적 평등은 문제의 완전한 해결을 의미하는 것으로 나타난다.

> 아무리 토지개혁을 했다 해도, 로동 법령을 시행해도, 녀자의 인권을 옹

호하는 법률이 생기지 않는다면 녀자는 완전한 인격적 대우를 못 받을 것이 아닌가! 장구한 동안 력사적 전통을 지어 오던 남존녀비의 전제사상은 그런 사회제도를 근본적으로 개혁하지 않고서는 없이할 수 없다. 그것은 경제적으로 해방됨과 아울러 정치적으로도 해방시켜야만 될 수 있는 일이다. 그런데 이번의 남녀평등권 법령은 녀자를 완전히 해방시켜 주었다.(475~476면)

남녀평등권 법령은 결혼제도와, 정치, 경제 모든 분야에 걸쳐 남녀의 평등을 규정하는 획기적인 법령[113]이었다. 이 작품은 이러한 역사적 사실을 작품의 배경으로 들여 온다. 모든 소설이 역사적 산물이고, 어떠한 방식으로든 역사를 반영한다고 하겠으나 특히 『땅』이나 『한 녀성의 운명』의 경우 역사적 사실은 소설세계에 직접적인 형태로 수용되어 인물들의 생활을 규정짓는 사건이 된다. 토지개혁과 남녀평등권 법령은 전순옥, 순이, 금숙 등의 긍정적 여성인물이 탄생하는 배경이며, "여자를 완전히 해방시켜주었다"는 서술에서 여성문제는 모두 해결되었다고 생각하는 작가의 시각을 엿볼 수 있다. 사실 토지개혁과 남녀평등권 법령은 여성의 봉건적인 질곡이나, 여성의 매매문제, 생산노동에서의 성차별, 가정에서의 여성의 무권리 상태 등의 문제를 해결하는 제도였다. 그러나 제도가 곧 가치의 변화를 의미하는 것은 아니기 때문에 제도의 변화를 인물의 변화로 직대입하여 형상화하는 방식은 작가의 시각이 해방 직후의 상황에 지나치게 밀착해 있음을 말해주는 것이라 볼 수 있다. 전순옥이나 순이, 금숙 등의 인물은 적극적 성격으로 일과 사랑에서 자기의 의지를 실천해나가는 인물이라는 점에서 카프시기의 사회주의 여성해방론의 이상이 실현된 인물이라 볼 수 있다.

---

113) 1940년 7월 30일 북한에서 발표된 남녀평등권 법령은 경제 문화석·사회 정치적 생활의 모든 영역에서 남녀의 평등을 명시하는 법령으로, 평등한 선거·피선거권, 노동의 권리와 동일한 임금, 자유결혼의 권리, 협의이혼제, 일부다처와 여성의 매매 금지, 동등한 재산 및 토지상속권 등 각 분야에서 여성의 평등권을 내용으로 하고 있다(윤미량, 앞의 책, 74면).

그러나 이전의 작품에서 작가가 해결할 수 없었던 조혼한 아내와의 갈등, 파편적으로 드러나는 남성의 가부장적인 권위의식, 모성상에 대한 신비화 등의 문제가 해방의 감격 속에서 슬그머니 사라지고 만다. 여성문제를 단순히 땅의 문제로 파악할 때의 문제점은 예를 들어 곽바위의 행복을 강조하기 위해 "첫아들까지 낳았다고 남들은 이구동성으로 이 집의 행운을 축하하였다(672면)"는 남아선호사상을 지속시키는 결과를 낳는다. 더욱이 곽바위와 전순옥의 관계의 내면에 흐르는 여필종부의 의식은 적극적인 여성인물의 창조에도 불구하고 남존여비의식이 내재되어 있는 한계를 지닌다. 곽바위는 전순옥의 도움으로 글을 깨우치게 되고 순옥은 신문을 요약해 그에게 세상의 정세를 알려준다. 곽바위가 글을 깨우치도록 도와주는 순옥은 "숯 굽는 총각의 이야기"에 나오는 재상의 딸처럼 남편을 돕고싶다는 심정을 보인다. 작품의 남녀관계를 규정하는 모티프라 할 수 있는 '숯 굽는 총각 이야기'는 상편 제6장의 내용으로 되어 있다. 강균의 아버지 강사과는 한학자이지만 以德服人의 사상을 지녔으며, 평등을 나름으로 이해하는 구세대 인물[114]이다. 강사과는 죽으려던 순옥에게 용기를 주기 위해 숯 굽는 총각 이야기를 들려준다. 한 작품에 등장하는 설화나 민담 등은 흔히 작품을 이해하는 안내표지 역할을 맡는다. 강경애의 『인간문제』에 등장하는 장자못 전설이 지배자의 학정에 항거하는 하층민의 설움과 저항의 힘을 상징하는 모티프로 사용된 것도 그러한 예라 할 수 있다. 『땅』에서 숯 굽는 총각의 이야기는 민간전승의 女人發福 說話[115]의 하나인데, 이 작품에 소개된 내용을 보면 다음과 같다. 재상의 막내딸은 누구 덕에 사느냐는 부친의 질문에 내 덕에

---

114) 김윤식은 이기영의 분신이 강사과라고 보고 있으며, 유교적인 중용사상이 『땅』에 흐르는 근본 사상일 것이라고 평가한다(앞의 글, 352면).

115) 김대숙은 여인발복 설화란 쫓겨난 여인이 시련을 극복하고 복을 받는다는 설화로 숯 굽는 총각의 이야기는 "내복에 산다" 유형에 속한다고 분류하였다(『여인발복 설화의 연구』, 이화여대 박사논문, 1988, 8〜9면).

산다고 대답하여 화가 난 부친은 거리의 숯 굽는 총각과 결혼시켜버린다. 재상의 딸은 가져온 재물로 살림을 차리고 남편에게 글을 가르친다. 남편은 옥골 선비가 되고 옥 같은 아들을 낳았는데 부인은 남편에게 글을 더 배우러 떠나라고 한다. 다섯 해 동안 공부를 한 남편은 과거에 급제하고 재상인 아버지는 이들을 맞아 행복하게 살게 된다. 이 이야기는 작품의 남녀관계를 규정하는 암시의 역할을 할 뿐 아니라 전순옥의 시련→머슴 곽바위와의 만남→ 곽바위에게 글을 가르침→영웅이 된 곽비위와 행복한 결혼생활을 이룬다는 구성 역시 설화적 구성에 기반하고 있음을 볼 수 있다.

이 설화에 나타나는 남녀관계의 특징은 남편보다 능력 있는 여성이 남성을 성공하도록 돕는다는 것이다.[116] 물론 『땅』에서의 전순옥은 곽바위와 능력이나 신분의 차이가 크게 나는 것은 아니지만 글을 알고, 고상한 품격을 갖추었으며, 처음 대면에 곽바위가 그녀를 어려워하는 등의 상황에서 그녀가 조금은 우월한 위치의 인물임을 미루어 짐작할 수 있다. 그러나 이 작품에서는 곽바위의 비범함에 그녀의 능력은 곧 가려져버리고 곽바위의 일방적 지도를 따르는 관계로 바뀐다. 전순옥은 부족하지만 자신이 곽바위를 위해 도움이 되는 인물이 되고 싶어한다. 남성의 성취를 돕는 조력자로 여성을 위치짓는 그녀의 심정은 작가의식을 반영하는 것이라 볼 수 있다. 남녀평등이 이루어졌다는 이면에 여성의 능력을 과소평가하거나 단지 남성을 돕는 조력자로 규정하는 공사이분법이 구성방식에 잠재해 있는 측면을 볼 수 있다. 이 작품 전체에 흐르는 남녀관계를 규정짓는 암시로 이해되며, 여필종부의 유교적 여성관이 작품의 구성

---

116) 김대숙은 앞의 논문에서 여인발복 설화는 가부장인 아버지와 신적인 힘을 지닌 딸이 갈등을 일으켜 자신보다 문화 단계가 낮은 남성을 변모시켜 새로운 문화를 일으키는 문화신화로서의 원형에서 출발한다고 보았다. 그러나 후대로 갈수록 여성의 주체적인 의지와 능력은 축소되고 여성이 남성을 도와 남성이 자신의 목적을 성취하게 되거나 다른 권능으로부터 복을 받게 된다는 이야기로 변모하였음을 밝히고 이는 가부장제가 확립되고 남성이 사회를 주도하는 사회 변천과 병행하는 변화라고 평가하였다(앞의 논문, 128 면).

원리로 작용하고 있음을 알 수 있다. 그렇다면 적극적 여성인물의 등장에도 불구하고 여성이 완전히 해방되었다는 작가의식은 과장된 것이라 평가할 수밖에 없다. 물론 당대의 시대적 한계이기도 하겠지만 여성문제를 단선적으로 파악하는 작가의식의 한계이기도 하다. 가난이 해결되어 경제적 자립의 기반을 마련했을 때 여성문제도 자동적으로 해결된다는 태도에 의해서 여성을 남성의 보조자로 이해하는 의식의 측면은 간과되고 있는 것이다.

1973년도 개정판에서 곽바위가 처녀장가를 들 수 있도록 전순옥의 과거 경력을 수정하는 것도 이러한 제한된 시각의 반영이라 하겠다.

> 그런데 이런 사람이 어째 지난날 지주의 첩으로 살던 여자(비록 농채 대신 강제로 끌려갔다 하더라도)에게 장가를 들게 하였는가? 이것은 나 자신이 해방된 농촌의 새 현실을 똑바로 인식하지 못하였기 때문에 범한 오류이다. 곽바위는 처녀와도 결혼할 수 있는 해방 후에 성장한 새 인물이다. 위대한 수령님께서는 『땅』의 이 부분이 잘못되었다고 정당한 지적을 해주시었다.117)

곽바위도 이미 재혼인 처지에 처녀장가를 들어야 한다는 논리는 가부장제의 남녀차별적 성규범이다. 해방과 토지개혁의 감격 속에서 "여자들도 어서 깨여서 나라 일을 돕는 한 사람 몫의 일을(415면)"할 수가 있게 되었으며, 남녀평등권 법령에 의해 "비로소 남자들과 동등한 사회적 지위(474면)"를 얻게 되었다는 여성의 경제적, 정치적 해방에 대한 감격이 보수성으로 후퇴하는 면모를 볼 수 있는 것이다.

이기영의 작가의식이 정치적 당위를 그대로 받아들여 여성의식에서도 현실의 흐름을 그대로 수용하게 된 일면이다. 『한 녀성의 운명』은 여성의 생산관계에서의 지위 향상이 반드시 여성해방으로 직결되는 것이 아

---

117) 이기영, 「오직 충성의 한 마음으로」, 1974.4, 이상경, 앞의 책, 352면 재인용.

님을 보여주는 성의식의 이중성을 드러낸 작품이다.

## 2) 생산영웅으로서의 어머니 - 『한 녀성의 운명』

『한 녀성의 운명』[118]은 이기영이 북한에서 창작한 장편소설 중에서 여성주인공의 일대기를 다룬 작품이다. 상하 두 편으로 1963년, 1965년에 발표된 이 소설은 1948, 9년에 발표된 『땅』과 약 15년의 시차 때문인지 『땅』보다도 더 직접적인 정치성을 띤다. 천리마 운동의 기수가 된 전필녀의 삶을 통해 사회주의적 인간상을 그려내려 했던 『한 녀성의 운명』은 정치적 당위성으로 일관되고 있다. 이 작품에서 여성의식이 보수화되는 북한소설의 한 형태를 볼 수 있다. 『한 녀성의 운명』이 쓰여진 시점은 생산에서의 여성 노동력을 동원하는 한편 체제 안정을 위해 여성의 가정 역할이 다시 부각되는 시기이다.

작가는 후기에서 실제 인물을 소설화하여 계급 교양에 대한 글을 쓰고자 했다는 창작동기를 밝히고 있으며, "일제시대의 그의 생활이 암흑을 뚫고 나오려는 고난에 찬 험로였다면 해방 후 그의 생활은 광명을 지향하여 일로 매진하는 투쟁의 길"[119]이었다고 실제 인물인 전필녀의 삶을 소개하였다. 바로 이러한 입장이 이 작품의 전체를 일관하는 작가의 시각이라 할 수 있다. 반제 · 반봉건 투쟁을 거쳐 노동당시대의 일꾼으로 성장한 모델을 제시하고자 하는 것이 이 작품의 창작의도이다.

이 소설은 27개의 장으로 구성되어 1부는 해방전 주인공 전필례의 고난으로 일관된 삶을, 2부는 해방 후 생산의 기수가 되는 과정을 담고 있

---

118) 상편은 1963년 민청출판사에서, 하편은 조선사회주의로동청년출판사에서 1965년에 간행되었다.

119) 『한 녀성의 운명』, 제1부 작가 후기, 270면.
   윤미량의 『북한의 여성정책』(앞의 책, 248면)에서 소개한 북한의 여성지도자들 중에 1967년부터 최고인민회의 대의원을 지낸 전필녀란 인물이 동일인인 듯하다. 이로 보아서도 소설적 의도라기 보다는 노력영웅의 일대기를 통한 계몽적 의도에서 쓰여진 소설이라 짐작된다. 소설 주인공의 이름은 전필례이다.

다. 전필례는 1920년경 황해도 배천 근교 릉촌마을에서 가난한 빈농의 딸로 태어났다. 콩 한 섬 빚이 3년 만에 8섬으로 늘어나 집까지 차압당하고 일가족이 거지로 떠돌아다니다가 필례는 남의 집 식모살이로 들어간다. 주인의 갖은 학대로 고생을 하다가 사리원 제사공장의 직공으로 들어갔지만 감옥 같은 기숙사 생활에 병든 몸으로 다시 영등포 방직공장으로 팔려간다. 방직공장에서는 그녀를 괴롭히는 감독 때문에 고생하고 도망치려는 친구를 도와주려다 잡혀서 모진 고문까지 당한다. 겨우 목숨만 건진 필례는 우연히 만난 노인의 도움으로 건강을 회복하고 결혼하게 되나 그나마도 천연두에 걸려 격리 수용되어 소독약 때문에 한 눈이 먼다. 남편은 울분에 순사를 죽이고 총살당한다. 다시 떠돌이가 된 그녀는 다리 밑에서 딸아이를 낳고 그곳 사람들의 도움으로 식당 주방일을 거들며 살아간다. 그러던 중에 뱃사공 김완욱과 재혼하여 선상생활을 하고 모진 고난을 겪다가 해방을 맞는다. 해방 후 그녀는 처음으로 생활의 안정과 행복을 찾게 된다. 그러나 그녀의 행복도 잠깐이고 전쟁으로 그녀의 고난은 다시 이어진다. 2부의 내용은 전쟁의 소용돌이에 휘말린 필례와 남편의 유격대활동으로부터 시작된다. 유격대로 활동하던 남편이 죽고 필례는 네 아이를 데리고 고향으로 돌아간다. 고향에서 그녀의 생활은 아직도 개인적인 욕심을 버리지 못한 사람들과의 싸움이며, 일관된 노동의 승리이다. 콩 한 섬에 일가족을 거리로 내몰았던 이태벽은 지하활동을 하면서 마을의 조합일을 방해하지만 농업협동조합에 가입한 후 그녀는 생산력 증강에 앞장서며, 그녀를 시기하고 음해하는 지주세력 잔당들의 방해를 이겨나간다. 축산반장이 된 후에는 톱밥술, 짚술 등 대용사료를 만들어내 사료부족문제를 해결하고 헌신적인 어머니의 마음으로 반원들과 돼지들을 보살펴 1961년 4차 당대회 대표로 뽑히게 된다. 이제 성인이 된 딸에게 친부의 내력을 밝히며 속여왔던 자신을 용서하라는 전 필례에게 딸 재순은 모든 것은 왜놈들 때문에 생긴 일이었다며 어머니의 삶을 이해한다. 전필례는 아직 남아 있는 과제들, 사회주의 건설과 조국의 자주적 통일을 위해 생산역군으로 더욱 노력해갈 것을 결심한다.

이상의 내용으로 보아서도 알 수 있듯이 이 작품은 식민지와 전쟁의 소용돌이를 극복해나가는 주인공의 뛰어난 활동에 초점을 맞추고 있다. 주인공 전필례는 갈등이나 좌절을 볼 수 없는 이상화된 인물로 『땅』의 전순옥에 비해서도 훨씬 영웅적인 인물로 묘사된다.

전필례의 삶에서 작가는 식민지시대에는 말할 수 없있딘 여공들의 노동 현실을 직접적으로 서술하고 있다. 저임금과 강제저축, 열네 시간의 고된 노동 등으로 돈도 벌지 못하고 건강만 해치는 여공들이 그나마 나이를 먹으면 쫓겨나고 게다가 임금차별과 성적 유린 등의 성차별문제가 가중되는 자본제 하에서의 여성문제를 언급하고 있다.

> "…또한 놈들은 우리들 녀자한테는 남자와 차별대우를 하지 않니, 같은 일을 하는 데도 남자들보다 우리들에게는 품 삵을 3분의 1이나 덜 준단다…그리고 우리 같은 처녀들한테는 또 한가지 불리한 조건이 있단다…" "무슨 조건?" "인물이 좀 반반하게 생긴 애가 있으면 왜놈들이 눈독을 들여서 그 애를 망쳐주니 말이지. 그 중에도 공장장 놈이 아까 온 감독들을 내세워서 그런 애를 골라잡는단다. 앞으로 너도 주의를 해라!" (상, 71면)

공장에 들어간 필례에게 공장의 사정을 이야기해주는 련심의 이야기를 통해 여성 노동자의 실상이 분명하게 제시된다. 임금차별이나 감독의 성적 유린 등 농촌을 떠나 노동자가 된 여성들이 다시금 겪게 되는 문제들에 대한 관심은 해방전의 작품보다 뚜렷하게 나타난다. 그러나 변혁의 의지를 노동자들의 계급적 자각과 집단적 저항의 차원에서 제시하려 했던 『현대풍경』, 『고향』 등의 시각과는 달리 노동문제는 이 작품을 끌고 나가는 사건이 되지 못한다. 필례나 다른 여공들은 구조적인 문제를 인식하면서도 공장에서 탈출하는 방법만을 모색한다. 전기적 사실을 기반으로 하고 있기 때문에 실제 인물의 운명이 갖는 사실성이 있으나 그것을 그대로 작품화하는 것은 역시 작가의 몫일 수밖에 없다. 모든 사건을 식민지에서 비롯되는 시련으로 뭉뚱그려 나열하는 구성은 근본적으로 작가의 관심이 다른 문제로 옮겨갔기 때문이라 할 수 있다.

> 어머니와 아버지의 불행은 그 당시 우리 집과 가난한 사람들의 불행과 마찬가지로 왜놈들 때문이었어요! 하나 오늘 우리 나라─로동당 시대에는 인민들이 새 생활을 창조해서 모두 다 행복하게 살 수 있게 되지 않았어요! 어머니도 고향에로 다시 돌아와서 그 원쑤를 갚으시지 않았어요.( 하, 303면)

왜놈들 때문에 겪었던 모든 불행이 끝났으므로 더 이상 작가는 가난의 문제나 여성의 문제를 제기할 필요가 없어졌다. 다만 한 인물이 얼마나 강인한 힘으로 시련을 헤쳐나왔는가를 강조하는 일만이 중요하게 되었다.

> 필례는 농촌 태생이었으나 어려서부터 로동 생활의 체험을 많이 가졌다. 또한 그는 랭혹한 현실 속에서 여러 해 동안 온갖 고초를 겪어 왔다. 그것은 그를 강의한 성격으로 단련시켰다. 사실 그는 어떠한 시련이라도 이겨내겠다는 불요불굴의 투지와 정의감이 굳세었다.( 하, 245면)

이 예문에서 보이듯 모든 사건은 그녀를 단련시키고 강인한 성격을 만드는 시련으로서만 다루어진다. 이는 주어진 해방 속에서 해방 전 민중의 변혁운동의 의미보다는 강인한 성품의 사회주의적 인간형의 창조가 중요했기 때문이라 생각된다.

전필례의 성격은 전통적인 여성의 수동성이나 의존성과는 달라진 면모를 보인다. 일제와 전쟁의 소용돌이에서 정면으로 맞서 싸우고 고향에 돌아와서도 한 마을의 지도자로 부상해가는 적극성을 보여준다. 그러나 자세히 살펴보면 생산성 독려를 위해서 여성의 이중역할이나 가부장적인 의식이 은폐되는 여성의식의 특징이 나타난다. 조합의 반장이 된 전필례가 농사를 잘 짓고 생산성을 고양시키기 위해 여성들의 노력이 필요함을 강조하는 내용은 이 작품에 나타난 여성의식을 엿볼 수 있는 대목이다.

> 그런데 우리 반에는 녀자들이 3분의 2 이상을 차지하고 있는 만큼 그들이 일을 부지런히 잘 해야 되지 않겠어요. 한데 이건 집안 살림과 아이들 치닥거리 하기에 어데 일들을 제대로 해야지요(하, 202면)

집안 일로 농사일을 제대로 못한다고 말하면서 전필례는 여성들이 밤에도 농사를 짓자고 제안한다. 그나마 함께 일하겠다는 남자들에게 그녀는 "낮에도 힘든 일을 많이 하는데 밤까지 하면 너무 고달프지 않겠어요. 여자들이 낮에 일한다는 게 남자들의 절반폭 밖에 못(하, 203면)"되니 여자들만 밤일을 하겠다고 말한다. 사회적으로 평등한 관계에서 일을 해나가고 정치적으로 동등한 권리를 획득해가는 이면에 집안 일을 떠맡은 채 농사일을 해야 하는 여성들의 이중부담은 진정한 평등을 지향하는 의식이라 볼 수는 없다. 농촌여성들의 이중고와 건강 악화, 어머니이기에 더 배고파야 했던 실상을 선명하게 표현했던 『고향』과 비교해본다면 『한 녀성의 운명』은 생산력 증강을 위해 여성의 이중부담을 자연스럽게 합리화시킨다. 이는 전필례의 성격을 통해 나타난다.

전필례의 성격은 뛰어난 생산력 외에 모성적 헌신성이 나타나는 점이 특이하다. 전필례가 조합 사람들을 설득하고 교화하는 태도는 "어머니의 심정(하, 245면)"이며 네 아이를 홀로 키워가는 훌륭한 어머니이기도 하다. 여성이 헌신적으로 어려움을 극복해나가는 과정은 양돈공 부부 성희와 윤환의 갈등에서도 나타난다. 필례가 축산반 반장으로 옮겨온 후 그녀는 돼지 엄마라는 별명을 들을 만큼 지극한 정성으로 양돈사업에 전력을 쏟는다. 성희는 전필례의 반원 중에서도 뛰어난 양돈공으로, 기계공으로 있다가 새로 축산반으로 옮겨온 윤환과 결혼한다. 이들은 사랑하는 사이지만 윤환의 고집으로 농산반으로 옮기게 된다. 윤환이 부인을 윽박질러 다른 곳으로 쫓아보낸 이유는 부인이 자신보다 뛰어나서 자존심이 상했기 때문이었다. 축산에 익숙지 못한 윤환은 돼지를 죽이는 사고를 내고, 필례는 윤환이 아직도 남존여비의식을 가지고 있다고 비판한다.

그럼 애당 초에 가기 싫다는 성희를 어째 농산반으로 강제로 보냈소? 윤환 동무는 아직도 녀자를 멸시하는 사상이 있어요. 내가 알기에는 윤환 동무가 먼저 성희를 좋아한 것 같은데…일단 가정을 이룬 뒤에는 인제는 내 물건이 되었다는 종래의 남존녀비의 사상을 가졌기 때문에… 그래 동무는 성희의 의사를 무시하고 억눌러서 농산반으로 보내지 않았소? 만일 윤환 동무가 동등한 립장에서 생각했다면 결코 그렇게 강제는 못했을 거요. (하, 262 면)

윤환과 성희의 갈등은 그나마 이 작품에서 드물게 온기가 느껴지는 대목이다. 동등한 위치에서 활동을 하면서도 여전히 남존여비의식이 남아 있어서 아내에게 권위를 내세우고 싶어하는 윤환의 태도는 가족관계에서 쉽게 사라지지 않는 남녀차별적 전통을 보여주며, 필례는 그것이 남존여비의식의 잔재라고 비판한다. 그러나 문제는 해결의 방식이다. 필례의 비판으로 자신의 옹졸함을 반성한 윤환은 성희와 힘을 합쳐 돼지 기르기에 전념한다. "성희는 자기가 맡은 돼지들보다도 남편이 책임진 돼지들을 더 보살피었(하, 263 면)"고, 그 결과로 윤환은 전체 양돈공 중에서 최고의 성적을 내게 되고 성희는 다음 자리를 차지한다. 헌신적으로 노력하면서도 빛은 남편에게 돌리는 성희의 태도는 전통적인 현모양처의 모습과 크게 다르지 않다. 현모양처가 반드시 여성의 삶에 굴레가 된다고 할 수는 없으나 그것이 사회구조와 맞물려 여성의 열등한 지위를 만들어내는 도구로 사용될 때 문제가 된다. 이 경우 전필례나 성희의 태도는 여성의 생산노동 역할을 강조하고 남녀가 평등하게 일해야 한다는 의식은 있지만 한편으로 집안 일은 하찮은 것, 여성은 남성을 돕는 존재라는 규정에서 벗어나지는 못한 것 같다.

이 작품이 쓰여질 무렵 북한의 여성정책은 보수화의 길을 걷고 있었다. 사회안정을 위해 가정의 기존형태 유지를 택하는 성책으로 전환하여 협의이혼제를 폐지하고 가족구조의 혁명화를 포기함으로써 마르크스-엥겔스의 논의의 기초가 되는 구조론적 사회악의 관념에서 이탈하여 인간의 품성론으로 전환하는 경향을 띠게 된다. 마르크스-엥겔스 여성논의의 장점은 여성의 경제적 자립이 불평등을 구조화하는 가족구조를 변혁시킬 수 있다는 가능성이었다. 그러나 이 시기의 여성정책은 여성을 전통적인 가정과 양육의 담당자로 규정하는 한편 사회주의 건설을 위한 노동력으로 동원함으로써 이중적인 부담을 지우게 된다. 게다가 부자세습을 공고히 하는 시기에 이르면 여성을 어머니로 규정하는 전통적인 가부장의식은 더욱 강화되는 경향을 띠게 된다.[120] 이러한 정치적 배경을 고려하여보면 뛰어난 생산력과 어머니의 헌신성을 지닌 전필례의 성격은 북한의 여성정책에 그대로 부합하는 인물임을 알 수 있다.

주인공의 시련과 극복의 구조로 되어 있다는 점에서 목적의식기 여성

---

[120] 북한의 여성정책은 전쟁과 전후복구기(1950~1960)에 이르러 전후 복구와 사회주의 건설을 위한 여성노동력 동원에 정책이 집중되고, 남녀평등권법령에서 인정되었던 협의이혼제를 폐지하였다. 협의이혼제는 봉건적 혼인제도의 굴레를 강제당하는 여성들을 위한 법령이었으나 사회 안정을 위해 가정의 기존 형태 유지하는 정책으로 전환한 것이었다. 이후 사회주의 전면적 건설기(1961~1971)에는 공산주의적 인간을 양육하는 어머니로서의 역할을 강조하면서, 여성의 전통적인 가정과 양육의 담당자로 규정하는 한편 사회주의 건설을 위한 여성노동력 동원으로 이중적인 부담을 지우게 되었고, 사회주의 공고발전기(1971~현재)에는 부자세습을 공고히 하는 도구로서 여성을 어머니로 규정하는 전통적인 가부장의식으로 전환한다(윤미량, 앞의 책, 85~109 면).

입신담과 형식적으로는 유사하나 여성문제를 바라보는 문제의식은 다르다. 카프시기의 여성의식은 생산과 성관계의 동시적인 해결을 지향한다. 물론 공사를 분리하는 사고로 인하여 엥겔스의 이론을 기계적으로 적용하는 한계를 지니고 있다 하겠으나 목적의식기 소설의 연애부정론과 여성의 사회진출은 여성의 지위를 결정하는 사회와 가정의 역할 모두에서의 변혁을 고려하고 있다는 것을 의미한다. 조혼한 아내와의 갈등, 새로운 남녀관계를 모색하고 있는『고향』의 경우도 현재의 가족관계의 모순성을 여성의 경제적 자립으로 풀어보려는 작가의식의 소산이라 볼 수 있다. 그러나 생산에서의 헌신성만을 강조하는 한편 성관계에서는 전통적인 현모양처를 여성의 본질로 삼는 전필례의 성격은 정책에 따라 형상화된 인물 특히 여성의 생산독려를 위해서 그려진 계몽적인 인물이지 여성해방, 인간해방의 차원에서 고민하고 갈등하는 면모를 보이지는 않는다.

『땅』이 현모양처 이데올로기가 내면화된 형식이라면『한 녀성의 운명』은 생산노동과 모성의 이중부담을 합리화하는 방식이 작품의 내용에서 드러난다. 형식적으로도 풍속묘사와 다양한 삽화, 인물들의 사랑 이야기가 사라지고 거의 보고문학의 형태로 시간적 흐름을 따라 여성인물의 인생역정을 기술해나간다. 실제 인물을 대상으로 했다고 해도 그것이 허구적 역사소설인 바에는 실제 사건에 관해서 지식만을 전달하는 역사서적과는 달리 언어적 형상화의 과정이 필요하다.[121] 그런데 이 작품은 시간적 흐름을 따른 사건으로 점철되어 있으며, 그러한 사건 속에 일어나는 갈등은 이미 선악으로 구분된 인물유형에 의해 거의 의미를 갖지 못한다. 따라서 인물들의 내적 갈등도 부족하다. 여성을 주인공으로 삼고는 있으나 여성문제나 남녀갈등은 의미가 없어지고 단지 사회주의가 요구하는 인물형을 그려내기 위한 도구로 여성인물이 선택된 경우라 하겠다.

---

121) 이인복,『문학과 구원의 문제』, 숙명여대출판부, 1982, 47면.

## 3) 소결

이상으로 『땅』과 『한 녀성의 운명』을 살펴보았다. 『땅』이 열려진 세상에서 여성들에게 주어진 자립의 가능성과 봉건적인 굴레에서 벗어난 긍정적인 인물들의 탄생을 묘사하여 해방의 감격을 보여주는 작품이었다면, 『한 녀성의 운명』은 보수화되는 여성정책을 그대로 반영한 소설이라 할 수 있다. 이 시기의 작품들은 남녀관계의 갈등이 해결되었다는 작가의 과장된 시각을 보여주거나(『땅』) 생산에서의 헌신성을 강조하기 위해 여성을 현모양처로 규정하는 이중적인 부담을 은폐(『한 녀성의 운명』)시키는 변질된 여성의식을 드러낸다. 『땅』에서도 이미 숯 굽는 총각 이야기를 모티프로 삼아 현모양처 이데올로기를 내면화한 형식을 지니고 있으며, 여성이 해방되었다는 과장된 전망은 다시 보수적인 여성관을 합리화하는 원인이 되었으리라 추측된다. 지속적으로 고민해왔던 아내와의 관계나 사랑과 운동의 관계 등이 사라지는 것도 특징적이다. 『땅』에서는 농촌의 처녀 총각들이 조혼이나 경제적 이익에 좌우되는 결혼제도를 거부하고 스스로 자신의 결혼을 선택하는 긍정적인 남녀관계의 싹이 보이지만, 『한 녀성의 운명』에서는 결혼이나 사랑의 문제는 거의 사라지고 만다. 땅의 문제, 즉 계급의 문제가 해결되었으므로 여성문제는 해결되었다는 작가의 시각 때문에 변화된 사회 속에서의 여성의 지위는 볼 수 없었던 것이 아닌가 판단된다.

# IV. 여성해방론의 관점에서
# 본 작가의 위상

# IV. 여성해방론의 관점에서 본 작가의 위상


## 1. 이기영 문학의 여성문학적 특징

앞 장에서 이기영 문학을 여성의식의 변모양상으로 살펴보았다. 그 결과 여성문학의 관점에서 본 이기영 소설의 성과는 카프시기의 작품들에서 찾아 볼 수 있다. 물론 전향 이후 모성적 여성상을 타락한 세상에 대한 대안 이념으로 제시한 『어머니』 등의 소설도 주목된다. 그러나 생명력, 포용성, 허여성 등의 여성성을 긍정적으로 그려냈음에도 불구하고 현실적 모성에 대한 고민과는 차별화시켜야 할 것으로 판단된다.[1] 친일소설에서 나타난 제국주의 모성론의 예를 보더라도 모성 역시도 한 시대의 역사적 배경에서 이해되어야 할 것이다.[2] 모성애는 인간의 긍정적 특징의 발현이기 때문에 인간의 보편적인 지향의식, 즉 대지의 어머니, 생명의 어머니로 찬양되지만 그것이 여성만의 특징으로 신비화될 때는 여성의 억압을 미화하는 문제가 있다. 특히 문학 속에서 어머니상이 구원의 여인상으로 등장하는 경우 어머니는 추악한 현실세계의 반대면에 있는 어떤 영원성, 안식처, 도피처의 구실을 한다.

---

1) 조성숙, 「모성이데올로기에 관한 연구」, 이화여대 석사논문, 1985, 74~83면 참조.
2) 여성들 사이의 인종, 계급, 그리고 역사적 조건의 실제적 차이를 간과한 채 '여성'이라는 또 하나의 보편적인 범주를 통해 여성들을 자매적인 유대관계 속으로 포섭하거나, 양육자로서 그리고 인간관계를 꾸려내는 자로서의 여성들의 특성들을 그 자체로서 남성지배에 대항할 수 있는 것으로 제시하는 본질주의는 역사적 변화, 문화적 복잡성, 여성의 주체적인 힘을 적절히 분석하지 못하는 한계가 지적되기도 한다(쥬디스 뉴튼·데보라 로젠펠트, 「유물론적 여성해방비평을 향하여」, 한국여성연구회 편역, 『여성해방문학의 논리』, 창작과비평사, 1990, 46면).

카프시기의 작품에서 작가는 모성애까지도 파괴시키는 가난의 압력을 인식하였으며, 『고향』에서는 박성녀의 삶을 통해 가난 속에서도 어머니 역할을 지켜가는 힘겨운 삶을 보여준 바 있다. 그에 비하면 파렴치한 남성의 탐욕에 대항하여 순결한 정신을 지켜나가는 전향 후 소설의 여성 인물은 악화되어가는 식민지 상황의 압력에 대한 작가의 불안의식을 대신할 구원의 대상으로 그려진 인물이다. 모든 악조건에도 굴하지 않는 신화화된 어머니상은 오히려 현실의 어머니들의 어려움을 당연한 것으로 여기는 가부장적 이데올로기로 작용할 우려도 있다. 어머니상에 대한 관심이 전향 이후의 소설에만 유독 두드러지는 사실이나, 월북 후 다시 여성의 공적 역할에 관심을 쏟는 사실을 보아서도 작가가 생산노동에서의 여성의 지위에 중점을 두고 있음을 알 수 있다.

카프시기의 작품을 중심으로 여성문학적 성과를 평가할 때 어떠한 여성인물을 그려냈는가를 주목하게 된다. 코라 카플란(Cora Kaplan)은 여성해방의 출발점과 귀착점이 모두 여성 자신의 의식개혁으로 귀결된다고 보고 정신적 통일과 사회적 기능을 갖춘 주체성, 굳센 자아 개념이 여성의 해방과 자유를 가능케 하는 골자라고 주장한다.3) 물론 어떤 인물을 그려야 한다는 당위적인 접근은 경계4)해야 하겠으나 리얼리즘 소설로서 이기영 작품의 특성을 고려할 때 여성인물의 성격에 대한 당대 현실 반영으로서의 측면과 여성문제에 대한 인식의 특징이 평가될 수 있다.

이기영 소설의 여성상은 이념적 인물들과 현실적 인물, 부정적 인물로 구분됨을 알 수 있다. ① 이념적 인물들이 사회변혁에 적극 투신하는 여성(목적의식기, 안갑숙 등)이라면, ② 현실적 인물은 봉건제도와 식민지 근대화의 질곡에 놓여 있는 농촌여성(초기 소설, 입뿐이, 인순, 방개, 박성녀 등)이라 할 수 있다. ③ 부정적 인물은 지식인의 아내로 등장하는

---

3) 방영이, 앞의 논문, 114면 재인용.
4) Toril Moi, 『성과 텍스트의 정치학』, 임옥희 · 이명호 · 정경심 공역, 한신문화사, 1994, 8~9면 참조.

여성과 지배계급에 예속된 여성(숙자, 순경 등)을 들 수 있다.

초기 소설은 ②, ③의 인물만 등장하고 이 인물들에 대한 태도도 약자로서의 여성에 대한 관심을 보여주는 평등의식과, 남성의 권위의식을 무의식적으로 드러내는 의식의 혼재상태를 빚고 있었다. 목적의식기 소설은 ①, ③의 여성인물이 등장하는데 사회주의 이념의 수용으로 이념적인 투사형 인물을 그려내지만 가정에 갇혀 있는 여성에 대해서는 극단적으로 부정하는 공사분리형태를 드러낸다. 이 경우 남녀관계는 부정되고 여성의 성에 대해서는 여전히 금기시하는 의식이 지속된다. 이는 공적 사회만을 중시하는 유교이념의 도덕률이 잠재된 것으로 판단된다. 『고향』의 경우는 ①, ②, ③형의 여성인물이 모두 나타나며, 현실적 인물이나 부정적 인물 모두 다양한 성격으로 분화되어 계급적 관점이 구체화되었음을 볼 수 있다. 여성인물 역시 소유욕도 성욕도 있는 인물로 변화되었다.

그러나 이념적 인물인 지식인 갑숙과 조혼한 아내와의 갈등관계를 다루는 부분에서 공사분리의식을 완전히 벗어나지는 못하였다. 작가의 직접 체험과 결부된 조혼한 아내와 신여성 사이에서의 갈등은 신여성의 활동을 과도하게 이상화한 것으로 볼 수 있다. 사회활동 영역을 넓히고 현실의 변혁운동에 참여하는 여성인물의 형상화에 노력했다는 점은 여성문제를 사회문제로 인식한 노력의 소산이었음은 분명하지만 이념형 인물이 지나치게 관념화되는 한계를 노정시키고 있다. 이기영 소설에서 여성의 현실을 가장 객관적으로 묘사하는 부분은 농촌의 현실적 여성들이라 할 수 있는데, 카프 해체 이후에는 더 이상 발전을 보이지 못한다.

카프시기의 작품은 점차 유교적 여성의식이 줄어들고 계급적 관점이 구체화되는 과정으로 보이며, 남녀를 공/사 역할로 구분하는 분리의식에서 공적 역할과 사적 관계, 즉 생산에서의 지위와 남녀관계의 새로운 형태를 모색하는 과정으로 발전되었다고 볼 수 있다. 그러나 가정에서의 남존여비의식의 지속이나 성에서의 여성의 자율권을 인식하는 부분은 미흡하다. 이는 1920년대 여성작가들이 등장 초기부터 성의 해방과 자유연애를 작품의 주제로 삼았던 것과 대조를 이룬다.

그 외에 여성들이 사용하는 언어나 군소리, 여공의 노래 등 여성들의 삶의 현장에서 나오는 진솔한 언어들은 이기영 소설에 나타난 여성문학으로서의 장점이라 할 수 있다. 이러한 언어의 특징도 전향 이후의 소설부터는 현저히 줄어들고 작가의 직접적인 서술이 늘어나고 있음은 아쉬운 일이라 하겠다.


## 2. 1920, 30년대 여성문학의 전개와 이기영 문학의 위상

한 시대에 여성의 지위를 구성하는 요소들은 복합적이고 중층적인 형태를 띠기 때문에 여성 현실을 어떻게 인식하고 있는가를 파악하려면 여성의 지위를 구성하는 다양한 요소를 작품 안에서 어떠한 시각으로 선택하고 배제하는가를 세분화해 보는 일이 필요할 것이다. 줄리엣 미첼의 이론을 기반으로 하면 여성의 지위를 네 가지 요소로 분리해서 살펴볼 수 있을 것이다.

그것(여성의 지위-인용자)은 서로 다른 요소들의 통일체인 <특수한> 구조로 간주되어야 한다. 이렇게 되면, 역사상으로 여성이 처한 상황의 변천은 이러한 요소들이 서로 다르게 결합되어 나타난 결과가 될 것이다-따라서 그러한 요소들은 서로 다른 시기에 서로 다른 방식으로 결합될 것이기 때문에, 우리는 경제발전에 대한 단선적인 해설은 하지 않을 것이다. 복합적인 총체 속에서 개개의 독자적인 부분은, 비록 궁극적으로는 경제적 요인에 의해 결정된다 할지라도, 각기 자체의 자율적인 현실성을 지니고 있다. 이러한 복합적 총체란 사회 속의 어떠한 모순도 결코 단순하지 않다는 것을 의미한다. 특정 시기에 여성들이 처한 상황이라는 구성단위는 언제나 서로 다른 속도로 움직이는 여러 구조들의 산물이기 때문에, 그것은 항상 '중층적으로 결정 overdetermined' 되고 있다. 여성이 처한 상황의 핵심적 구조들로는 생산, 출산, 성관계 및 자녀의 사회화를 들 수 있다. 이러한 구조들의 구체적인 결합이 여성의 위치라는 '복합적 통일체'를 만든다. 그러나 각각의 분리된 구조는 어느 특정한 역사적 시점에서 서로 다른 '계기'에 도달해 있을 수 있다. 그러므로 현재의 통일체가 무엇이며, 그것이 어떻게 변화될 것인지를 알기 위해서는 이들 각각의 구조를 분리해서 검토해야 한다.5)

생산, 출산, 성관계 및 자녀의 사회화라는 각각의 요소들 중에서 출산과 자녀의 사회화를 가족이라는 하나의 항목으로 묶어보면, 생산, 가족, 성관계 등이 여성의 지위를 규정하는 힘을 발휘한다고 볼 수 있는데, 여성상을 분석하는 방법 역시 이 세 가지 범주들을 작가가 어떤 시각으로 다루었는지를 세분화하여 살펴보는 일이 필요하리라 생각된다.

1920, 30년대라는 시대상황은 식민지 자본주의 하에서 여성이 노동자로 대두되는 시기이며, 자유연애, 남녀평등론 등의 신사조에 힘입어 봉건적인 남녀유별의 도덕이 비판되면서 평등한 남녀관계가 모색되는 시기였다. 작가가 생산, 가족, 성관계에서 여성의 지위 변천상과 해방의 전망을 어떻게 모색하고 있는가는 봉건 사회에서 자본주의로 편입되는 과정에서 급변하는 여성의 현실 반영과 그에 대한 대응양식을 구분해볼 수 있는 방법일 것이다.

20년대는 근대 서구문화의 본격적 수용으로 남녀평등 및 근대적 자아의식의 팽배, 그리고 리얼리즘의 수용이라는 점에서 사회적 상황으로나 문학적 상황으로 매우 중요한 의미를 지닌 시기였다.6) 이 시기에 여성의 문제를 문학의 주제로 부각시킨 작가군은 제1 기의 여성작가로 분류되는

---

5) 쥴리엣 미첼, 『여성의 지위』, 이형랑 · 김상희 엮음, 동녘, 1984, 103~104면.
6) 조진기, 「1920년대 소설에 나타난 여인상」, 효성여대 여성문제연구 제10집, 1981, 58면.

신여성들이었다. 김명순, 김일엽, 나혜석 등 일본 유학으로 새로운 문화를 접할 수 있었던 이들은 근대적인 평등의식을 주창하고 봉건 타파와 여성의 권리를 주장하였다. 1920년대 자유주의 여권론은 여성작가들의 등장에 상당한 영향을 미쳤으며, 이들의 문학은 신여성의 자유연애, 결혼과 이혼의 자유, 신정조론 등을 소재로 삼아 여성의 해방과 자각을 문학의 주제[7]로 내세웠다. 입센, 엘렌 케이 등의 영향을 받은 자유주의 여권론은 봉건제도의 남존여비의식을 비판하고 개인의 자유와 평등을 신념으로 삼는다. 그러나 여성작가들의 문학적 역량은 아직은 미미한 상태였으며, 이들의 해방론도 여성의 권리신장과 남녀평등에 대한 선언에 머무르는 것이었다.

1920년대 중반을 전후하여 유입된 사회주의이념은 여성문제를 사회문제로 확대하는 계기를 마련하며, 식민지의 시대현실, 즉 노동자, 농민에게 가중되는 억압의 현실에 눈을 돌려 하층 여성의 문제를 고민하였으며, 남존여비의 봉건제도보다는 경제적 종속이 여성문제의 근본 원인이 된다는 입장을 가지고 있었다. 사회주의 여성해방론은 여성작가들에게도 영향을 미쳤고 20년대 후반부터 등장한 제2기의 여성작가 박화성, 백신애, 강경애, 최정희 등은 계급해방을 통해서 여성해방이 이루어질 수 있다는 신념하에 동반자 작가 성향의 소설을 주로 발표하였다. 특히 강경애의 『인간문제』는 이 시기의 대표작으로 꼽히며, 이 작품의 여주인공 선비의 삶과 죽음은 성의 수탈과 계급적 압력에 대한 저항을 보여주었다.

30년대에 접어들면서 김말봉, 장덕조 등의 작가와 이선희, 지하련, 임옥인 등의 신진 여성작가군이 등단하면서 여성작가들은 일군을 이루게 된다. 이들은 전 시기의 여성작가와는 달리 여성주의 문학이라 부를 수 있는 여성적 특질을 발현하는 작품을 주로 발표하였다. 이와 함께 여성문학에 대한 논의도 다양해진다. 여류작가라는 용어 사용의 부당성 문제,

---

7) 서정자·박영혜, 앞의 글, 216면.

여류문학은 여성성을 드러내야 한다는 규정 문제, 그 반대로 사회현실에 적극적인 관심을 가져야 한다는 사회참여의 문제 등이 거론되면서 여성문학의 방향성에 대한 논의가 시작되었다. 1930년대 여성문학 논의는 크게 3계열의 주장으로 정리된다. 첫째, 박화성의 작품 경향을 비판하면서 여성작가는 여성성을 고수해야 한다고 주장한 안회남, 김문집 등의 견해와 둘째, 여성문제의 포착과 형상화를 권유한 임순득, 최재서 등의 견해, 셋째, 사회구조에서 파생된 중심적인 문제의 형상화를 통해 '보다 실천화되는 맑스주의의 지향'을 강조한 김기진, 김남천, 한효 등의 주장이 있었다.[8]

여성작가들의 활동과는 다른 한편에서 여성해방 논의를 적극 수용하면서 작품활동을 했던 남성작가들로는 카프계열의 조명희, 이기영, 한설야 등의 작가를 들 수 있다. 이들의 특징은 남성작가로서는 드물게 개별적 관심이 아니라 하나의 흐름을 형성하는 여성문학을 창작했다는 점이다. 그것이 사회주의이념의 일환으로 단지 관념적으로 거론된 정도인지 여성문학의 전개과정에서 일정한 지위를 점하는 것인지는 좀 더 구체적인 검토가 필요하겠으나 본고에서 고찰한 이기영을 중심으로 시론적 차원의 논의를 해 볼 수 있으리라 생각된다.

제1기의 여성문학은 김명순이 1917년 『청춘』지에 「의심에 소녀」 (1917.11)로 당선되면서부터 시작된다. 이들의 주장은 자유연애와 신정조관이 중심이 되는데 김일엽의 다음의 글은 이들의 주장을 명확하게 나타내고 있다.

사랑을 떠나서는 정조가 없습니다. 그리고 정조는 애인에 대한 타율적 도덕관념이 아니고 애인에 대한 감정과 상상력의 최고조화한 정열인 고로 사랑을 떠나서는 정조의 존재를 타일방에서 구할 수 없는 본능적의

---

8) 송지현, 「『황혼』의 여성중심적 고찰」, 전남대 어문논집 12 · 13호, 1991, 150면.

감정입니다. – 중략 – 그러므로 정조는 결코 도덕도 아니요 단지 사랑을 백열화시키는 연애의식의 최고 절정입니다.[9]

정조를 사랑의 일부로 이해하는 것은 단지 방종이 아니라 경직화된 유교 사회 속에서 정절 이데올로기가 여성을 속박하는 가장 큰 기제였던 것에 대한 반발이라고 보아야 할 것이다. 나혜석 역시도 "우리의 해방은 정조의 해방부터 할 것이니 좀더 정조가 극도로 문란해가지고 다시 정조를 고수하는 자가 있어야(「신생활에 들면서」, 삼천리, 1935.3)"할 것이라고 주장하였다. 특히 김명순은 단편 10편을 통해 결혼과 사랑이라는 일관된 주제로 진실한 사랑이 무엇인가를 묻고 있다. 「나는 사랑한다」에서는 "애정 없는 부부생활은 매음이 아니냐"는 질문을 던지며, 사랑을 전제로 한 결혼만이 진정한 결합임을 제시하고 있다. 이들은 문학적 기량의 미성숙이나 사회적 편견으로 인한 개인적 불행으로 작품으로서의 성과는 크다할 수 없으나 여성의식에 대한 재평가는 이루어져야 할 것으로 생각된다.

조선 후기에 이르러 경직화된 유교이념은 여성의 성을 남계혈통의 순수성을 보장하는 도구로 규정해왔는데, 열녀에 대한 표창과 색녀에 대한 처벌 강화를 통해서 여성의 성은 철저히 부정되었으며 사회안정에 대한 위협으로 여겨졌다. 따라서 제1기 여성작가들의 자유연애론이나 정조론은 '나'를 위한 의지의 표현으로서 인간의 자유를 구속하는 구도덕과 전통적 사회규범을 철저히 부정함을 의미한다.[10] 이 시기의 여성작가들의 이념은 성관계에 대한 평등관계의 지향이라고 볼 수 있다. 그러나 당시 우리 나라의 상황에서 가난과 하층 여성의 실상이 더 큰 문제가 되고 있었고 여성의 90% 정도가 문맹인 상태에서 이들의 문학은 큰 반향을 일

9) 김일엽, 「우리의 이상-신정조 관념」, 부녀지광, 1924.7, 김상배 편, 『김일엽 전집』, 솔뫼, 1982, 233면.
10) 오숙희, 「한국 여성운동에 관한 연구」, 이화여대 석사논문, 1988, 140면.

으키지 못하였다.

이에 대한 반성으로 제기된 여성문학이 계급해방을 여성해방의 전망으로 받아들이는 제2기의 여성작가군과 카프계열의 남성작가들이라 볼 수 있다. 앞의 경우가 반봉건성이 철저한 반면[11])에 이들은 식민지 자본주의의 상황에 따른 여성의 지위변화에 주목하였다. 여성작가와 남성작가의 차이는 좀더 세심하게 고찰되어야 할 문제지만 이기영의 작품으로 미루어본다면 남성작가의 작품에서 여성의 성적 자율성 문제는 상당히 인정되기 어렵거나 관념적으로만 인정되는 성향을 보여준다. 잠재된 의식 속에는 여전히 아름답고 순결한 여성과 추하고 타락한 여성으로 이분화하는 유교이념의 지속을 보이기도 한다. 자본주의 유입 이후 여성이 생산의 최하층을 이루게 되는 과정을 그려내고, 계급적 기반에 따라 여성들도 다른 존재양태를 띠게 됨을 인식하는 장점을 보이지만 작가가 내세우는 긍정적인 여성인물의 성격은 이상화되는 경향이 있다. 이기영의 『고향』에 등장하는 '갑숙'이나 한설야의 장편 『황혼』에 등장하는 '여순'의 경우를 예로 들 수 있다. 이들의 공통점은 대사회적 역할을 형성해가는 여성 지식인의 형상화가 문학 속에서 이루어졌다는 점이다. 『황혼』의 여순을 중심으로 자아정립과정을 분석한 송지현은 여순의 자각과정이 작가에 의해서 의도적으로 부여된 작위적인 것으로 느껴지는 결함이 있다고 지적한다.[12]) 이는 『고향』의 갑숙의 경우도 유사하다. 강인한 여성인물을 묘사함으로써 시대의 중압에 저항하고자 하는 작가의 신념을 대변하는 역할로 설정되었기 때문에 일관된 의지를 드러내는 관념적인 인물이 되고 말았다. 따라서 사랑의 갈등이나 실패를 통해서 자립 의지를 획득해가는 과정, 즉 성관계의 문제는 피상적으로 다루어진다.

이념적 인물이 지나치게 공적 역할에서 일관된 이념지향을 드러내는

---

11) 최시한은 개인의 애욕은 유교적이고 가부장적인 질서를 거부하고 자아의 자율성과 독자성을 추구하는 근대성의 징표라고 분석하였다(앞의 책, 209면).
12) 송지현, 앞의 글, 165면.

이유는 무엇인가. 송지현은 남성작가의 경우 성차별의 체험에서 시작하는 여성작가와는 달리 이성으로 인물을 그려내기 때문에 여성인물의 시련과 극복의 과정에서의 핍진성이 결여되어 있다고 분석하였다.[13] 남성작가와 여성작가의 체험도 물론 여성인물을 형상화하는 관점의 차이를 만드는 것은 사실이다. 하지만 이기영, 한설야 그리고 단편작가이기는 하지만 조명희 등을 묶어서 생각해본다면 유교이념에서 비롯되는 공사분리의식, 즉 공적 세계에서 무엇인가 이루어야 한다는 명분의식이 투사형 여성인물을 이념의 대변자로 그리게 되는 원인으로 작용했으리라 생각된다. 선비의 죽음으로 이념지향의 여성인물이 개화하기 힘들었던 시대의 비극상을 드러냈던 강경애의 『인간문제』를 비교해보면 이기영 등의 경우 공적 영역만을 중시하는 시각에 의해 상황의 악화에 반비례하여 오히려 여성인물의 이념성은 강화되는 현상을 보여주었다고 판단된다. 따라서 이기영 문학은 여성인물의 다양한 계층적 차이를 인식하여 여성 역시도 사회적 존재이고 그에 따른 의식의 차이를 지니고 있음을 보여주었지만 당대의 보수주의 이념을 뛰어넘지는 못하였다고 평가할 수 있다.

---

13) 송지현, 앞의 글, 165 면.

# V. 결론

# V. 결론

　이상으로 이기영 소설에 나타난 여성의식의 변모양상과 여성문학적 위상을 살펴보았다. 이기영의 소설에는 유교이념의 남존여비의식과 사회주의이념을 기반으로 하는 평등의식이 혼재되어 있어서 각 시기마다 긍정적 여성인물과 부정적 여성인물의 성격이 변하고 있음을 알 수 있다. 인물들의 성격과 여성의식의 변모양상을 고찰한 결과를 요약하면 다음과 같다.

　첫째 초기 소설에 나타난 여성의식은 근대적 평등의식과 남존여비의식이 혼재된 상태로 볼 수 있다. 이 시기의 작품에서는 빗나간 자유연애로 버림받거나(「옵바의 비밀편지」, 「유혹」), 농촌의 몰락으로 팔려가는 여성(「민촌」, 「장동지 아들」, 「아사」, 「농부 정도령」), 조혼으로 피해받는 여성(「가난한 사람들」, 「천치의 논리」)의 문제를 다루고 있다. 봉건유습과 왜곡된 근대화로 인해 고통을 받는 여성에 대한 작가의 관심이 나타나 있으며, 이는 억압받는 여성의 문제를 당대의 삶 속에서 밝혀보려는 작가의식의 소산이라 할 수 있다. 강자와 약자의 관계, 즉 지배와 피지배의 관계에서 모든 약자에 대한 학대가 폐지되어야 한다는 태도에서 여성을 피해자로 형상화한다.

　표면적으로는 여성을 약자로 인식하고 그에 대한 학대가 폐지되어야 한다는 주장이 나타나지만 여성인물의 성격화에서는 남존여비의식이 지속되는 면을 보이기도 한다. 여성의 매매를 비판하면서도 그에 순종하는 여성을 긍정적으로 그려내거나, 그렇지 못하고 남성과 갈등을 일으키는 지식인의 아내에 대해서는 부정적인 시각으로 묘사한다. 이러한 시각은 순종적인 여성을 아름답게 남편에게 부양자 역할을 요구하는 아내를 추하게 그리는 외양묘사의 방법에서도 나타난다. 작가의 여성의식이 유교적 여성관에서 비롯된 남존여비, 처수자옥 등의 의식과 근대적 평등의식이 혼재된 상태임을 알 수 있다. 여성인물의 성격에서 사회주의이념은 드러나지 않으며, 긍적적 인물과 부정적 인물이 뚜렷하지 않다. 평등의식 역시 막연한 상태에서 남존여비의식이 무의식적으로 작용하고 있기 때문이다.

둘째, 목적의식기 소설에서는 노동운동에 투신하는 투사형 여성이 긍정적 인물로 제시되었다. 여성입신담이라 할 수 있는 「밋며느리」, 「해후」, 「시대의 진보」 등의 작품과 아내상이 부각된 「고난을 뚤코」, 「김군과 나와 그의 안해」, 「변절자의 안해」 등의 작품에 나타난 특징은 긍정적 여성인물과 부정적 여성인물의 뚜렷한 대조이다. 긍정적 인물로 나타난 투사형 여성인물의 자각과정은 경제적 독립과 사회의식 획득을 지향하고 있으며, 이 인물들의 성격은 초기 소설의 순종적이고 수동적인 성격의 여성과는 달리 적극성을 보인다.

피해자로서의 여성상에서 적극적 여성상으로의 변화는 사회주의 여성해방이론을 수용하여 여성문제의 원인을 분석하고 대안을 마련하게 되었다는 점에서 작가의 문제의식이 발전되었음을 뜻한다. 각각의 현상으로 포착되던 결혼제도의 문제(봉건적 강제결혼과 빗나간 자유연애), 성의 상품화 현상(매매혼, 카페여급 등) 등의 원인을 '여성의 경제적 의존성'과 '가난'의 문제로 인식하여 현실 대응력을 지닌 여성인물을 제시하려는 노력은 당대의 현실적 반영으로서도 의미 있는 작업이라 할 수 있다. 그 중에서도 「밋며느리」는 봉건적인 제도 속에서 여성이 겪는 갈등과 계급적 인식의 성장 계기가 구체적으로 설정되어 이 시기의 작품들

중에서는 가장 현실성을 띤 작품임을 알 수 있었다.

그러나 사회주의 여성해방론을 기계적으로 적용하여 연애와 운동, 가정과 사회를 대립시켜 공적인 일만이 긍정되는 극단적인 구분법이 드러난다. 사적 관계의 파탄을 겪고 사회로 진출하여 계급의식을 얻는다는 단계적 구성이나 투사형 여성인물이 아름답고 순결한 인물로, 부정적 인물인 아내가 추하거나 색골로 묘사되는 대립을 통해 볼 때 유교적 관점과 계급적 관점이 착종되어 있음을 알 수 있다. 바깥일만을 중시하는 태도는 전통적으로 남성의 일을 존귀하게 여기고 여성의 일(안일)을 천시하는 남존여비의식에 뿌리를 내리고 있다. 이 시기의 작품은 이러한 공사분리의식을 기반으로 사회주의이념을 이해했기 때문에 여성인물의 성격이 선(사회 참여)과 악(가정 역할)으로 대립되어 나타난다. 투사형 인물보다 부정적 인물인 아내의 묘사가 훨씬 사실적으로 묘사되는 점에서도 작가가 지향하는 이념이 관념적임을 알 수 있다.

셋째, 『고향』은 농촌의 전체적인 변화상 속에서 여성 노동의 변화상이나 새로운 성격의 주체적인 인물들의 등장을 그려내는 성과를 보여주었다. 『고향』은 초기 작품에 나타난 여성 수난상에 대한 비판과 목적의식기 소설에서 중심이 되었던 적극적 여성상의 창조가 결합된 형태라 볼 수 있다. 여성상의 변화로 본다면 『고향』의 전형(前型)으로는 『현대풍경』과 「서화」를 들 수 있다. 여성 수난상의 연장에서 평가할 수 있는 다양한 농촌 여성의 삶의 재현은 궁핍화에 의해 초래되는 여러 현상들, 즉 이중노동의 과중함, 강한 모성애가 갖게 되는 부정적 현상으로서의 이기심, 여성의 성의 매매 등을 사실적으로 재현해내고 있다.

하층 여성현실을 전형적으로 형상화한 『고향』은 유교적 이분법에서 벗어나 여성인물을 계급적 시각에서 다루었다. 긍정적 여성인물은 투사형 지식인(갑숙)과 농촌에서 분화된 노동자(인순, 방개)로 구분되었으며, 부정적 인물도 중산층의 아내(복임)와 지배계층의 처(순경)와 첩(숙자)으로 분화되었다. 자본주의 초기 농민층 분해현상에 따른 여성 노동자의 등장과 계급의식의 성장 가능성을 제시한 인순과 방개의 사실적인 형상화, 아내의 소시민성에 대한 계급적 이해 등은 여성인물의 성격화에서 사회주의이념이 구체화되었음을 의미한다. 전 시기와 달라진 『고향』의 특징은 남녀관계의 회복이다. 농민인 인동과 방개의 건강한 성애의 관계, 지식인인 갑숙과 희준의 동지적 관계, 마름 안승학과 본처 순경과 첩 숙자의 소유적 관계 등 이 작품에는 다양한 남녀관계가 그려지고 인물의 이념을 구체화시키는 매개로 설정되고 있다. 가정과 남녀관계를 무조건 부정했던 목적의식기에 비해 계급의 문제와 성의 문제를 결합시켜 새로운 남녀관계를 모색하고 있음은 발전된 인식이라 볼 수 있다.

그러나 노동운동에 투신하는 신여성 갑숙의 경우는 많은 평자들이 분석한 바와 같이 관념성을 벗어나지 못한 인물임을 알 수 있었다. 갑숙의 형상화가 관념화된 원인에 대해서는 식민지 상황의 악화로 인한 은폐성의 경향이나 대필의 가능성 등이 제기되었으나 근본적으로는 공사분리의식이 완전히 극복되지 못했기 때문인 것으로 보인다. 작가의 이념과 직접 대응되는 지식인 여성에 대해서는 공적 역할의 중요성을 성급하게 주입하여 천사 같은 이미지가 되고 말았다. '위천하자 불고가사'의 이념이 인물의 성격화에 부분적으로 작용하고 있음을 알 수 있다.

넷째, 30년대 후반부터 해방 전까지 전향 이후의 소설들은 타락한 세태를 반영하는 부정적 인물에 대한 혐오와 이상형으로서의 모성상을 추구하는 이분화된 여성상으로 특징지을 수 있다. 부정적 여성상으로는 타락한 세태를 반영하는 속물적 신여성상(「유한부인」, 「욕마」)과 전향소설의 아내상(「돈」, 「설」, 「수석」, 「고물철학」)이 부각되며, 긍정적 여성상으로는 현모양처상(『어머니』, 「추도회」, 「금일」, 「소부」)이 제시된다. 『고향』의 갑숙을 계승하는 긍정적 신여성(『생활의 윤리』, 『신개지』)이 나타나기도 하지만 이들의 갈등이나 행동반경도 사랑과 집안문제를 벗어나지 못한다. 현모양처가 긍정적 인물로 제시되어 작가의 여성의식이 보수적인 여성관으로 변하였음을 말해준다. 사회주의 여성해방론을 이념의 기반으로 삼았던 카프시기의 여성상이 대사회적 영역으로 자신의 위치를 확대하고 독립적 삶을 추구하는 인물들이었던 것에 비해 이 시기는 내면화되었던 유교적 여성관을 지배적인 이념으로 드러낸다.

이는 여성의 문제를 개인의 품성으로 이해하는 작가의 여성관을 반영하며, 이는 유교 전통의 덕녀와 악녀의 이분법과 크게 다르지 않다고 하겠다. 더욱이 모성에 대한 신비화는 친일적인 모성론으로 변모하는 빌미가 되었으며, 이 시기에 일본에 헌신하는 새로운 인간형을 길러내는 어머니로서의 여성상을 강조하는 작품(『처녀지』)을 발표하기도 한다.

다섯째, 월북 후에 발표한 『땅』, 『한 녀성의 운명』 등은 제도적 남녀평등에 대한 감격의 이면에 보수적 의식이 지속되는 여성의식을 보여주었다. 긍정적 인물에 비해 부정적 인물의 성격화가 미미한 특징을 볼 수 있는데 이는 현실 비판보다는 사회주의이념의 강조가 더 중요하게 작용하기 때문이라 볼 수 있다. 월북 후의 작품인 『땅』에 주인공으로 등장하는 긍정적 여성인물 전순옥은 초기 작품인 「민촌」의 점순과 맞닿아 있다. 전순옥은 채무첩으로 끌려가 첩살이를 하다가 해방을 맞은 인물이다. 작가는 이 인물을 통해 해방의 감격 즉 토지개혁을 통한 자립의 기반 마련과 남녀평등권 법령의 발표로 제도적 평등이 이루어진 해방 직후의 상황을 표출하고 있다. 전순옥은 작가 이기영에게는 이상과 현실이 일치된 열려진 세상에서 해방 전에 그가 고민했던 여성문제-경제적 자립과 제도적 평등-를 모두 해결하는 인물이라 보아도 무방할 것이다. 그러나 여성을 남성의 보조자로 규정하는 숯구이 총각 모티프는 표면적인 주장과는 달리 보수적 의식의 지속을 보여주기도 한다. 『한 녀성의 운명』은 북한의 여성정책을 그대로 반영하는 소설이다. 이 작품의 주인공은 전필례는 천리마운동의 기수이며 네 아이를 홀로 키운 위대한 어머니이다. 이 인물은 공적 영역에서의 뛰어난 활동과 성장을 보이는 적극적 성격을 보이지만 여성의 가정역할에 대한 과소평가와 이중역할에 대한 합리화가 나타난다. 이는 보수화되는 북한의 여성정책과 맞물려 있음을 알 수 있다. 지속적으로 고민해왔던 아내와의 관계나 사랑과 운동의 관계 등이 사라지는 것도 특징적이다. 땅의 문제 즉 계급의 문제가 해결되었으므로 여성문제는 해결되었다는 이기영의 시각 때문에 변화된 사회 속에서의 여성의 지위는 볼 수 없었던 것이 아닌가 판단된다.

이기영의 작품을 여성문학적 시각으로 평가해 보면 사회비판이 뚜렷했던 카프 시기의 작품들, 특히 『고향』이 보여준 다양한 여성현실의 반영이 두드러지는 성과라 볼 수 있다. 카프시기의 작품이 지향하는 궁극적인 여성해방의 전망은 경제적 의존성에서의 해방이라 할 수 있으며, 여성의 위치를 규정짓는 생산, 성관계, 가정에서의 지위 중에서 생산에서의 여성의 지위에 중심을 두는 입장으로 볼 수 있다. 이러한 입장은 "여성해방은 모든 여성이 공적 산업에 복귀하는 것을 제일의 전제조건으로 한다"는 엥겔스의 이론에 입각한 사회주의 여성해방론을 전제로 하고 있다. 오늘날의 시각에서 본다면 가정에서의 여성의 지위를 간과하는 한계가 지적되기도 하며, 작품 분석에서 나타난 바와 같이 유교이념에서 습득된 공사분리의식으로 인해 사적 영역에 대한 극단적인 부정을 드러내는 관념성 또한 적지 않다. 그러나 당대 문학의 여성문제 인식과 비교해 본다면 남성작가로는 드물게 여성의 문제를 주제로 삼고 있다는 점에 의미를 부여할 수 있다. 또한 당대의 여성문제소설들과 비교해 보았을 때에도 이기영 소설이 갖는 무게는 만만치 않다. 이기영 소설은 근대화 초기 여성 노동의 지위 변화에 따른 여성 농민, 여성 노동자의 이중의 억압상을 형상화하고 이를 극복할 수 있는 새로운 자립적 여성인물을 그리려 하였다. 이는 평등의식의 고양과 신분의 자유가 이루어짐과 동시에 식민지 자본주의화 과정에서 저임금 혹은 무임의 노동력으로 흡수되는 여성 현실의 객관적 반영이라 할 수 있다. 성의 자유를 중심으로 남녀평등의 주제를 다루었던 제1기 여성작가들이 치열한 반봉건 의식을 보여주었던 것과는 달리 이기영의 소설은 근대화 초기 경제적 지위 변화에 초점을 두어 여성의 문제를 사회구조의 문제로 인식하는 면모를 보여주었다.

이기영 소설의 여성의식은 유교이념의 보수적 여성의식과 사회주의 여성해방론을 기반으로 하는 남녀평등의식의 혼재와 조정의 과정으로 분석되었다. 카프시기의 소설이 남존여비의식이 후퇴하고 사회주의 여성해방론이 구체화되는 과정이었다면, 『고향』을 정점으로 이후의 소설은 다시 보수적 여성의식으로 변모하고 있음을 알 수 있다. 이는 여성의식 역시도 작가의 사회 비판의식과 밀접히 연관되어 있음을 말해준다. 보수적인 남존여비의식은 작품에 수용된 사회주의이념을 관념적으로 만드는 원인이 되기도 하고, 표면적으로 주장되는 평등의식과는 달리 보수적인 여성관이 작품의 지배적인 이념으로 드러나기도 한다. 이러한 결과를 미루어 볼 때 이기영 작품을 사회주의 리얼리즘으로만 평가하는 태도는 지양되어야 할 것이다. 본고는 여성의식에 초점을 두어 고찰하였기 때문에 남존여비의식에 한정하여 유교이념의 성격을 논의하였다. 따라서 유교이념과 새로이 수용된 근대지향의 이념들 사이의 관련성에 대해 다양한 접근이 필요할 것이다. 이러한 방법으로 근대작가로서 이기영의 면모를 새롭게 조명할 수 있으리라 생각된다.

# 참고문헌

# 참고문헌

# 참고문헌

## 1. 자료

『한국현대소설이론자료집』, 한국학진흥원.

『한국근대장편소설대계 1』, 태학사.

『한국근대단편소설대계 4』, 태학사.

신상성, 『김남천 연구上下』, 경운출판사, 1990.

임  화, 『문학의 논리』(1940년 초간), 서음출판사, 1989.

## 2. 저서

김열규 외 공역, 『페미니즘과 문학』, 문예출판사, 1988.

김성곤 편, 『소설의 죽음과 포스트모더니즘』, 도서출판글, 1992.

김치수, 『문학사회학을 위하여』, 문학과지성사, 1979.

김정자, 『韓國女性小說研究』, 민지사, 1991.

김정자 · 류종렬 외, 『한국문학에 있어서의 집 그리고 가족의 문제』, 우
　　리문학사, 1992.

김해성 · 김준 · 조병춘 · 유한근 편저, 『여성과 문학』, 대광문화사,
　　1985.

권영민, 『한국민족문학론연구』, 민음사, 1988.

권영민 편, 『월북문인연구』, 문학사상사, 1989.

김윤식, 『한국근대문예비평사연구』, 일지사, 1976.

—— ,『근대한국문학연구』, 일지사, 1973.

김재용 · 정호웅 편,『한국근대 리얼리즘 작가연구』, 문학과지성사,
    1988.

김재용,『민족문학운동의 역사와 이론』, 한길사, 1990.

민현기,『한국 근대 소설과 민족 현실』, 문학과지성사, 1989.

손인수,『한국여성교육사』, 연세대 출판부, 1977.

송명희,『여성해방과 문학』, 지평, 1988.

—— ,『문학과 성의 이데올로기』, 새미, 1994.

신용하,『한국근대사와 사회변동』, 문학과지성사, 1980.

우한용,『한국 장편소설 구조연구』, 삼지원, 1990.

이강은 · 이병훈,『러시아 문학사 개설』, 한길사, 1989.

이만규,『조선교육사』, 거름, 1991.

이선영 편,『1930년대 민족 문학의 인식』, 한길사, 1990.

이인복,『문학과 구원의 문제』, 숙명여대출판부, 1982.

이재선,『한국현대소설사』, 홍성사, 1979.

임종국,『친일논설선집』, 실천문학사, 1987.

임형택 · 최원식 편,『한국근대문학사론』, 한길사, 1982.

장사선,『한국리얼리즘문학론』, 새문사, 1988.

정순진,『한국문학과 여성주의 비평』, 국학자료원, 1992.

정호웅 외,『장편소설로 보는 새로운 민족문학사』, 열음사, 1993.

조남현,『소설원론』, 고려원, 1982.

—— ,『한국 소설과 갈등』, 문학과비평사, 1990.

—— ,『한국 현대 소설 연구』, 민음사, 1987.

조혜정,『한국의 여성과 남성』, 문학과지성사, 1988.

채  훈,『1920년대 한국작가연구』, 일지사, 1976.

최시한,『가정소설연구-소설형식과 가족의 운명』, 민음사, 1993.

한국여성연구회 문학분과 편역,『여성해방문학의 논리』, 창작과비평사,
    1990. 한국여성연구회 여성사분과 편,『한국여성사』, 풀빛, 1992.
한승옥,『한국현대장편소설연구』, 민음사, 1989.
G. 루카치,『역사소설론』, 이영욱 역, 거름신서, 1987.
——————,『우리시대의 리얼리즘』, 문학예술연구회 역, 인간사 ,1986.
게일 러빈,『여성해방의 이론체계』, 풀빛, 1983.
G. 볼스 · R. D. 클레인 편,『여성학의 이론』, 정금자 역, 을유문화사,
        1986.
데이비드 로지 편,『20세기 문학비평』, 윤지관 외 역, 까치, 1984.
레오 로웬탈,『문학과 인간의 이미지』, 종로서적, 1983.
로젠타리,『창작방법론』, 홍면식 역, 문경사, 1949.
리몬 케넌,『소설의 시학』, 최상규 역, 문학과지성사, 1983.
B. 판스워드,『알렉산드라 콜론타이』, 신민우 역, 풀빛, 1986.
버지니아 울프,『자기만의 방』, 이미애 역, 예문, 1990.
슐라미스 화이어스톤,『성의 변증법』, 김예숙 역, 풀빛, 1983.
시몬느 드 보부아르,『제2의 성』, 전홍식 역, 을유문화사, 1979.
A. 재거 · P. 스트럴,『여성해방의 이론체계』, 신인령 역, 풀빛, 1983.
아우구스트 베벨,『여성과 사회』, 정윤진 역, 보성출판사, 1988.
에두아르트 푹스,『풍속의 역사 I 』, 이기웅 · 박종만 역, 까치, 1988.
E. 프롬,『소유냐 삶이냐』, 홍성출판사, 1979.
조세핀 도노번,『페미니즘 이론』, 김익두 · 이월영 역, 문예출판사,
        1993.
캐서린 스팀프스,「여권론비평에 대하여」, 데이비드로지 편,『20세기
        문학비평』, 윤지관 외 역, 까치, 1984.
케이트 밀레트,『성의 정치학 上下』, 정의숙 · 조정호 역, 현대사상사,
        1976.

K. K. Ruthven, 『페미니스트 문학비평』, 김경수 역, 문학과비평사, 1988.

F. K. 쉬탄젤, 『소설형식의 기본유형』, 안삼환 역, 탐구당, 1982.

F. 엥겔스, 『가족 사유재산 국가의 기원』, 김대웅 역, 아침, 1987.


## 3. 평문 및 논문

강금숙, 『젠더(gender) 공간 구조로 본 서사체 연구-1930년대 소설을 중심으로』, 이화여대 박사논문, 1989.

강미숙, 「여성문제인식의 해결전망」, 여성운동과 문학 제2호, 풀빛, 1990.

고정희, 「소재주의를 넘어 새로운 인간성의 실현으로」, 문학사상, 1990. 2.

구인환, 「이광수 소설의 여인상」, 아세아여성연구 제21집, 숙명여대 아세아여성문제연구소 편, 1982.

권명아, 「이기영 소설 연구」, 연세대 석사논문, 1993.

권오경, 「포스트 모던 시대의 페미니즘 연구」, 대신대 논문집 11, 1991.12.

권 유, 『이기영 소설 연구』, 한양대 박사논문, 1991.

권일경, 「이기영 장편소설 연구」, 서울대 석사논문, 1989.

권택영, 「여성비평의 어제와 오늘」, 문학사상, 1989.4.

김경수, 「여성성의 탐구와 그 소설화」, 외국문학, 1990. 봄.

김경연, 「여성해방 시각에서 본 박완서의 작품세계」, 여성 제2호, 창작과비평사, 1988.

김광순, 「고소설에 나타난 조선조 여인상」, 효성여대 여성문제연구 제17집, 1989.

김남천, 「여류문학 저조의 문제」, 여성, 1939.6.

김동환, 「1930년대 한국 전향소설 연구」, 서울대 석사논문, 1987.

_____, 『1930년대 한국 장편 소설 연구－현실인식과 그 형상화 방식을 중심으로』, 서울대 박사논문, 1993.

김명인, 「여성해방 의지의 응집과 전망」, 희망의 문학, 풀빛, 1990.

김성곤, 「현대 영미 페미니즘과 여성중심 비평」, 외국문학, 1988. 겨울.

_____, 「현대 한국문학에 나타난 여성의 모습」, 문학정신 67, 1992.5.

김성수, 『이기영 소설 연구』, 성균관대 박사논문, 1992.

김숙희, 「페미니즘과 여성운동」, 또 하나의 문화 제3호, 평민사, 1987.

김시태, 『한국 프로문학비평 연구』, 동국대 박사논문, 1977.

김양선, 「1930년대 장편소설에 나타난 여성문제 인식」, 국제여성연구소 연구논총, 1991.12.

김영혜, 「여성문제의 소설적 형상화」, 창작과비평, 1989. 여름.

김영혜 외, 「여성문학론 정립을 위한 시론」, 여성운동과 문학 제1호, 1988.

김영희, 「여성문학론의 비판적 검토」, 창작과비평, 1988. 가을.

김외곤, 「노농동맹의 성과와 한계」, 문학정신, 1991.11.

김용구, 『1930년대 소설에 나타난 주인공의 의식 연구』, 서울대 박사논문, 1990.

김우종, 「이기영론」, 현대문학, 1990.6.

김은희, 「신소설의 페미니즘 연구」, 국민대 석사논문, 1989.

김종택, 「한국의 전통적 미인관」, 효성여대 여성문제연구 제8집, 1979.

김지현, 「한국 현대 여성문학 연구－1980년대 여성작가 소설을 중심으로」, 부산여대 석사논문, 1990.

김혜영, 「이기영 농민소설연구」, 서울여대 석사논문, 1991.

김홍식, 『이기영 소설 연구』, 서울대 박사논문, 1991.

김희자, 『이기영 소설연구』, 건국대 박사논문, 1990.

나병철, 『1930년대 후반기 도시소설 연구』, 연세대 박사논문, 1989.

노경원, 「현대소설에 나타난 여성의식 연구」, 한남대 석사논문, 1991.

류양선, 「1930년대 농민운동과 농민소설 — 이기영의 『고향』과 이광수의 『흙』을 중심으로」, 덕성어문학, 1992.

류종렬, 『1930년대말 한국 가족사·연대기 소설 연구』, 부산대 박사논문, 1991.

문재원, 「이기영 장편소설의 현실주의적 성격연구」, 부산대 석사논문, 1991.

민병휘, 「계급운동과 애욕문제」, 비판, 1932.2.

_____ , 「예술시감」, 비판, 1932.7.

박홍배, 『이기영의 장편소설 연구』, 동아대 박사논문, 1993.

_____ , 「민촌문학의 여성관」, 어문학교육 제14집, 1992.

방영이, 『韓國近代小設에 나타난 女性意識研究』, 전북대 박사논문, 1992.

배기정, 「1930년대 가족사연대기 소설 연구」, 경북대 석사논문, 1988.

변정화, 「이기영 작품과 여성해방의 문제 — 목적의식기 작품을 중심으로」, 숙명여대 어문논집 1, 1991.2.

_____ , 「이기영 작품에 나타난 여성현실과 그 전개방식 — 초기 경향소설을 중심으로」, 숙명여대 아세아여성연구 제29집, 1990.

부인시평, 「노서아와 딴나라」, 동아일보, 1927.11.8.

서은주, 「이기영 소설 연구」, 연세대 석사논문, 1991.

서정자, 「일제 강점기 한국여류소설 연구」, 숙명여대 박사논문, 1987.

서정자 외, 「한국의 페미니즘 문학」, 문학정신, 1991.9.

서정자·박영혜, 「근대여성의 문학활동」, 한국근대여성연구, 숙명여대 아세아여성문제연구소, 1987.

손종업, 「이기영 소설 연구」, 중앙대 석사논문, 1992.

송명희, 「여성의 삶과 사회구조-김동인의 「감자」를 중심으로」, 『여성 해방과 문학』, 지평, 1988.

송지현, 『1930년대 한국소설에 있어서의 여성 자아 정립 양상 연구』, 전남대 박사논문, 1991.

송지현, 「『황혼』의 여성중심적 고찰」, 전남어문논총12, 1991.2.

신영숙, 「일제하 신여성의 연애·결혼문제」, 한국학보 제45집, 1986.

안덕근, 「맑시스트에게 연애는 금물인가」, 비판, 1932.4.

_____, 「계급적 연애재론」, 비판, 1932.9.

안소현 외, 「한국 여성해방문학의 현주소」, 연대원우론집 19, 1992.2.

안  휘, 「계급적 성도덕」, 전선, 1933.1.

양탄실, 「연애와 문학」, 비판, 1937.1.

원명수, 「페미니즘 문학이론 정립을 위한 시론」, 계명대 한국한논집 18, 1991.12.

유각경, 「어머니 자신부터 가질 야마도 다마시」, 매일신보, 1942.5.12.

유남옥, 『1920년대 단편소설에 나타난 페미니즘 연구-양성성을 중심 으로』, 숙명여대 박사논문, 1993.

유문선, 「애정갈등과 통속소설의 창작방법-김말봉의 『찔레꽃』에 관하 여」, 문학정신, 1990.6.

유진오, 「푸로문학과 연애」, 동광, 1931.12.

_____, 「문학과 연애」, 사해공론, 1938.8.

윤형식, 「푸로레타리아 연애론」, 삼천리, 1932.4.

이기영, 「『고향』의 평판에 대하여」, 풍림 2호, 1937.1.

_____, 「동경하는 여주인공」, 조광 42, 1939.4.

_____, 「부인의 문학적 위치」, 근우 창간호, 1929.5.

_____, 「문장·문리·수법」, 조선일보, 1937.7.6〜7.11.

이재선,「반항의 시학과 상상력의 제한 - 이기영의 『고향』론」, 세계의
　　　문학, 1988.

이남덕,「한국문학에 나타난 전통적인 여인상」,『여성학』, 한국여성연
　　　구회 편, 이화여자대학출판부, 1979.

이명호 외,「여성해방문학론에서 본 80년대 문학」, 창작과비평,
　　　1990, 봄.

이미림,『이기영 장편소설 연구』, 숙명여대 박사논문, 1993.

이상경,『이기영 소설의 변모과정연구』, 서울대 박사논문, 1992.

이성환,「금후의 조선여성운동」, 근우 창간호, 1929.5.

이숙종,「다시 한번 굳게 해야할 진충보국의 길」, 매일신보, 1942.5.12.

이순예,「여성문학의 흐름과 쟁점」, 여성운동과 문학 제2호, 풀빛 1990.

이정숙,「이기영 소설연구:『고향』과『두만강』을 중심으로」, 고려대 석
　　　사논문, 1992 .

이정은,「프로문학의 '붉은 연애론'에 대하여」, 영남어문학 제21집,
　　　1991.

이주형,『1930년대 한국 장편소설 연구』, 서울대 박사논문, 1984.

＿＿＿ ,「1920년대 소설에서의 지식인의 고뇌와 작품 형식」, 경북대 국
　　　어교육연구 제22집, 1990.

이태동 외,「한국문학과 페미니즘」, 문학사상, 1994.4.

임옥희 외,「미국 여성비평의 전개과정」, 세계의 문학, 1988. 봄.

임하인,「푸로레타리아 성문제」, 비판, 1932.3.

임　화,「현대소설의 주인공」, 1939.7.

＿＿＿ ,『문학의 논리』, 서음출판사, 1989.

장사선,「한국문학에 나타난 사랑」Ⅰ, 홍대논총 23, 1991.12.

＿＿＿ ,「한국문학에 나타난 사랑」Ⅱ, 홍익어문 10, 11합본호, 1992.4.

장성수,『1930년대 경향소설 연구』, 고려대 박사논문, 1989.

전혜자, 「한국여류소설에 나타난 페미니즘 분석」, 숙명여대 아세아여성
연구 제21집, 1982.

정대호, 「이기영의 장편소설에 나타난 현실진단과 그 대응논리의 변
화」, 문학과 언어 제11집, 1990.5

정영자, 「현대여성소설의 특성과 그 문제점」, 여성과 문학 제1호, 1989.

────, 「한국 여성주의 문학의 전개과정과 전망」, 수련어문논집 제17
호, 부산여대 국어교육과, 1990.

────, 「한국현대여성문학의 현황과 그 특성」, 문학과 의식 제2호, 1988.

정은희 외, 「여성의 눈으로 본 한국문학의 현실」, 여성 제1호, 1985.

정지환, 「이기영 해방전 장편소설 연구―여성등장인물의 의미 분석을
중심으로」, 서울시립대 석사논문, 1992.

조남현, 「이기영의 『두만강』 연구」, 동서문학, 1990.6.

조성숙, 「모성이데올로기에 관한 연구」, 이화여대 석사논문, 1985.

조 형, 「인간해방운동의 구조」, 또 하나의 문화 제2호, 평민사, 1986.

조혜정, 「성의 사슬 풀고 자기언어 가지기」, 문학사상, 1990.2.

────, 「한국 페미니즘 문학 어디까지 왔나」, 또 하나의 문화 제3호,
1987.

진상주, 「푸로레타리아 연애의 고조」, 삼천리, 1931.7.

────, 「붉은 연애의 주인공들」, 삼천리, 1937.7.

────, 「맑스주의 연애관―애정의 계급성문제」, 조선일보, 1931.7.28.

채 훈, 「1930년대 한국여류소설에 있어서의 빈궁의 문제」, 숙명여대
아세아여성연구 제23집, 1984.

최민지, 「한국여성운동 소사」, 이효재 편, 『여성해방운동의 이론과 현
실』, 창작과비평사, 1979.

최병우, 「『고향』론」, 선청어문 제19집, 1991.

최원식, 「여성주의와 아버지 부재의 문학적 의미」, 또 하나의 문화 제3
호, 평민사, 1987.

최유찬, 『1930년대 한국리얼리즘론 연구』, 연세대 박사논문, 1987.

태혜숙, 『현대 영미 여성해방비평 연구』, 서울대 박사논문, 1992.

한 기, 「채만식의 여성주의와 「인형의 집을 나와서」, 문학정신,
　　　1990.3.

한기형, 「이기영 문학의 사상적 근저」, 반교어문연구 3집, 1991.

홍경표, 「이상소설의 여성」, 효성여대 여성연구 제17집, 1989.

# ABSTRACT

# ABSTRACT

## A Study on Lee Kiyoung's Novels

Lee, Sun-ok
Dept, of Korean Language Literature.
Sook Myung Women's University.

This dissertation is to study the asfects of transfiguring woman- consciousness shown in Lee Kiyoung's novels, and to explain the meaning and the limits as a woman literature. The most existing studies on his works are largely to analyze his literature on the basis of realism, which reflects rural reality, so that they don't reveal his woman-consciousness sistematically. The study attempts to divide his works into five periods and to examine the aspects which woman-consciousness is changes each period.

Chapter II studies the flow of feminist theories and the writer's life which becomes a background of forming woman-consciousness. The discussions on woman's problems developed in 1920s, 30s are able to be classified into conservatism, liberal feminism, social feminism, imperialism motherhood roughly by taking the different point of views on sexism. Thereby it provides a background of theory in analyzing woman-consciousness in Lee Kiyoung's novels. The writer's life refers to the process of forming his woman-consciousness influenced by Confucian ideology and accepting socialist feminism.

The study investigates changes of positive character's personalities and negative character's, and contradiction and integration of methods of characterization in order to seek woman-consciousness in his works. Chapter III analyzes his works and concludes as follows. His early novels shows misture of modern equality consciousness and predominance of man over woman. The works represents oppression on woman caused by the sexist phenomena such as free love, bargain marriage, and early marriage. They, however, have the limits of predominance of man over woman by idealizing passive and submissive women in charaterization of woman.

The novels of purpose consciousness period suggest woman fighters for class struggles by accepting socialism. That is, the works creats active women who seek for economic and conscious independence, but schematize woman characters into a beautiful fighter and an ugly wives. It results from the fact that he devides social life-oriented socialism into public and private sharply. The long novel, Hometown, embodies feminist consciousness as though it expresses An Kapsuk, who is a woman fighter for labor movement, as a sort of an angel. It, however, reflects changes of woman's reality exactly, that is, the birth of woman worker by breaking up rural woman's lives and peasants. In addition to this, it obtains good results of describing new woman character who gets self-reliance economically and class consciousness.

His novels after conversion to Communism assume an aspect of retreating to conservative woman-consciousness. The works devide woman characters into both types according to their personalities, and suggest a good wife and wise mother as a positive woman. Especially stress on motherly character as an eternal feminine reflects the writer's uneasiness, so that they neglect historical consciousness of woman's problems. And mistique of motherhood attributes charateristics of his literature to change into pro-Japanese motherhood ideology. In fact, he produces a few of works which reflect imperialism motherhood ideology.

His novels after crossing over into North Korea shows conservative woman-consciousness lay behind economic and institutional equality. Women in the works get public status and claim the equality of the sexes actively. They, however, prescribe woman as man's helper and rationalize double burdens by underestimating woman's role at home.

Chapter IV studies the position of feminism literature concerning on his novels of KAPF period. The works represent solution of woman's problems by overcoming economic alienation, that is, lanuching into public areas. They shows not only the limits of failing to notice woman's status at home objectively on account of conservative consciousness of devision of the public and the private, but also unconscious attitudes to the the dominance of man everywhere. In due consideration of the limits of modern time, Lee Kiyoung's novels are significant. In the early 1920s woman writers raise anti-feudalism consciousness fiercely by dealing with the themes of the equality of the sexes concerning on the freedom of sex. Unlike them, his novels reflect reality of early modernization period when woman becomes located in the bottom of the economic structure. He recognizes that the root cause of sexism originates in woman's alienation from productive labor, and tries to solve woman's problems, that is, he understands woman's problems from the social structural viewpoint, not human rights.

As we have seen above, woman-consciousness shown in Lee Kiyoung's novels is mixed with Confucian ideology and socialism, or trends one of them. In his novels of KAPF period, consiousness of predominance of man over woman disappear and socialism feminism is concrete, but his novels after Hometown assume an aspect of conservative woman-consiousness. It tells us that woman-consiousness is closely related with the writer's consiousness of social criticism. The conservative consciousness of predominance of man over woman changes socialism into idealism, so that conservatism of woman becomes dominant idea in works unlike osteinsible advocacy of socialism feminism. Accordingly the attitude to estimate his works on the basis of social realism has to be sublated.

# 찾아보기

# 찾아보기

**O ㅇ**

## ● ㅈ

## ● ㅊ

# 이기영 여성소설 연구

인쇄일 초판 1쇄  2002년 10월 16일
        2쇄  2015년 08월 12일
발행일 초판 1쇄  2002년 10월 24일
        2쇄  2015년 08월 18일

지은이 이 선 옥
발행인 정 찬 용
발행처 **국학자료원**
등록일 1987.12.21, 제17-270호

서울시 강동구 성내동 447-11 현영빌딩 2층
Tel : 442-4623~4 Fax : 442-4625
www.kookhak.co.kr
ISBN 978-89-8206-744-0 (93800)
E- mail : kookhak2001@hanmail.net
가 격 13,000원